째각째각 사랑시계

째깍째깍 사랑시계

Moi d'abord
Katherine Pancol

카트린 팡콜 지음
권명희 옮김

인디북

옮긴이 권명희

서강대학교에서 불문학을 전공하였고 프랑스 리옹2대학에서 현대문학 석사를 마쳤다. 옮긴 책으로 『책의 역사』, 『종이-일상의 놀라운 발견』, 『조르주 상드』, 『김치』, 『유령들의 탄생』, 『이곳에 살기 위하여』, 『행복을 찾아 떠난 소년』, 『오후 3시』, 『세상을 뒤흔든 25인의 개혁가들』 외 다수의 어린이 책이 있다.

째각째각 사랑시계

1판 1쇄 인쇄 | 2011. 3. 9
1판 1쇄 발행 | 2011. 3. 14

지 은 이 | 카트린 팡콜
옮 긴 이 | 권명희
펴 낸 이 | 박옥희
펴 낸 곳 | 도서출판 인디북

편집진행　　 | 김연순 조명희
표지 디자인 | 석운디자인
본문 디자인 | 이미연 이인선
관리　　　　| 길은자 문정선

등 록 일 자 | 2000. 6. 22
등 록 번 호 | 제 10-1993호
주　　　 소 | 서울시 마포구 용강동 469 하나빌딩 2층
전　　　 화 | 02)3273-6895
팩　　　 스 | 02)3273-6897
홈 페 이 지 | www.indebook.com
　　　　　　 cafe.naver.com/indeworld

ISBN 978-89-5856-129-3 03860

I

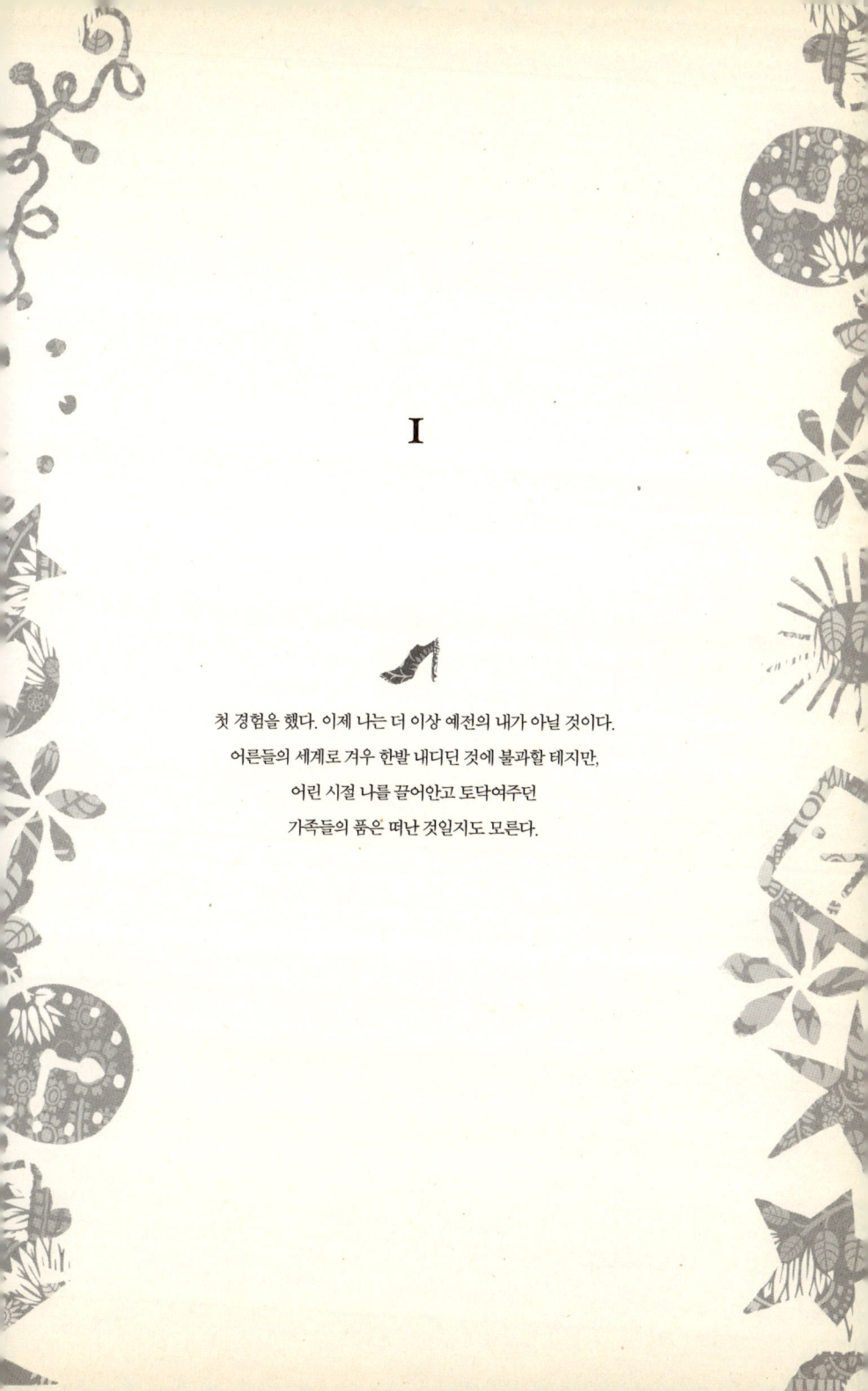

첫 경험을 했다. 이제 나는 더 이상 예전의 내가 아닐 것이다.
어른들의 세계로 겨우 한발 내디딘 것에 불과할 테지만,
어린 시절 나를 끌어안고 토닥여주던
가족들의 품은 떠난 것일지도 모른다.

첫 경험을 했다. 이제 나는 더 이상 예전의 내가 아닐 것이다. 어른들의 세계로 겨우 한발 내디딘 것에 불과할 테지만, 어린 시절 나를 끌어안고 토닥여주던 가족들의 품은 떠난 것일지도 모른다.

가족이라고 해봤자 지금은 엄마와 나, 필리프 달랑 셋뿐이다. 아버지는 오래전 다른 여자를 만나 우리들 곁을 떠났다.

세 식구는 똘똘 뭉쳐서 살아왔다. 눈물을 흘릴 때도 함박웃음을 지을 때도, 우리는 하나가 되어 서로 힘을 북돋아주었다. 누군가 일이 잘 풀리면 환호해주고, 불길한 운명이 깜박등을 켜면 한바탕 넋두리를 쏟아내면서. 눈빛만 보아도 상대의 마음을 읽을 수 있었다. 서로 사랑하고 응원해주는 팬, 그게 우리 가족이다.

여하튼 나는 특별한 아침을 맞아 팬들을 앞에 두고 기어이 그 애기를 꺼내고 말았다.

"어젯밤 파트릭과 잤어. 잔 건 이번이 처음이야."

나는 창피함도 없이 똑 부러지게 말했다.

빨간색과 흰색으로 된 바둑판무늬 식탁보에 팔꿈치를 괴고 있던 엄마와 필리프가 나를 물끄러미 쳐다보았다. 클레르몽 페랑에 사는 작은이모가 세 식구의 새로운 출발을 위해 보내준 식탁보는 닳아서 초 칠한 것처럼 반들반들 윤기가 났다.

엄마는 감정을 추스르느라 담뱃불을 붙였고, 필리프는 거북스럽지 않은 눈길로 흘깃, 나를 쳐다보았다.

고백 비슷한 말을 하고 나니 기분이 묘했다. 그래서 좋았던가? 뭐라고 꼬집어 말하긴 힘들었다. 그래도 흥미로웠던 것만은 사실이다. 솔직히 달아오른다든가 그런 기분은 들지 않았지만 결정적인 순간은 또렷이 알아차렸다. 스무 살이면 얼마든지 섹스를 할 수 있는 나이니까 말이다.

예전에도 자위를 한다거나 누군가에게 마스터베이션을 해주면서 그 느낌이 뭔지는 조금이나마 알고 있었다. 언젠가 욕조 안에서 밥 딜런의 노래를 듣고 있다가 하모니카 소리에 그만 자극을 받고 자위를 했을 땐 확실히 오르가슴을 느꼈다. 그때는 온전히 쾌감에만 집중할 수 있는 상황도 아니었다. 욕실 바로 옆에 있는 방에선 엄마가 필리프에게 서독 광산자원에 대해 외워보라고 호통을 치고 있었다. 그런데도 달콤한 쾌락을 발견한 것처럼 기분이 아주 짜릿했다. 반가워요. 나이스 투 밋 유. 두 다리는 수도 배관 목 위에 올려놓고 물속에 머리를 담근 채, 나는 쾌감 속으로 풍덩 빠져들었다.

그런데 파트릭과 했을 때는 좀 달랐다. 오히려 욕조의 수도꼭지 아래서보다도 못한 느낌이었다. 너무 오래 뜸을 들인 탓이었을까. 사실 우리의 풋사랑은 꽤 오래되었다. 열일곱 살 때 노르망디에서 처음으로 바캉스를 함께 보낸 이후 우리는 서로에 대해 속속들이 알고 있었다. 법적인 성인이 아니라는 이유로, 룰을 깨지 않는 범위 내에서 할 수 있는 온갖 애정 행위를 다 해보았다.

파트릭은 쉬지 않고 입술을 부비다 체크무늬 치마 아래로 축축해진 손을 집어넣었고, 단추를 하나씩 풀어 헤치고 양말을 벗긴 다음 오른쪽 가슴에서 왼쪽 가슴으로 가볍게 애무하였다. 그러다 급기야 새끼손가락이 더 아래쪽으로 내려오면 나는 '안 돼'라는 표시로 몸을 움찔했다. 다리가 서로 뒤엉킨 채 쾌감에 젖어들었지만, 늘 거기서 멈출 수밖에 없었다. 결정적인 순간마다 내 뇌리를 스치는 건 도덕이었다. 무소불위의 힘을 가진 그 도덕이라는 나리가 내 욕망을 매번 저지시키곤 했다.

"안 되겠어. 미안해, 이담에 더 크면 하자. 오늘은 진짜 안 돼. 이건 옳지 않아."

파트릭은 내 실험용 쥐와도 같았다. 언제나 나 때문에 애간장을 태우던 귀여운 마르모트.

파트릭은 포스터에 나오는 알랭 들롱처럼 잘생겼다. 카리브 해를 닮은 새파란 눈과 툭 불거진 광대뼈, 너무 처지지도 얇지도 않아 적당하고 보기 좋은 입술을 가졌다. 포스터의 알랭 들롱과 한 가지 다른 점은 그는 금발에 숱이 많은 곱슬머리라는 거다.

184센티미터에 75킬로그램의 건장한 파트릭의 품에 안겨 있으면, 그의 가슴팍에서 데굴데굴 구를 수도 있을 것 같았다. 혼자인 적도 딱지를 맞아본 적도 없는 파트릭. 그의 품속에서 난 영락없이 아이가 되어버렸다. 호기심에 가득 차서 먼발치로 세상을 넘겨다보는 어린아이.

내 부모님처럼 파트릭의 부모님도 이혼을 했다. 때문에 내 엄마처럼 그의 엄마도 외아들을 혼자 키우느라 고군분투하며 살았다. 미지수가 둘인 방정식처럼, 그를 보고 있으면 필리프가 절로 떠올랐다.

그런 공통점 때문에 우리 사이는 가까워졌고, 경제적으로나 사회적으로나 숱한 콤플렉스를 떨쳐버릴 수 있었다. 그를 집으로 데려와 낡은 식탁보 위에서 저녁을 먹어도, 아버지가 양육비를 보내주지 않는다고 엄마가 푸념을 늘어놓아도 그다지 창피하지 않았다. 파트릭의 엄마도 월말이면 생활비 때문에 허덕였고, 그도 나처럼 아버지에 대한 분노를 키우고 있었다.

우리는 주말에만 만났다. 파트릭은 빌뇌브-생-조르주에서 장차 전문 회계사가 되기 위해 공부하고 있었다.

파트릭을 만난 순간부터 언젠가 그 일을 벌이게 되리란 걸 나는 이미 알고 있었다. 깔끔하고 잘생긴 그를 보고 있으면 무언가를 더욱 갈망하게 되었다. 결국 열렬히 구애하던 남자애들을 제치고 나를 가장 소중히 여기는 파트릭으로 낙점하고 말았다. 적극적으로 애정 공세를 펼치는 남자를 택하는 건 너무나 당연한 일이니까.

그래서 파트릭이 토요일 저녁에 나를 초대했을 때 응했던 걸까. 그는 빌뇌브-생-조르주에 있는 엄마 집에서 식사를 하고 하룻밤 자고 가라고 했다. 나는 잠깐 머뭇거리긴 했지만 곧바로 그러겠다고 했다. 우리는 게 눈 감추듯 저녁을 먹곤 곧바로 그의 방으로 들어갔다. 성급히 옷을 벗고 선 그를 바라보면서 나는 뜨악한 생각이 들었다. 지금 내가 여기서 뭘 하려는 거지……?

매년 여름이면 필리프와 나는 페캉프 근처에 사는 아버지 집에서 한 달간 머물곤 했는데, 마을 축제의 댄스파티에서 처음 파트릭을 만났다. 아버지한테 일언반구도 없이 필리프의 손을 잡고 무단 외출했던 그날 밤, 우리 남매는 댄스파티에선 뭘 해야 하는지 몰라 운동화를 손에 들고 벽에 멀뚱히 기대서 있을 뿐이었다…….

조니 알리데이가 〈이 밤을 붙잡아〉라는 노래를 부르고 있는 동안 스무 쌍의 커플들이 서로 부둥켜안고 입을 맞추었다. 거기서 내가 만난 첫 상대가 바로 파트릭이었다. 킹카처럼 잘생긴 남자가 날카로운 눈빛으로 내 몸을 해부하듯 훑어보고 있었다. 근사한 오토바이를 타고 다니는 남자애들이 그렇듯이, 그에게선 거역할 수 없는 포스가 느껴졌다. 나보다 네 살 많을 뿐인데 제법 어른 티도 났다. 그가 다가와서 나를 안았을 때는 감히 뿌리칠 생각조차 하지 못했다. 킹카한테 선택을 받았는데 어떤 여자가 거부한단 말인가.

그는 의기양양하게 나를 잡아끌곤 이층으로 올라갔다. 남자애들이 진지하게 접근할 때면 으레 그러하듯이. 그 하룻밤 동안 나는 그에게서 모든 걸 배웠다. 입맞춤을 하는 것에서부터 진바지를 벗어

내리는 것까지. 물론 선을 넘진 않았지만 말이다.

여하튼 그와 함께 밤을 보내면서 자연과학 시간에 들었던 수업 내용은 모조리 떠올렸을 것이다. "정자들이 어떻게 몸속으로 들어오죠?" 내가 다녔던 성 아우구스티누스 여학교에서 그 질문에 즉시 대답할 수 있는 학생은 손으로 꼽을 정도였다. 여전히 그 해답을 모르고 있던 나는 전전긍긍했다. 키스만 해도 정자가 몸속에 들어오는 건 아니겠지? 집에 돌아가면 엄마한테 물어봐야겠어, 라고 마음먹었지만 엄마를 다시 보려면 삼 주일을 기다려야만 했다.

삼 주 내내 나는 파트릭과 붙어 다니며 그가 하자는 대로 했다. 나만이 파트릭의 오토바이에 올라탈 수 있는 유일한 여자애란 사실에 내심 뿌듯해하면서. 그는 오토바이를 타고 가다 소나무만 보이면 나를 그리로 데려갔다. 아마 그 지방에 있는 소나무들은 모조리 거쳤을 것이다. 처음으로 그와 뒹굴던 때의 생경함은 나 스스로도 깜짝 놀랄 정도였다.

그해 구월 우리는 헤어져야 했다. 나는 눈물이 나고 목이 메었지만, 파트릭은 덤덤한 표정이었다. 그는 빌뇌브–생–조르주에도 여자친구들이 있었다. 여하튼 우리는 각자의 집으로 돌아왔고, 이듬해 여름에 다시 만날 수 있었다. 늘 찾곤 하던 그 소나무 아래에서. 그제서야 파트릭은 파리의 내 연락처를 물었고, 나는 그에게 전화번호를 알려주었다. 지난해 여름과 같은 뜨거운 열기는 사라졌지만, 나는 킹카에게 가장 사랑받는 여자라는 사실만으로도 몹시 들떴다.

그때부터 우리 둘의 관계는 쭉 이어져왔다. 그리고 예상했던 일은 그날 벌어졌다.

파트릭의 방에서 옷을 벗고 누운 채 나는 몹시 겁을 먹고 있었다. 무슨 말을 해야 할지, 그에게 그냥 내맡겨야 하는 건지 아니면 핑계를 대야 할지 알 수 없는 기분이었다. 나는 잠시 머뭇거렸다. 성에 관한 기초 지식들을 떠올리며, 과연 임신할 위험이 없는지 계산하느라 머릿속은 분주했다. 하지만 곧 될 대로 되라는 식으로 체념하고 말았다. 돌이키기엔 이미 때가 늦었다고 여겼으니까.

파트릭은 폭식을 한 데다 술도 많이 마셨다. 당연히 졸음이 몰려올 법도 했다. 그가 마음 먹은 건 해치우고 마는 보스 기질에 얽매이지 않았다면, 아마 그 일을 훗날로 미루었을지도 모른다. 그런데 침대에 고꾸라지듯 엎드린 그는, 곧 널 안아줄게 라는 신호를 내게 보내왔다. 그러곤 어설프게 입을 맞추더니 내 위로 올라왔다. 축 처진 그의 몸이 무겁고 거추장스럽게 느껴졌다. 게다가 그는 섹시해 보이려고 지나치게 열중한 모습이었다.

나는 다른 아무 생각도 하지 못하고 그 일이 지나가기만을 기다렸다. 그 순간 그가 안간힘을 쓰며 내가 원치 않던 마지막 몸놀림을 하느라 상체를 활처럼 들어 올렸다……. 그러곤 그게 끝이었다. 파트릭은 내게서 떨어져 나가더니 옆으로 픽 쓰러지듯 돌아누웠다. 나는 너무나 실망한 나머지 화가 부글부글 끓어올랐다. 첫 경험을 한 나를 팽개쳐두고 혼자 잠들어버리다니. 다른 여자들은 이럴 때 어떤 기분이 들까. 사람들한테 물어봐야겠다고 속으로 별렀다.

그날 나는 잠을 이루지 못했다. 내 안에서 어떤 변화가 생기길 기다리며 뜬눈으로 밤을 지새웠다. 어쨌든 내가 여자라는 걸 증명하는 일이 벌어진 게 아닌가. 사실이 그랬다. 그 밤은 내게 소중하게 느껴졌다. 전적으로 내 존재와 관련된 일이었으니까. 나를 여자로 만들었고 그와 결부된 수많은 것들을 상상하게 만들었으니까 말이다. 천일야화로 기록해둘 만큼 황홀한 섹스는 아니었지만, 왠지 모르게 아우라에 둘러싸인 기분이었다.

문득 우리 가족이 떠올랐다. 나보다 십팔 개월 어린 필리프는 여전히 엄마와 함께 잠이 들었고, 아버지가 떠나간 후로 엄마는 자식들에게 헌신하느라 성생활과는 등을 돌린 채 살아가고 있었다. 이제 나는 성인이 된 것만 같았다.

일요일이 돌아왔다. 엄마와 필리프는 내 사랑을 받아들이기로 했다. 파트릭을 우리 집안의 두 번째 남자로 인정해준 거였다. 우리는 주말마다 만났다. 가족적인 분위기에서 승낙을 받고자 그의 엄마 집과 우리 집을 번갈아가며 머물기로 약속했다. 엄마는 내가 지저분한 삼류 모텔이나 들락거릴까봐 께름칙해했다.

파트릭과 두 번째로 광란의 밤을 보낸 일요일 아침이었다. 엄마는 아침 식사를 핑계로 필리프를 앞세운 채 염탐하듯 눈초리를 올리고 내 방으로 들어왔다. 침대 시트 아래 낯 뜨거운 물건들이 굴러다니는 광경을 두 사람은 멀뚱히 쳐다보았다.

엄마로선 감회가 새로웠을 것이다. 십 년 전 사마리텐 백화점에서 산 작은 침대 위에 남자와 몸이 뒤엉킨 채 잠든 딸의 모습은, 엄마가 이제껏 기억 속에 담아온 내 모습과는 너무나도 달랐다. 엄마 눈에 딸은 갓 피어나는 꽃과도 같았다. 피부는 지중해의 태양처럼 환하게 빛났고, 주름살이라곤 없는 탱탱한 젖가슴은 창창한 미래를 향해 솟아 있는 것만 같았다. 그런 딸이 엄마는 새삼스러울 수밖에 없었다.

중산층 가정에서 자란 엄마는 연재소설 같은 공상으로 머릿속이 꽉 찬 소녀였다. 아비뇽 근처에 있던 엄마의 집에는 르노 자동차와 흰 에이프런을 두른 하녀들이 있었다. 시골에도 땅이 있어서 양떼들이 이동할 때면 앵무새를 새장에 넣어가지고 여행을 떠나곤 했다. 엄마의 일곱 형제는 정확히 십팔 개월 간격으로 태어났는데, 모두가 모유로 컸으며 레이스로 짠 옷을 입고 다녔다. 그들은 일 년마다 아비뇽의 르블로숑 사진관으로 가서 맨 엉덩이를 드러낸 갓난 동생과 함께 긴 드레스 같은 걸 입고 기념사진을 찍었다.

할아버지는 모험심이 강한 농부였다. 아베이롱의 벽촌에서 태어난 그는 선친이 물려준 소젖을 짜는 평범한 삶을 내던지고 베네수엘라로 떠났다. 마침내 그는 마흔두 살에 주머니에 금괴를 가득 채워넣고 고향으로 돌아왔다. 그리고 마을의 몰락한 귀족 가문의 여인에게 청혼을 해서 그녀를 아내로 맞아들였다.

할머니로 말할 것 같으면, 손가락이 가늘고 긴 아리따운 지중해 여인이었다. 젊은 시절의 할머니는 시대를 앞선 페미니스트여서 결혼을 하지 않겠다고 우겼다. 평생 한 남자와 한 이불을 덮으며 그를 떠받들고 사는 삶보다는 남자 없이 홀로 사는 편이 훨씬 아름답다고 여긴 때문이었다. 하지만 그녀가 서른두 살이 되었을 때 집안 형편이 급속히 기울었다. 그리고 어느 날 은행 계좌에 두둑이 돈을 예치해놓은 할아버지가 불쑥 등장했다.

할머니의 결심은 흔들리고 말았다. 결국 희고 고운 손을 포기하고 자신의 미래를 모험가에게 맡기기로 했다. 할아버지는 정원을 따라 걸으며 셰익스피어에 대해 얘기했고, 뉴욕에 들렀을 때 산 최신식 크리스털 라디오를 그녀에게 틀어주었다. 할머니는 할아버지 얘기를 모두 알아듣지는 못했지만, 성모방문회 수녀들에게 교육을 받은 처녀답게 사랑스럽고 교양 있는 모습을 보였을 것이다.

할머니는 모두 일곱 자녀를 낳았다. 그리고 피에르, 폴, 장, 마리, 카미유, 블랑슈, 앙리처럼 부르기 쉬운 이름을 자식들에게 지어주었다. 자식들 중 할아버지로부터 가장 사랑을 받은 딸이 바로 엄마 카미유였다.

여름이면 엄마의 가족들은 아베이롱의 작은 마을 시스투르로 가서 은거했다. 식구들은 건초 더미를 모으고 과일을 땄으며, 그러는 동안 아이들은 쑥쑥 커갔다. 할아버지는 여름만 되면 뚝딱거리며 무언가를 만들곤 했다.

구월이면 그녀의 가족들은 앵무새를 높이 치켜든 채 르노 자동차에 올랐고, 맛깔스런 잼을 들고 와 겨울을 잘 보내라고 말하는 이웃들에게 작별 인사를 했다. 그렇게 엄마는 해마다 가족 여행을 하면서 자랐다.

할아버지가 엄마를 가장 아꼈던 건 그녀가 형제들 중 제일 예쁜데다 매력이 넘치는 딸이었기 때문이다. 맹목적인 사랑을 쏟아부은 만큼 딸은 걱정도 안겨주었다.

　엄마가 열네 살 때였다. 점심을 먹고 난 엄마는 할아버지의 무릎을 파고들더니 눈썹을 추켜올리곤 이렇게 말했다. "아빠, 피아노 한 대만 사주세요. 피아노만 있으면 마르그리트 롱[1]처럼 연주할 수 있을 텐데." 그 말이 떨어지기 무섭게 할아버지는 곧장 엄마가 봐둔 피아노를 사러 갔다. 열다섯 살 때는 신비스럽고 속을 알 수 없는 아이가 되었다. 리지외의 소화 데레사를 닮겠다고 후식도 먹지 않았다. 열일곱 살 때는 크리스마스 선물로 엘레강트 자전거를 사달라고 했고, 치맛자락을 휘날리며 아비뇽 거리를 누비고 다녔다. 할아버지는 딸의 단정치 못한 모습이 마땅치 않았지만, 자전거를 배우려는 열정만은 가상히 여겼다. 그에게 열정이란 언제나 존중되어야 하는 것이었다.

　오뚝한 콧날에 부리부리한 눈을 굴리던 할아버지는 엄마의 말이라면 무엇이든 고개를 끄덕였다. 그는 딸 앞에서 구두 굽을 탁탁 내리치며 "그러려무나!"라고밖에 말할 줄 몰랐다. 엄마가 무릎에 앉아 통통한 팔로 목을 껴안으면, 할아버지는 아무것도 거절할 수가 없었다. 어리광을 받아주며 버릇없이 키웠지만, 그나마 잘한 일이 있다면 딸을 억지로 걸스카우트에 들여보낸 것과 저녁에 화롯가에 앉아 종교적인 얘기를 들려준 거였다. 그럴 때면 엄마의 눈에선 눈물이

---

1) Marguerite Long, 1874~1966. 국제적 명성을 얻은 프랑스의 피아니스트.

뚝뚝 흘러내리곤 했다. 엄마는 성탄절 전날에 들었던 얘기들을 진심으로 믿었고, 착한 일을 하면 보상받고 나쁜 일을 하면 벌을 받는 세상을 머릿속으로 그려보곤 했다. 훗날 혼기에 찬 나이가 되어서는 청혼을 받을 때마다 작은 수첩에 남자들 이름을 적어 넣었다. 수첩에 이름이 빼곡히 차면 엄마는 또 다른 수첩을 샀다.

암울했던 그 시대 사람들은 희망도 없이 열정의 불꽃만 태우고 있었다. 엄마도 몇 차례 안 좋은 일들을 겪었지만 아무렇지도 않게 그런 얘기를 꺼내곤 했다. 세상에는 엄연히 절망과 비극이 존재한다는 걸 잘 알고 있었다. 파시스트당에 들어간다거나, 자살이 미수에 그친다거나(물에 빠져 죽으려고 한 남자는 공공연히 그 얘길 떠벌리고 다녔다), 자진해서 외인부대에 지원한다거나, 헤엄을 쳐서 망슈 해를 건넌다거나 하는 기막힌 사연들. 엄마는 지역 잡지 가십난에 실린 이런 기사들을 모조리 오려서 간직했다. 그러다 기분이 울적해지면 그것들을 꺼내어 읽었다. 엄마는 그런 식으로 영혼을 새롭게 단장했다……

스타킹을 항상 팽팽히 당겨 신고 머릿결엔 윤기가 흘렀던 엄마. 언젠가 어느 남학생 방에서 약간의 현기증을 느끼며 뛰쳐나왔을 때도 엄마에게선 티끌만 한 죄의 흔적도 찾아볼 수 없었다.

그러던 엄마가 어느 날 자미 포르자를 만나게 된 것이다…….

파트릭과 보내는 밤들은 첫날만큼 흥미롭진 않았다. 이젠 섹스를 어떻게 하는지도 알게 되었고, 또 억지스럽게 쾌락을 만들어내려고도 하지 않았다. 그와 나는 정식 커플이 되었다. 양심에 꺼린다거나 주위에서 수군댈까봐 눈치 보는 일 없이 서로의 침대를 오가며 사랑을 나누었다.

나는 문과대학에 등록해서 시험을 준비했고, 크림 들어간 마카롱 과자를 씹으며 매주 토요일 저녁마다 파트릭을 만났다. 우리는 함께 영화관에 갔고, 쌍쌍 파티에 드나들었으며, 레스토랑에 마주 앉아 식사를 하곤 나란히 잠이 들었다. 갑작스럽게 위기감이 들어 순조로운 우리의 동거생활에 재를 뿌릴지도 모를 남자들은 모두 정리해버렸다. 훌륭한 엄마 아빠의 본보기나 인류의 삶에 관한 책들을 보면, 본능적으로 그대로 따라하는 나를 발견하게 되었다. 또 본능적으로 그런 내가 따분하기도 했다. 뭔가가 불만스러웠지만 그게 뭔지는 정확히 알지 못했다. 그냥 모든 일이 잘되고 있는 것처럼, 내게 미래가 없는 것처럼 행동하곤 했다. 미래가 무슨 소용이람? 미래는 우리 둘에게 있지 않은가. 나는 이미 혼자가 아니라 둘에 속한 사람이었다.

아버지라는 절대 권한을 행사하는 가장 없이 자유분방하게 컸지만, 엄마는 줄곧 품행이 단정해야 한다고 나를 세뇌시키곤 했다. 그 말인즉슨, 좋아하는 사람이 생기면 그와 결혼해야 한다는 얘기이기도 했다. 파트릭은 벌써부터 나를 어린 신부처럼 취급했다.

어느새 인체에 대한 호기심이나 홍분으로 들뜬 풋사랑의 날들은 지나가버렸다. 이제 내 위로 올라온 파트릭은 메트로놈처럼 정확하게 박자에 맞춰 신음 소리를 냈고, 혼자 쾌감에 빠져들곤 했다. 그러곤 나를 녹초로 만들었다.

이런 문제를 엄마와 의논할 엄두는 나지 않았다. 하지만 포스터 속 알랭 들롱을 빼닮은 파트릭의 얼굴이 나를 내리누를 때면 나는 그의 눈빛에서 또렷이 읽을 수 있었다. 오르가슴이란 관자놀이가 붉거질 정도로 쉼 없이 허리를 움직여대는 노동일 뿐이라고.

그가 조금씩 미워지기 시작했다. 수컷의 자만심이 엿보여 우습게 여겨지기 시작했고, 그의 낯간지러운 쾌락도 경멸스러웠으며, 잠자리에 드는 시간도 점점 싫어졌다. 대체 난 뭐란 말인가? 우리 둘의 섹스에서 난 뭘 하는 거지? 들러리, 그 이상도 이하도 아니었다. 여덟 번째 단역배우가 나였고, 꽃다발 세례를 받는 젊은 주인공이 바로 그였으니까. 쾌락에 빠져든 그가 내 눈을 속일 수는 없었다.

나는 쾌락이 존재한다는 걸 익히 알고 있었다. 여덟 살 때 캐러멜을 빨아 먹는다든가 따끔한 꾸중을 들을 때면, 온몸에 소름이 돋는 짜릿한 전율이 내 혀를 떠나 발뒤꿈치에 가서 박히는 느낌을 혼자서 궁리해내곤 했다. 또 열 살 때인가, 엄마 아빠가 갈등을 겪고 있던 무렵이었다. 그들은 단둘이 문제를 해결하려고 필리프와 나를 여름 캠프에 보내었다. 캠프에서 나는 등에 글자를 써 넣고 상대방이 그걸 알아맞히는 게임을 하자고 아이들한테 제안했다. 그때 등에 와 닿는 찌릿찌릿한 느낌에 골몰한 나머지, 친구가 서툴게 적어 넣는 F자를 나는 계속 모른다고 우기면서 쓰고 또 쓰게 했다. 열한 살 때는 부모님들이 브리지 게임을 하고 있는 동안 서로 어루만져주는 놀이를 하자고 아이들을 꼬드겼다. 그 게임을 하면서 무어라 형용할 수 없는 기쁨과 경이로움을 몸을 통해 알게 되었다. 라모나(그녀의 엄마는 아르헨티나 사람이다)의 축축한 손이 내 다리 사이를 파고들었을 때는, 행복감에 바르르 몸이 떨리면서 나도 모르게 그녀의 손 위로 몸을 수그리고 말았다. 그 일이 있고 나서 라모나와는 비밀을 나누는 친구 사이가 되었다.

그 모든 게 쾌락을 맛보기 위한 구실에 지나지 않았다. 나는 어릴 때부터 줄곧 그런 생각을 해왔다. 만일 무너져 내리는 눈사태와 같은 엄청난 전율을 느끼고 싶다면, 쾌락을 자극하는 생각에 온 정신을 집중하기만 하면 된다고.

열네 살 때였다. 부모님은 체형이 비뚤어진 나를 위해서 오십대 남자에게 교정 체조를 부탁하였다. 그 일을 통해 나는 매혹적인 사실을 하나 더 발견하게 되었다. 쾌락은 조종되는 것이라는 걸.

체형을 교정해주던 엑토르 씨는 수요일 저녁마다 정확히 여섯 시 반에 집으로 찾아왔다. 체크무늬 외투를 입고 콧대를 조이는 안경을 낀 그는, 한 손에 작은 가방을 들고 숨을 헐떡이며 들어와 운동복으로 갈아입었다. 그런데! 그의 비밀 무기는 바로 다림추였다. 매번 체조를 시작하기 전에 그는 몸이 얼마나 교정되었는지 알아보려고 나를 똑바로 세워놓곤 다림추로 등의 균형 상태를 재보곤 했다. 나는 고개를 수그린 채, 그의 손길을 따라 전해지는 느낌에 온 신경을 집중했다. 그러는 사이 그는 등에다 센티미터로 표시해가며 내 척추 변형에 대한 평가를 내리는 거였다. 그때마다 다림추는 규칙적으로 흔들렸고, 등에 기준점을 표시하던 볼펜이 주는 찌릿찌릿한 느낌은 더해갔다. 급기야 볼펜은 이제껏 내가 알지 못했던 신체의 중요한 부위를 관통하고 있었다. 엑토르 씨가 차디찬 손으로 내 척추뼈를 바로잡고 있는 동안, 나는 사우디아라비아로 팔려가 가족들과 생이별한 아리따운 공주가 된 것만 같았다.

엄밀히 따지자면 그건 사회보장제도라는 미명 아래 엑토르 씨가 완벽하고도 은밀하게 어린 나의 육체를 자극하던 행위였다.

라모나와 나는 어른들의 무지를 영악하게 이용하기 시작했다. 엑토르 씨가 다음으로 교정을 맡은 아이가 바로 라모나였다. 그렇게 우리는 보통의 사춘기 여자아이들이 탐닉하게 되는 성적 호기심이나 욕구를 하나하나 가지치기해갈 수 있었다. 그녀는 내 목록에 없는 새로운 성감대를 찾아내려고 애썼다. 엑토르 씨는 우리 몸의 균형 상태를 판단해서 교정해주는 일을 했지만, 실은 우리 둘 사이에 끼여서 우리가 품고 있던 호기심과 환상의 배출구 역할을 했던 거나 다름없었다. 자신이 어린 여학생들을 얼마나 흥분시키고 자극했는지 그는 몰랐을 것이다. 교정 체조의 후유증 때문에 라모나와 나는 한동안 도무지 이해 못할 행동들을 했을 정도였다.

하지만 이제 나는 성에 환상을 품고 있는 사춘기 소녀가 아니다. 실제로 섹스를 하고 있으니까 말이다. 그렇기 때문에 함부로 행동하는 파트릭으로 인해서 내 감성이 망가지는 걸 계속 내버려둘 수는 없었다. 헤어롤을 하고 머리를 말리던 저녁, 그가 집적거리듯이 무례하게 내 몸을 더듬었다. 이참에 그의 행동을 바로잡아야겠다는 생각이 들었다.

파트릭이 섹스하는 방식은 한결같았다. 점점 이성을 잃고 동물적인 쾌락에 사로잡히다가 마지막으로 오르가슴의 절정에 이르는 것이다. 거의 최고조에 다다라 섹스를 마칠 때쯤이면 예의를 갖춘답시고 "좋았어?"라고 내게 묻곤 했다. 나는 웃음밖에 나오질 않았다. 깔깔깔 웃음을 터트리며 이렇게 대꾸했다.

"난 아무것도 느끼지 못하겠어. 전혀 못 느껴. 계속 하려면 해. 하지만 난 아무것도 못 느끼겠어……."

망치로 탕탕 내리치듯이 강약을 넣어 그 말을 반복했다. 그는 축 늘어져 어리둥절한 표정을 지으며 내 몸에서 내려오더니 물었다.

"왜? 뭣 때문이지?"

나는 기다렸다는 듯이 설명했다.

"우리가 처음 이 피스톤 운동을 하게 된 날부터 줄곧 지루하기만 했어. 어서 일을 끝내고 자기가 내 귓불 위로 쓰러지기만을 기다렸다고."

우리의 성관계에서 마스터스와 존슨[2]이론의 특별 증서라도 따낸 것처럼 의기양양해하던 파트릭은 잠시 무거운 표정을 지었다.

"그래, 그렇군!"

그는 주눅 든 목소리로 말했다. 타잔처럼 고함을 지르며 몇 번이나 오르가슴을 느껴도 끄떡없던 베테랑의 모습은 온데간데없었다.

---

2) 윌리엄 마스터스(William Masters, 1915-2001)와 비르지니아 존슨(Virginia Johnson, 1925-현재). 미국 성의학 분야의 선구자들로, 성생활을 하는 커플들을 상대로 임상실험을 한 결과 육체관계에서 잘 맞지 않으면 심적으로 더욱 불화를 일으킨다는 이론을 정립했다.

그 순간은 그저, 잠드는 데는 젬병이고 혼자 도취되기 좋아하는 가없은 남자로만 비쳐졌다. 모든 환상이 비늘 벗겨지듯 떨어져나가자 파트릭은 허공을 쳐다보며 다시 되풀이해서 말했다.

"그래, 그렇군!"

오래도록 말이 없던 파트릭이 진지하게 물었다. 언제부터 불감증이 시작된 거야?(내가 불감증이 되다니!) 정확히 뭐가 잘못된 걸까? 어디서 섹스할 때였어? 지금까지 몇 번이나 그랬지? 거기서였어? 그땐 기분이 괜찮았어?

지각의 바깥층이 벗겨지듯 한 겹씩 까발려지는 기분이었다. 그는 수많은 가정들을 해보고 있었다. 달아올라야 할 시동장치가 열을 내지 않고 삐걱댄다면, 고장 난 그 부위를 찾아내야 한다면서. 서로의 느낌들을 일일이 열거해본 후 그는 이런 결론을 내렸다.

"어느 단계에서 잘못되었는지 알아내려면, 다시 원점으로 돌아가야 해."

나는 그의 의견에 전적으로 찬성했다. 소설에서는 섹스가 단골 메뉴로 나와 그 때문에 사고가 생기고, 자살 행위를 일으키고, 이혼을 하고, 상대방을 노예 상태로 만들지만 그 정도로 지나치게 열광할 필요가 없다는 걸, 나는 반드시 알아내고 싶었다.

그날 밤 나는 머리에 말고 있던 헤어롤을 떼어내곤 그와 '각종 키스'를 해보는 것부터 시작했다. 옷을 벗고 상대를 바라보기, 중요한 성감대를 애무하다 은밀한 성감대로 옮겨가기, 여러 부위를 빨기, 앞에서 했던 것들을 변형시켜서 해보기, 마지막으로 전체를 반복하기. 그렇게 파트릭은 수요일 밤마다 새로운 프로그램을 짰다.

육 주가 흘러도 나의 밤은 북극의 싸늘한 냉기가 감돌 뿐이었다. 그러다 조금씩 그가 짠 프로그램들에 흥분되어 다음엔 어떤 걸 해볼까 기대마저 품게 되었다. 그리고 나니 앞서 했던 것들에 고조되어 더욱 더 자극적인 것들을 원하게 되었다.

이윽고 사랑 행위는 축제가 되어버렸다.

엄마의 교육 방식을 어떻게 한마디로 정의 내릴 수 있을까. 여러 가지 교육 프로그램을 짜서 자식들을 키웠음에도 불구하고, 엄마는 막상 특정한 상황에 부딪치면 아무런 해결책을 찾아내지 못했다.

　내게 일상의 자유를 허용해주었던 걸 엄만 분명 후회했을 것이다. 엄만 유별난 호기심 때문에 나를 남다르게 키워보고 싶었겠지만 하루가 다르게 커가는 딸은 과녁에서 벗어나기 일쑤였으니 말이다. 비록 나를 자유롭게 방목하긴 했어도 엄마도 나름대론 몇 가지 완충장치를 갖고 있었다. 성탄절이면 구유를 만들어놓고 종교적인 대화를 나눈다거나, 수도자를 자주 만나게 한다거나, 착한 일을 하면 보상해주는 식으로. 엄마는 최소한의 도덕만을 강요했고 그외의 많은 것들은 관망하는 편이었다.

결손 가정에서 자랐다는 소리를 들을까봐 엄마는 롤모델로 삼을 만한 가정을 택해서 우리를 데리고 정기적으로 방문했다.

"그 집 아이들은 착하고 공부도 잘하고 되바라지지도 않았단다."

그러면 나는 투덜거리며 쏘아붙였다.

"그 집 애들은 돈을 펑펑 쓰고 다니잖아. 당연히 부모님 말씀도 잘 듣고 범생으로 살아야지."

엄마는 후우 한숨을 내쉬었다. 내 말이 틀리지만은 않다는 걸 엄마도 잘 알았다.

엄마의 중요한 교육 방침으로 '일요일 아침 미사'를 빼놓을 수 없다. 주일 아침 열한 시가 되면 세 식구는 밝은 색깔의 옷을 입고 근처 성당으로 가곤 했다. 비록 우리 가족이 해체되긴 했지만 신앙심을 잃지 않았다는 걸 증명해 보이려고. 우리 가족이 나타나면 맨 앞줄에 자리 잡고 앉은 열성 신자들은 탄식하듯 말했다.

"살다 보면 슬픈 일도 겪는 법이죠……."

세 식구는 성체를 받아 모시기 위해 맨 뒷줄에 서서 경건하게 두 손을 모았다.

엄마 때문에 나는 교리를 배우고 미사에 참석하고, 〈원치 않는 임신이나 출산을 어떻게 방지할까〉라는 자연과학 보충수업을 들었다. 또 베르트 베르나주[3]에서 빅토르 위고까지 감화를 주는 책들을 읽어

---

3) Berthe Bernage, 1886~1972, 1925년 사춘기부터 노년까지의 삶을 담은 『브리지트』 시리즈를 써서 널리 알려진 프랑스 작가.

야 했다.(절망스럽게도 엄마가 권하는 책들은 대부분 교훈적인 내용이었다.) 그러다가 엄마가 결정적으로 가장으로서의 권위가 떨어졌다는 위기감이 느껴질 때 내미는 책들이 바로 '성인전'이었다.

덕분에 나는 성인들의 생애를 꿰차듯 알게 되었다. 이탈리아에는 강간을 당하기보다 죽음을 택한 성스런 소녀가 있었고(성 베드로에게 시복되고 성인 목록에도 이름이 올려졌다), 인도에는 카타리나 에트카위타라는 이름도 까다로운 소녀가 종족들이 지니는 부적에 입을 맞추지 않아서 화형에 처해졌다. 또 아르스의 사제[4] 얘기나 성 도미니크 사비오[5] 얘기도 재미있었고, 지루하긴 했지만 성녀 카트린 라부레[6]의 얘기도 기억에 남았다. 성인전이 유독 흥미를 끌었던 건 결말이 언제나 안 좋게 끝나기 때문이었다. 책을 읽으면서 나는 줄곧 내가 고통을 당하기라도 하듯 감정을 이입시키곤 했다. 성인이 야만인들에게 끌려가 무서운 형벌을 당하는 장면에선 엑토르 씨에게 체형 교정을 받으며 겪은 혼란스런 기억들이 떠올랐다. 그렇게 인도의 화형대에 올라 활활 불살라지는 내 모습을 연상하기도 했고, 이탈리아인의 온갖 유혹과 끔찍한 구타에도 불구하고 끝내 침묵하는 의연한 나를 그려보기도 했다. 성인전을 읽을 때마다 나는 영혼

---

4) 장-마리 비안네, Jean-Marie Vianney, 1786–1859, 사십일 년간 아르스에서 사제로 일해 아르스의 사제라고 불린다.
5) Dominique Savio, 1842–1857, 신심이 깊은 이탈리아 소년으로 돈 보스코의 제자였다가 결핵으로 일찍 세상을 떠났다.
6) Catherine Laboure, 1806–1876, 계시를 받고 '기적의 메달'을 맨 처음 시행한 수녀.

의 일대 혼란을 겪곤 했다.

엄마로선 그런 독서가 우리에게 필요하다고 여겼다. 훗날 실수나 잘못을 저지르게 되더라도 어릴 때 감명을 받은 인물들을 통해 올바른 길을 되찾을 수 있으리라 굳게 믿었기 때문이었다.

하지만 여러 가지 문제들로 종종 엄마와 말다툼을 벌였다. 그럴 때면 엄마는 아비뇽 할아버지가 보내준 신선한 꿀로 꿀물 두 잔을 타놓곤 나를 방으로 불러서는 은근히 종용하듯이 말했다.

"우린 서로를 믿잖니. 내게 뭐든 말하렴."

째깍째깍 돌아가는 시계를 보면서 서둘러 집으로 돌아와야 하는 건 싫었지만, 엄마와 마음을 열고 대화를 하는 건 나쁘지 않았다. 그때마다 엄마는 오히려 내 사기를 북돋아주고 진심 어린 조언을 해주었다. 엄마는 나와 얘기를 나누면서 젊은 날을 회상하거나 지금은 후회가 되는 학창 시절을 떠올리기도 했다.

엄마 방에 들어갔을 때 피임에 대해 의논한 적이 있었다. 엄마의 생각은 확고했다.

"설령 남자와 잤다 해도 절대 문제를 일으켜선 안 돼, 알겠지? 꼭 피임약을 먹도록 해라."

엄마의 견해론, 자유와 권리를 주장하려면 거기엔 반드시 현실 감각과 사회적 위치도 뒤따라야 했다. 고로 나는 월계수가 늘어선 탄탄대로를 달려야만 하며, 연인과 광란의 밤을 보냈다면 마찬가지로 똑같은 열의로 좋은 학점과 학위도 따야 한다는 것이다. 즉 방종의 길에서 학문의 길로 접어들라는 얘기였다.

대입자격시험을 준비할 때부터 내 귀가 시간은 자유로워졌다. 작문 점수도 잘 받고 상장까지 받아오면, 새벽 네 시에라도 불면증 있는 엄마한테 들키지 않고 깨끔발로 집에 들어올 수 있었다. 성적만 좋으면 늦은 귀가 따위 눈감아준다는 식이었다. 하지만 내 평균 성적은 일 점 떨어졌고, 엄마는 눈살을 찌푸렸다가 관대하게도 그 정도에 그쳤다. 내가 글을 깨우친 이후로 할아버지가 귀에 못이 박히도록 읊어대던 셰익스피어의 말이 있었다. 학위가 없으면 아무짝에도 쓸모없단 것이다. 어쨌든 반드시 대학에는 들어가야 할 것 같았다.

엄마는 나를 좋은 조건에서 공부시키려고 아우구스티누스 수녀회의 기숙학교로 보냈다. 우수하고 재능 있는 여학생들이 일류 대학에 들어가려고 악바리처럼 공부하는 학교였다. 여학생들은 군청색 주름치마를 입고 하얀 옷깃을 빳빳이 세운 채 복도나 길에서 일렬로 걸어 다녔다. 껌을 질겅질겅 씹는다거나 신발 뒤축을 꺾어 신는 일 따위 있을 수 없었고, 등교할 때나 방과 후 학교를 나올 때는 출입문을 지키고 선 여선생님한테 허리를 굽혀 깍듯이 인사를 했다. 나는 수업 내용을 노트에 잘 정리하긴 했지만 학습장은 늘 엉망이었다. 고등학교 마지막 해 동안 페기[7]나 바레스[8], 클로델[9](클로델이 말하

7) 샤를르 페기, Charles Peguy, 1873-1914, 그리스도교, 사회주의, 애국주의를 표방한 프랑스 시인, 철학자.
8) 모리스 바레스, Maurice Barres, 1862-1923, 개인주의와 극단적인 국가주의를 주장한 프랑스 작가, 정치가.
9) 폴 클로델, Paul Claudel, 1868-1955, 신에 대한 믿음을 바탕으로 20세기 전반 프랑스 문학의 금자탑을 세운 시인, 극작가, 수필가.

는 생명력은 여전히 이해가 안 된다) 같은 작가들을 모두 섭렵했지만, 사르트르(그의 이름을 잘 몰라 작문할 때 줄곧 사르트라고 썼다)나 지드, 카뮈(그를 알았다면 이단아의 열망을 가졌을 거다)에 대해선 거의 배운 적이 없었다. 또 선생님들은 수업 시간에 인간의 생식 기관에 관한 낯 뜨거운 내용이 나오면 얼렁뚱땅 넘어가버리곤 했다. 하지만 학생들은 개양귀비 생식에 대해서 배우는 시간을 놓치지 않았다. 여학생들은 눈을 반짝거리며 식물의 꽃자루를 빌려서 궁금한 것들을 맘껏 물어볼 수 있었다.

학교생활은 엄격했지만 다행히 내 곁에는 라모나가 있었다. 수녀님 앞에선 남자도 여자도 아닌 것처럼 행동하던 우리는 둘만 있으면 온갖 일탈을 꿈꿀 수 있었다.

라모나와 나는 같은 날 태어났다. 왼쪽 가슴 밑에 점이 있는 것도 똑같았다. 여덟 살 때 같은 반에서 만난 그녀는 내 일등 자리를 빼앗으려고 안간힘을 썼다. 물론 나도 일등을 놓치지 않으려고 바짝 긴장하곤 했다. 작문 시간에는 책상 아래로 거울을 비춰 상대가 어디 있나, 베껴 쓰진 않나 감시할 정도였다. 이를 바득바득 갈면서 경쟁을 벌이던 사이가 나중엔 속 얘기를 털어놓는 친구가 되었다. 의견이 잘 맞지 않던 부모님도 라모나 얘기가 나오면 관심을 보였고, 우리가 친구가 되면서 내 위상도 높아졌다. 라모나도 이렇게 말한 적이 있었다. 우리 부모님을 통해서 나를 더 유심히 관찰하게 되었다고.

조숙한 라모나는 특유의 날카로운 매력을 지니고 있었다. 그녀는 축제날 사람들이 선물로 안겨주는 인형 따위에는 관심도 없었고, 어른들의 세계를 관찰하는 걸 더 좋아했다. 그리고 차츰 자기만의 세계를 구축해서 그 공간에서 완벽하게 편안함을 느꼈다.

라모나는 작고 호리호리한 데다 까무잡잡한 피부를 가졌다. 늘 뚫어지게 응시하는 버릇이 있어 사람들은 대화를 나누다가도 중단하고 한 번쯤 그녀를 돌아보곤 했다. 그리고 죽기 전에 모든 걸 통달하고 싶어 했다. "난 젊은 나이에 죽을 거야"라고 말하며 스무 살에 삼베 수건에 피를 토하고 죽기를 바랐다. 나는 불길한 예감에 소름이 돋았지만, 그녀의 낭만주의를 홀대하는 것처럼 보일까봐 감히 아무런 대꾸도 하지 못했다. 독서광인 그녀는 닥치는 대로 책을 읽었다. 라모나의 부모님은 사업과 인간관계에 쫓겨 그녀를 아주 자유롭게 키웠다. 두 살 위인 오빠 이브만이 라모나와 모든 걸 공유했다.

언젠가 학교를 마치고 집으로 돌아가던 날, 라모나는 하수구 맨홀 위에 갑자기 멈춰 서더니 중대한 걸 발견한 사람처럼 손가락으로 아래를 가리켰다. 금속 뚜껑 위에는 라모나 아버지의 이름이 새겨져 있었다.

"아빠가 이걸 개발했어. 파리 전역의 하수구들을 설치하는 데 필요한 몽키 스패너에 특허를 갖고 계시거든. 그 특허 덕분에 우린 근사한 아파트에서 살고 있는 거야. 엄만 파티에 갈 때 드레스를 입고 보석을 주렁주렁 매달게 되었지."

하수구 뚜껑과 라모나 엄마의 드레스 사이에 어떤 관계가 있는지 나로선 알 수 없었지만, 그날 이후로 맨홀 뚜껑 위를 걸어갈 때마다

신경이 쓰인 건 사실이었다. 라모나 아버지의 이름을 밟고 지나간다는 느낌을 떨쳐버릴 수 없었으니까.

라모나의 엄마는 키가 크고 예뻤다. 반듯한 어깨까지 늘어트린 금발 머리엔 헤어밴드를 하고 다녔는데, 독특한 스타일이 마음에 들어 엄마한테도 헤어밴드를 해보라고 부추기기도 했다. 어린 내게 말할 때도 아주 상냥한 말씨를 써서 내 뒤에 또 누가 있는 건 아닌지 돌아보고 싶을 정도였다. 라모나의 엄마는 어딜 가든지 은빛 여우털로 만든 모피코트를 걸치고 가방에 뜨개바늘을 넣고 다녔다.

라모나와 놀고 있을 때면 그녀의 엄마가 가끔 방에 들어왔다. 우리를 흐뭇하게 지켜보았지만 그 표정에서는 슬픔이 묻어났다. 하지만 곧바로 일어나선 내가 이해 못할 몇 마디를 던지곤 여우털로 만든 모피코트를 끌며 방을 나가버리는 것이었다. 남편과는 거의 대화를 나누지 않았는데, 식탁에서 "알베르, 빵 좀 건네주겠어요?"라는 말을 하고서는 옆집 남자를 대하듯 어색한 미소를 짓곤 했다.

라모나의 아버지는 주머니에 권총을 넣고 다니는 루마니아 난민처럼 허름한 옷차림에 인상이 험상궂었다. 그런 그가 파리 외곽에 있는 작은 작업실에 틀어박혀 오랫동안 심혈을 기울여 하수구용 몽키 스패너를 개발했고, 특허를 따내 갑자기 떼돈을 번 거였다. 돈은 그에게 모든 걸 가져다주었다. 발명 하나로 인생이 바뀔 수도 있단 생각이 들 정도였다. 인상은 험상궂었지만 우리를 무릎에 앉히고 옛날 자장가를 불러줄 때면 눈가가 촉촉해지곤 했다. 뺨에 볼을 부빌 때는 길게 자란 구레나룻이 따가웠지만, 그가 거둔 과학적 성과에

존경심이 일어 감히 싫은 내색을 할 수 없었다. 보이는 것과는 달리 라모나의 엄마가 남편을 사랑하고 있다는 걸 나는 어렴풋이 눈치챌 수 있었다.

라모나와 내가 자석처럼 붙어 다니는 걸 엄마는 갈수록 좋아하지 않았다. 부모님들끼리 만나 해오던 브리지 게임도 엄마 아빠가 이혼하는 바람에 중단되었고, 엄마와 라모나의 부모님이 친해질 기회는 사라져버렸다. 하지만 나는 라모나의 부모님을 무척 좋아했다. 그들 사이에 끼여 은빛 여우 모피코트를 몸에 두르고 잠드는 꿈을 매일 밤 꾸곤 했다.

어느 날 오후 라모나의 집에 초대를 받았다. 현관으로 들어서자 금발에 휘황찬란한 보석들을 단 아름다운 여인이 눈에 띄었다. 그녀가 입은 검정색 타프타 치마가 현관을 온통 차지하고 있는 것만 같았다. 금발의 여인은 대녀인 라모나를 보려고 파리에 잠시 들른 거라고 했다. 폐가 점점 나빠져 건강이 매우 위독하다는 얘기도 얼핏 들었다. 강한 억양의 불어로 말을 하던 그녀의 입가에는 이따금 굉장히 피로한 미소가 스쳐 지나갔다. 금색 매듭장식을 일일이 풀어 사람들에게 선물을 나눠주는 동안 둘러앉은 가족들은 콧등이 새빨개져서는 손수건으로 눈가를 훔치고 있었다. 금발의 여인은 나에게도 이런저런 것들을 묻더니 나를 꼭 끌어안고 속삭였다.

"얘야, 이 에비타를 위해 많이 기도해주렴."

가슴이 뭉클했다. 순간 내 생애에서 중대한 일이 벌어지고 있다는 걸 느낄 수 있었다. 그녀가 선물을 건네며 한 사람씩 입을 맞추고 나자, 계급장을 단 운전기사가 다가와 떠날 시간이라고 알려주었다.

금발의 아리따운 여인은 사랑하는 라모나를 오래도록 끌어안고 간곡히 말했다.

"파리에 다시 못 들르게 되더라도 아르헨티나의 대모를 잊지 말아주렴."

라모나는 평생 잊지 못할 여인을 마주한 것처럼 눈시울이 붉어졌다.

"몇 년 후엔 나도 따라갈 거예요. 그땐 우리 영원히 함께 있어요."

나는 집으로 돌아와 아리따운 여인의 폐를 낫게 해달라고 간절히 기도했다. 하지만 몇 주 후 라모나로부터 슬픈 소식을 전해 들어야 했다. 라모나는 아르헨티나에서 온 검은 테가 둘러진 부고장을 받아들고 펑펑 눈물을 쏟아내었다. 나 역시 성장통을 느끼게 한 슬픔을 라모나와 함께 나누며 울음을 터트렸다.

그 일이 있은 후로 우리는 병적으로 음울한 시기를 보냈다. 지하 창고에 틀어박혀서 놀았고 묘지를 배회하고 다녔다. 라모나는 노인이나 아기들만 보면 열광하면서 이런 말을 했다.

"하느님한테 가장 가까이 있는 사람들은 주름살투성이 노인들과 젖살이 오른 아기들뿐이야."

우리는 아우구스티누스 합창단에 들어갔고, 성탄절엔 노인 호스피스 병동을 찾아가 노래를 불렀다. 그 좁은 병동에서 라모나는 '하느님 곁에' 있다는 뭉클한 감동을 느꼈다. 그날 라모나는 죽은 대모를 다시 만난 기분이었다고 했다.

우리는 서로에게 의지하면서 성장해갔다. 같은 반에서 수업을 듣고 같이 놀러 다니면서 호기심도 절망도 함께 나누었다. 나는 밋밋한 가슴에 다리만 껑충 길었고 무릎이 안으로 푹 꺼져 있었다. 머리카락도 눈도 밤색이었고 치아는 돌출되어 있었다. 스스로도 지독하게 평범한 아이라고만 여겨졌다……

라모나는 마른 데다 머리카락도 눈도 까맸고 피부도 가무잡잡했다. 그녀는 금발인 엄마를 부러워하였고, 작은 키 때문에 신발 안에 깔창을 넣고 다녔으며, 볼에는 면 솜을 집어넣어 달걀형인 엄마와 닮아 보이려고 애썼다.

외모에 지나치게 신경을 쓴 나머지 우리들 책가방은 노출한 모델들 사진으로 넘쳐났다. 어느 날 문득 그 사실을 알아차리곤 곧바로 정신이 들었다. 잡지 모델처럼 되지 않고도 남들을 사로잡을 무언가가 우리에겐 분명 있을 것이었고, 그게 무언지를 찾아내는 게 관건이었다. 그러려면 시간도 걸릴 테고 적잖은 노력도 들여야 할 테니까.

열여덟 살이 된 나는 여전히 긴 갈색 머리를 고수했지만, 치아를 교정했고 가슴도 조금 풍만해진 데다 무릎도 봉긋해졌다. 키가 커서 집 안을 걸어 다닐 때마다 문에 부딪히곤 했는데, 모서리마다 둥글게 해놓아 이마를 찧는 일은 없어졌다. 라모나도 전보다는 우아해졌다. 가무잡잡하던 피부는 옅은 갈색으로 변했고, 머리를 짧게 잘라 짐짓 튀어 보였다. 그녀는 말했다. 중요한 건 자기만의 스타일을 갖는 거야. 눈빛은 반짝거리고 걸음걸이는 당당해야 돼.

라모나는 평범함을 싫어했다. 사춘기를 보내는 동안 그녀는 줄곧 남들과 다른 행동을 하는 데 열을 올렸다. 오지랖이 넓은 나 때문에 애초에 가려고 했던 방향에서 비껴갈 때도 있었지만, 한 번도 나를 원망한 적은 없었다. 라모나에게 나는 값은 알지 못하지만 언제든 다른 방향에서 새롭게 시작할 수 있는 방정식의 미지수와 같은 존재였다.

성인 나이가 되면서 라모나는 한 가지 결심을 했다. 그녀와 오빠 이브, 그리고 나 이렇게 셋이서 순결을 버리는 의식을 치르자는 거였다. 그것도 라모나의 대모였던 에비타 사진이 코앞에 놓여 있는 그녀 부모님의 침대에서. 하지만 그녀의 환상은 나 때문에 여지없이 깨지고 말았다. 그날 밤 파트릭 엄마의 집에서 될 대로 되라는 식으로 일을 저지른 때문이었다. 처음에 라모나는 진부하기 짝이 없는 내 사랑에 버럭 화를 내었다. 하지만 나중에는 통속적인 사랑을 간접 경험해 볼 기회라고 여기곤 우리 둘의 관계에 호기심을 갖게 되었다.

하지만 라모나와 파트릭이 만나 대화가 통할 리 없었다. 나는 일부러 두 사람을 따로 만났고 함께 하는 자리를 애써 피했다……

생물학적인 기적이라도 일어난 걸까. 파트릭과의 섹스는 우리도 모르는 사이에 열정적인 투어로 변해버렸다.

그날 밤 우리는 둘 다 완벽한 전희에 빠져들었다. 파트릭은 자세를 바꾸어 나를 위로 올라가게 하더니 자기 몸을 내리누르는 자세를 취하게 했다. 그리고 나는 그의 성기를 따라서 오르락내리락하며 상체를 든 채 섹스를 했다……. 작고 깔끔하게 정돈된 내 방은 그야말로 오르가슴의 도가니가 되고 말았다. 발가락이 뒤틀리고 이가 뽑혀나갈 것처럼 온몸에 경련이 일더니, 육체 한가운데서 한 마리 나비가 된 것만 같았다.

나는 비명에 가까운 고함을 내질렀다. 파트릭이 내 입을 틀어막지 않았다면, 소름이 돋을 듯한 야릇한 괴성이 벽을 뚫고 흘러나가, 엄마와 필리프가 어디서 이런 소리가 나는지를 알아내려고 한달음에 달려왔을 것이다. 그의 손이 입을 틀어막는 순간, 엑토르 씨가 교정 체조를 해주던 때의 기억이 불현듯 스치고 지나갔다. 그러자 쾌감은 세 배로 커졌다. 내 반응이 놀라웠던지 입을 꾹 다물고 있던 파트릭도 서서히 오르가슴을 느끼는 것 같았다. 그가 나를 바닥에 눕히자 다리에 흥건하게 분비물을 쏟아내고 말았다. 나는 넋이 나간 채로 몇 분 동안 카펫 위에 드러누워 있었다. 파트릭이 침대 위로 나를 올려주지 않았다면 거기서 그대로 잠들어버렸을 것이다.

나는 불결하고도 천박한 사랑에 덜미를 잡히고 말았다. 그의 발가락 사이를 핥고, 그의 입술 위에 그가 씹다 만 감자튀김 스테이크를 얹어놓고, 그의 성기 위에서 웅크리고 잠을 자라고 하면 그렇게 할 수도 있을 것 같았다. 다시 죽음 같은 절정에 도달할 때까지 내 몸 안에 떨림을 간직할 수만 있다면, 나는 뭐든 할 수 있을 것만 같았다. 그야말로 천국에 직통으로 들어가는 길을 알아버린 것이다…….

파트릭도 천국의 문 앞에서 환각 상태에 접어들었다……. 빨갛게 충혈된 눈에서 푸른 섬광이 뿜어져 나오고 머리카락들이 쭈뼛 일어서더니 공중으로 붕 떠오르는 듯한 이탈을 경험하고 있었다.

우리는 둘 다 기력을 완전히 소진하여 잠에 곯아떨어졌고, 나는 파트릭에게 고마움을 느꼈다.

다음 날 아침 깨어나자마자 파트릭이 나를 끌어안았다. 순간 내 몸이 돌처럼 굳어지고 말았다. 아마도 그에겐 거부의 뜻으로 비쳐졌을지도 모르나, 실은 그의 노예가 되어버린 것 같은 느낌 때문이었다. 마법이 깨질까봐 감히 옴짝달싹할 수 없을 정도로…….

덧문 틈새로 아침 햇살이 새어 들어왔다. 방 안은 어제와 달라진 게 없었다. 침대는 여전히 둘이 눕기에 비좁았고 곧 있으면 엄마가 아침 식사를 들고 올 것이다. 엄마는 천상의 아침을 맞아 명상하듯 누워 있는 우리를 생뚱한 얼굴로 바라보겠지.

며칠간 나는 산만하고 정신 나간 사람처럼 굴었다. 엄마에게 내 상태가 어떤지 설명할 수는 없었다. 여전히 나는 섹스를 할 때마다 숨을 헐떡이며 경련을 느끼고 허리를 비틀다가 종국엔 간질 발작을 일으키듯이 비명을 내질렀다. 그러곤 파트릭에게 엑스터시의 몸짓과 표정을 드러내 보이려고 애썼다. 내가 괴로워하는 이유를 엄마는 이해하지 못할 것이다.

실제로 엄마가 느낀 오르가슴은 지극히 정상적인 행위에서 비롯된 쾌감이었지, 결코 나처럼 망아의 지경에 이른 것은 아니었다.

라모나는 이렇게 해석했다. 내가 느낀 절정의 감정은 파트릭이 취한 체위 때문이지 그의 신체 구조가 마법 같은 위력을 행사했기 때문은 아닌 것 같다고. 그녀는 내가 육체의 저속한 쾌락에 빠져들었다는 걸 눈치채고 있었다. 라모나는 간청하듯이 말했다.

"예전으로 돌아가. 그러지 않으면 네 영혼과 정체성 모두를 잃고 말 거야."

아비뇽에 사는 외할머니의 여동생 가브리엘만이 내 상태를 축복이라고 여겼다. 그녀는 가족들 간에 '혜안을 가진' 할머니로 통하는 분이었다.

오후 무렵 나는 가브리엘 할머니의 집을 찾았다. 넋이 빠진 듯 눈동자의 초점을 잃은 나를 보고 그녀는 대뜸 무슨 일이 있냐고 물었다. 나는 그간에 겪은 일들을 털어놓았다.

가브리엘 할머니는 단번에 나를 꿰뚫어 보는 것 같았다. 그러곤 등의자에 기대어 자신의 얘기를 들려주었다.

"소피, 너도 알겠지만, 스물여섯 살 때 나는 두 딸의 엄마이자 잘나가는 은행가의 아내였다. 어느 날 남편의 고객 중 한 사람이 집으로 저녁을 먹으러 왔단다. 식당 안으로 들어오는 그를 본 순간 내 얼굴은 금세 붉어지고 말았어. 그가 나를 쳐다보았을 땐 온몸이 떨리고 열이 나서 어떻게 저녁을 먹었는지도 모를 정도였단다. 그는 내가 혼란스러워한다는 걸 알고 있었어.

어느 날 오후 네 외할머니 집을 다녀오던 길에 우연히 그와 마주치게 되었단다. 그는 내게 팔짱을 끼라고 하더니 집까지 배웅해주더구나. 그 일이 있고 나서 매일 밤 그를 생각하면서 잠이 들었단다. 그가 용기를 내서 먼저 만나자고 하더구나. 나는 이렇게 대꾸했지. 당신은 이렇게 접근해 와서 나를 만나다가도 언젠가는 다신 보려고 하지 않을 거라고.

그 말을 해놓고도 나는 약속 장소로 가고 말았어. 그러곤 그의 집으로 갔지. 침대에서 서로 부둥켜안게 되었을 땐 내 몸 안에서 벼락이 치는 것만 같았단다. 네 말대로 꼭 죽을 것처럼 말이야. 그 이후론 예전의 내가 아니었어. 결국엔 나는 남편과 아이들을 버리고 그 남자를 쫓아갔단다. 얼마 동안 너무나 괴롭고 힘들었다. 다시 기운을 되찾은 후에는, 나를 으스러질 듯이 껴안는 그의 품 안에서 정말 행복했단다……. 모든 자제력을 잃어버릴 정도로.

그리고 어느 날 그는 아무 말도 없이 내 곁을 떠났단다. 마음을 추스르는 데 정말이지 많은 시간이 필요했어. 얘야, 알겠니? 넌 아무나 할 수 없는 귀한 경험을 한 거란다. 내 딸들이 그런 쾌락을 알게 될까봐 나는 염려스러웠어. 평생 그런 감정을 모르고 살길 열망했단다. 왜냐면, 그런 쾌락의 감정에 빠져들게 되면 자신과 다른 사람들을 분명 잃게 될 테니까 말이야. 너 자신을 지키려면 용기가 필요하단다……."

가브리엘 할머니는 찻잔을 내려놓았다. 옛 추억에 잠긴 듯 씁쓸한 미소를 짓더니, 고개를 주억거리며 딱딱한 의자에 몸을 맡겼다.

그러곤 작게 중얼거렸다.

"프레데릭."

난로 위의 낡은 벽시계가 벌써 다섯 시를 알렸다. 가브리엘 할머니는 상념을 떨쳐버리고는 내 뺨을 어루만지며 말했다.

"넌 운이 좋은 아이야. 하지만 조심하거라……."

지구가 어느 방향으로 돌아가는지 알 수 없을 정도로 마음이 산란할 때면 가브리엘 할머니의 집을 찾았다. 그녀는 모파상 골목 끝 허름한 세 칸짜리 아파트에서 고양이 두 마리와 살고 있었다. 자몽씨라든가 솔방울씨 같은 것들을 심어놓아 집 안에 있으면 온실 속에 있는 기분이 들었다. 우울한 내 얼굴을 보고 가브리엘 할머니는 마편초를 건넸다. 향을 맡으면 기분이 좋아질 거라면서. 곧바로 커피와 빵도 내오더니 이런 말을 했다.

"커피는 서서 마시면 안 돼. 곧바로 뇌로 가서 신경을 흥분시키거든."

음식을 먹고 생기가 돌자 내 입에선 농담도 흘러나왔다.

가브리엘 할머니는 우주의 이치를 알고 있었다. 식물들의 뿌리와 가지와 이끼가 그녀와 세상을 연결시켜주는 안테나였다. 그녀는 그 안테나들이 흔들리는 걸 보고 찾아온 사람들의 마음을 읽었고 그들에게 영혼의 평화와 안식을 주었다. 과오를 저지르며 쾌락을 알게 된 그 이후부터였을까. 그녀는 지상에서 일어나는 온갖 관능들을 감지할 수 있었다. 고래나 악어와도 말할 수 있었고, 검붉은 달로 춘분과 추분을 예견했으며, 마사지로 굳어진 마음을 풀어주고 관자놀이를 눌러 악몽을 내쫓는 법도 알게 되었다. 가족들은 그녀와 인연을 끊고 지냈다. 형제들이 낳은 자녀나 손자들은 가족 모임에 한 번도 나타난 적 없는 작은외할머니가 어떤 분인자 궁금해했다. 삼촌들은 경멸이 담긴 투로 그녀에 대해 언급할 뿐 별다른 얘기를 들려주지 않았다. 상식적인 쾌락과 절도 있는 삶을 살아온 그들은 가브리엘 할머니를 세상에 존재하지 않는 사람으로 여기고 싶었을지 모른다. 물론 그들은 그녀에게 매달 재산 분배금을 보냈다. 비록 연락을 끊고 살았지만 조카들을 통해 가브리엘 할머니가 모든 얘기를 전해 듣고 있다는 걸 모르지 않았다.

가브리엘 할머니는 주름진 눈으로 내 마음을 꿰뚫어 보고 있었다.

하지만 곧바로 핵심을 말하지는 않았다. 솔방울씨며 살구씨 얘기로 시작해서 자신도 젊었을 적 비슷한 경험을 했다면서 이런저런 얘기들을 들려주었다. 그녀가 얘기를 지어내고 있다는 건 의심의 여지가 없었다. 상대를 안심시키고 영혼에도 모스 부호가 있다는 걸 알려주기 위해서.

"알겠니……. 너 혼자만 그런 고통을 겪은 게 아니란다. 1923년에 나도 똑같은 경험을 했어……."

가브리엘 할머니와 함께 있으면 미지수 두 개의 풀기 어려운 방정식이란 없었다. 나는 쿠션에 몸을 기댄 채로 모든 걸 얘기했다. 할머니가 내 말을 듣고 있으면 세상의 온갖 걱정거리가 사라지는 것 같았다.

가브리엘 할머니는 직접 조제한 것이라며 화학성분이 전혀 없는 약을 건네면서 말했다.

"모든 게 삐딱하게 보이고 현실의 끈을 놓쳐버린 것처럼 느껴지면 고개를 들고 하늘을 보렴. 구름 한 자락도 놓치지 말고 낱낱이 봐야 해. 그럼 하늘이 푸르거나 흐리다는 것 말고도, 아주 드넓다는 사실을 깨닫게 될 게야. 그 하늘은 파리나 홍콩이나 이 세상 어디에서나 똑같다는 걸 명심하거라. 하늘을 품고 살면 마음이 편해질 게다……."

잠시 동안 가브리엘 할머니 집의 창문 너머로 하늘을 눈여겨보았다.

어느덧 생각이 정리되면서 분열증을 일으킬 것 같았던 마음도 정돈되었다.

　"어린 두 딸을 버리고 한 남자를 쫓아갔을 때, 난 밤낮없이 울기만
했다. 그렇게 괴로움에 시달리고 있을 때 하늘을 보았지. 그리고 나
무들을 매만지며 새싹이 움트길 기다렸어. 그러면서 내 영혼이 강해
지고 있다는 걸 느꼈단다. 부드러움과 온화함으로 가득한 낯선 세상
을 만났던 거야. 애야, 인생은 언제나 네 뜻대로 되진 않는단다. 하
지만 주위를 살피면 모든 게 위안이 돼. 너 자신만을 들여다보다가
는 경솔해진단다. 조급증은 현대판 악마와도 같아. 인내가 살아가는
데 필요한 최고의 기술이지……."

고감도의 쾌락을 경험한 순간, 카미유는
아찔한 현기증을 느꼈다. 이혼을 하고도 오랜 세월 자미에게 얽매여
있었던 것도, 따지고 보면 그녀를 절정에 이르게 하는 섹스 기술을
그가 갖고 있었기 때문이다.

　공증인의 딸인 롱쿠앙의 집에서 브리지 게임을 하던 날, 카미유는
자미 포르자를 처음 만났다. 카미유는 위태롭게 포석 네 개를 깔아
놓곤 마음을 졸이고 있었다. 그러다 문득 눈을 들었을 때 맞은편 테
이블에 앉은 자미 포르자를 발견하게 되었다. 그는 그녀를 뚫어지게
바라보면서 입꼬리를 살짝 들어 올리며 웃고 있었다. 하지만 지고
이기고의 딜레마에 빠져 있던 그녀에겐 비웃는 듯이 보였다.

　특별히 잘생긴 곳은 없었지만 눈을 내리깔고 있을 때의 그의 모습
은 멋져 보였다. 콧대가 드러나는 길쭉한 코, 크고 하얀 치아, 파란

눈에 갈색 머리를 가진 남자였다. 상대를 바라보는 방식이나 주머니에 손을 찔러 넣고 있는 태도, 수시로 머리를 쓸어 넘기며 담배를 피우고 목에 스카프를 두르고 있는 모습들이 결정적으로 그의 인상을 또렷이 각인시켰다.

그날 밤 니콜 롱쿠앙 양에게 작별 인사를 건네며 자미가 자리를 박차고 일어섰을 때, 카미유는 버림받은 느낌마저 들었다. 하지만 언젠간 다시 그를 만나게 되리라는 기대는 버리지 않았다. 여전히 수첩에는 꼬박꼬박 남자들의 이름을 적고 지우는 일을 반복했지만, 행여 부정을 타진 않을까 하는 미신 같은 생각이 들어 잘난 이탈리아 남자의 이름은 적어 넣을 수가 없었다.

마침내 오를로주 광장에서 자미를 다시 만나게 되었다. 카미유는 예쁜 구슬을 선사했고, 그는 선뜻 받아주었다. 이날 이후로 자미는 수업이 끝나면 카미유를 바래다주고 사랑의 글귀를 전했다. 그리고 헤어지기 전 문 앞에서 그녀에게 기습적으로 키스할 수 있는 유일한 남자가 되었다.

자미는 유혹을 아는 남자였다. 꽃다발을 보내고, 시속 백 킬로미터로 질주해 라이벌들을 따돌리고 승리를 거머쥐었으며, 급기야 베니스에서 곤돌라를 타자는 말까지 꺼내었다. 카미유는 그에게 매료당한 채 잠자코 그의 말을 따랐지만, 정조 관념에 오래 길들여져온 탓에 넙죽 안길 수는 없었다. 나중에 자미가 청혼했을 때 그녀는 속으로 쾌재를 불렀다. 그러곤 곧바로 아버지에게로 달려가 그 사실을 알렸다.

유월의 오후 카미유는 흰색 정장에 닭깃이 달린 모자를 쓰고, 여덟 명의 꼬마들을 들러리로 세운 채 아버지 손에 이끌려 식장으로 들어갔다. 자미는 엄숙하게 사랑의 서약을 하고는 평생 그녀를 지키고 부양하겠다고 맹세했다.

왈츠를 추고 샴페인을 터트리며 한바탕 피로연을 마치자마자, 그들은 "이제 막 결혼했어요. 얼른 길을 비켜주시죠"라는 플래카드를 내걸고 컨버터블식 모건 자동차에 올라탔다. 카미유는 그게 당시 최고의 유행인지도 알지 못했다.

자미는 신혼여행지로 이탈리아를 선택했다. 그곳은 부모님이 태어난 곳이자 자신의 요람 같은 곳이었고…… 그는 모국어로도 사랑의 언약을 하고 싶었다.

아비뇽을 떠난 카미유는 살림살이를 마련하라고 아버지가 건넨 돈과 자신이 모은 돈을 모두 자미에게 맡겼다. 그녀는 진심으로 자미를 신뢰했고, 자미 역시 가슴이 뻐근할 정도로 가장으로서의 강한 책임감을 느꼈다.

자미는 작은 호텔에 방을 예약했다. 카미유가 사소한 일에 불안해하지 않도록 특별히 방음이 잘 되고 신중한 관리인이 있는 곳으로 골랐다. 비좁은 계단은 층마다 왁스칠 냄새가 진동할 정도로 반들거렸다. 그는 짐받이 위에 커다란 트렁크 두 개를 올려놓곤 창문의 커튼을 닫았다. 그리고 욕실과 화장실을 한 차례 둘러보고는 이제 둘만의 시간이 왔다는 걸 알리기 위해 흐흠 하고 헛기침을 했다. 발가락을 조이던 새 구두를 벗어던지고, 방해할 사람이 없는 공간에서 옷까지 훌훌 벗었다. 그는 카미유를 번쩍 들어 안곤 아기를 어르듯이 공중에서 몇 차례 흔들더니, 꽃무늬 솜이불 위에 살그머니 내려 놓았다.

자미는 몸에 딱 달라붙는 그녀의 정장 속으로 손을 집어넣었다. 카미유는 가만히 기다렸다. 피아노와 자전거 레슨만 받으며 조신하게 살아온 그녀에게 그가 무례하게 굴지 않으리란 걸 잘 알고 있었다. 다만 당황하지 말라고 용기를 주는 뜻에서 그에게 싱긋 미소를 지어 보였다.

마침내 그들이 한데 엉켜 결정적인 일을 치르려던 찰나였다. 자미는 깜짝 놀랐다. 클레망소 거리에서 일하던 측량사 아가씨 조르제트처럼 카미유도 처녀가 아니었다. 그는 너무나 혼란스러운 나머지 신혼 첫 밤을 보내고 있다는 것도 까맣게 잊어버릴 지경이었다. 신부와 있는 건지 조르제트와 있는 건지도 분간이 안 갈 정도였다. 하지만 숫처녀인 카미유는 처음으로 짜릿한 전율을 느끼고 있었다. 그녀는 스스로를 독려해가며 첫 경험을 했고, 쾌락이 얼마나 정교한 감정인지를 새삼 발견했다.

얼떨결에 일을 마친 자미는 여전히 뒤통수를 맞은 것 같았다. 그는 참다못해 그녀에게 슬쩍 물었다.

"당신, 왜 핏자국이 없지?"

카미유는 차분하게 미소를 짓고만 있었다.

"순결의 흔적이 없는 건 내가 방탕한 생활을 했기 때문이 아니에요. 유전적으로 가계에 처녀막이 없는 탓이죠."

조금 후에 그녀는 이런 얘기를 덧붙였다.

"할머니에게는 어머니의 어머니뻘인 앙투아네트란 선조가 있었어요. 그분은 몸이 안 좋은 집시 여인을 거두어서 돌본 적이 있었죠. 얼마 후 건강을 되찾은 집시 여인은 감사의 뜻으로 앙투아네트에게 한 가지 약속을 했어요. 네 세대를 거치는 동안에는 앙투아네트의 후손인 여자들이 처녀성을 겁탈당하지도, 그 때문에 고통을 받지도 않게 해줄 것이고, 핏자국을 남기거나 고함을 지르지 않고 신혼 첫날밤을 보내게 해주겠다고요."

그러니까 카미유는 이 거짓말 같은 특권을 누리게 된 마지막 후손인 셈이었다.

자미는 절실히 후회했다. 일을 치르는 동안 조르제트와 카미유의 신체 구조를 비교하며 공상의 나래를 펴고 있었기 때문이었다. 그는 그녀를 껴안고 의심해서 미안하다고 용서를 빌었다. 그날 카미유는 자미의 품에 안겨 행복에 겨운 잠을 청하면서 이런 생각을 했다. 앞으론 우리 둘만의 침대에서 이불을 덮고 매일 사랑을 나누겠지.

이튿날 그들은 이탈리아로 신혼여행을 떠났다. 먼 길을 떠나온 탓에 둘 다 피로가 쌓이고 정신이 몽롱한 상태였다. 그들은 연신 하품을 해대면서 피렌체에 있는 박물관들을 꼼꼼히 돌아보았다. 그러곤 볼로냐의 유명한 레스토랑에서 살팀보카[10]와 스파게티를 먹었다.

---

10) 튀긴 얇은 송아지 고기 위에 훈제 소시지를 얹고 백리향이나 샐비어 잎사귀를 곁들인 이탈리아 요리.

레스토랑에는 유명 인사들의 사인이 붙어 있었고, 뚱뚱한 저명인사가 멜빵 밖으로 배가 튀어나온 또 다른 저명인사에게 축하를 건네는 사진도 보였다.

다음으론 피사의 사탑을 돌아보고, 황갈색과 붉은색 건물들이 즐비한 페라르 시내를 돌아다녔다. 그러다 길을 못 찾고 사람이 살지 않는 빈집 철책을 넘기도 했다. 이윽고 아름다운 도시 베니스의 상징물인 곤돌라를 타고 미로 같은 길들을 누볐다.

자미는 손가락으로 이곳저곳을 가리키며 열심히 설명해주었다. 이탈리아 사람들처럼 눈썹을 일그러트리고 외설스럽게 혀를 내밀면서. 그러다 길에서 카미유에게 무례하게 구는 사람을 보면 계속 저주의 말을 퍼부었다.

카미유는 자신이 소중한 사람처럼 여겨졌다. 매일매일 레드 카펫을 밟고 있는 기분이었다. 그녀는 과분할 정도로 자신을 아껴주는 자미가 고마웠고, 이렇듯 여자를 존중해주는 번듯한 남자와 결혼했다는 사실에 내심 기뻤다.

그들이 보내는 밤들 또한 화려했다. 자미가 기다란 손가락으로 그녀의 목을 더듬으면 그녀는 목덜미를 파르르 떨면서 천상을 오르내리는 기분이었다. 그러다 그가 블라우스 단추를 하나씩 풀어 헤치면 온몸이 떨렸고, 애무를 시작할 때는 입에서 작게 신음이 흘러나왔다.

행복한 신혼을 즐기던 그들은 다음 날 베니스의 다리를 거닐었다. 그러다 화가처럼 수염을 기른 잘생긴 남자가 기적과도 같은 성공을 거둔 자신의 사업 얘기를 떠드는 걸 목격하게 되었다. 카미유와 자미는 발걸음을 멈추었다. 전쟁이 끝나고 어수선하던 시대에 돈을 어떻게 해야 많이 버는지 안다고 장황하게 떠드는 얘기에 귀가 솔깃했다. 남자의 바지 주머니 밖으로 두툼한 지폐 뭉치가 비어져 나온 걸 보곤, 카미유가 자미의 옆구리를 쿡 찔러서 알려주었다.

남자는 그들이 자신의 말을 경청하고 있다는 걸 눈치채고 곁으로 다가왔다. 그는 정중히 인사를 하면서 자기소개를 했다.

"난 마리오 곤돌피라고 하오……."

"반가워요."

카미유가 대꾸했다.

자미는 마리오 곤돌피와 얘기를 나누었다. 마리오는 파산한 늙은 귀족들에게 높은 이자로 돈을 꿔주어 한 달 만에 투자금의 두 배를 받았다는 둥 계속해서 자기 성공담을 늘어놓았다.

카미유는 남자의 눈에 탐욕이 이글거린다는 걸 알아채었다. 그는 결코 정직한 사람으로 보이지 않았다. 하지만 자미가 진지하게 개인적인 얘기를 하는 바람에 차마 그 말을 건넬 수 없었다. 둘의 대화는 계속 이어지고 있었다.

자미는 마리오 곤돌피와 거래를 해보기로 했다. 갖고 있던 돈의 절반을 그에게 맡기곤 반드시 부자가 되게 해달라고 신신당부했다. 마리오 곤돌피는 돈을 받은 영수증과 이름, 주소, 전화번호가 적힌 명함을 건네곤 다음 주에 만나자고 약속을 하였다.

이튿날 미심쩍은 생각이 든 카미유가 자미에게 전화를 걸어보라고 했다. 그런데 전화를 받은 사람은 곤돌피가 아니었다. 두말할 것

없이 로또처럼 한탕을 노린 사람들을 상대로 한 사기 행각에 걸려든 거였다. 경찰서로 가서 고발하는 수밖에 없었다. 외국인에게 돈을 뜯어내고 유명 관광지의 이미지에 먹칠을 한 사기꾼을 잡아달라고……

그날 카미유는 지축이 흔들리는 듯한 충격을 느꼈다. 감미롭게 추던 왈츠를 멈추고 두 발짝 물러나서 보니, 매력적이던 왕자가 지지리 못난 바보처럼 여겨졌다.

만인이 보는 앞에서 한 여인과 장차 태어날 자식들을 책임지겠다고 신에게 맹세한 사람이 어떻게 그 많은 돈을 내줄 수 있을까?

그들은 당장 호텔부터 바꿔야 했다. 고기 없는 스파게티를 먹고, 몇 푼만 주면 사랑의 노래를 들려주던 기타 연주자들을 피해 다녔다. 아무리 행복을 읊조려대어도 지금 그녀의 마음속에선 행복의 그림자조차 찾아볼 수 없었다. 카미유는 뿌루퉁한 얼굴로 땅만 내려다보면서 걸었다. 성 마르코 대성당을 올려다보면서도 혀를 끌끌 찼고, 플로리앙 카페에서는 테라스에 앉는 걸 한사코 거부했다.

결국 자미가 무릎을 꿇고 약속했다.

"앞으론 더 현명해질게. 이제부턴 책임감을 갖고 행동할 테니까 제발 날 믿어줘. 프랑스에서 너무 오래 살다 보니까 이탈리아에 마리오 곤돌피 같은 사기꾼들이 있다는 걸 깜박 잊었어. 어쨌든 우린 신혼여행 중이잖아. 그런 작자의 허풍에 나처럼 눈이 휘둥그레져서 지갑을 연 관광객들이 수두룩할 거야."

많은 돈을 빼앗겼는데도 신이 난 자미를 보자 카미유는 그가 원망스럽기만 했다.

　미국에서 최신식 크리스틸 라디오를 사 오고 은행에 주식을 맡겼던 아버지가 새삼 떠올랐다. 카미유는 후회가 밀려왔다. 아버지라면 그런 사기꾼에게 단 한 푼도 맡기지 않았을 것이다. 그날 밤 자미가 혈관이 팔딱거리는 귀 뒤에 입술을 갖다대어도, 보드라운 솜이불 위에 누운 그녀는 더 이상 천국을 넘나들지 못했다.

역사적인 쾌락을 알게 된 날부터 파트릭과의 성관계는 완전히 바뀌었다. 하지만 그런 강렬한 행복감이 어디에서 비롯된 것인지 가브리엘 할머니나 엄마나 라모나가 설명해줄 수는 없는 노릇이었다. 그래서 나 혼자서 좀 더 과학적인 방법으로 접근해보기로 했다.

국립도서관으로 가서 절대 권력을 휘두른 여왕의 열렬한 연애편지들을 모조리 찾아 연구하기 시작했다. 그렇게 나는 한 가지 사실을 알아내었다. 평소엔 근엄하고 새침하던 영국의 빅토리아 여왕이 부군이던 앨버트 왕에게 왜 그토록 집착했는지를.

어느 날 여왕은 가까이 지내던 레드포드-온-에이본 공작 부인의 집을 찾아가 차를 마시던 중, 벼르고 있었던 임신 문제에 대해 얘기를 꺼내었다.(앨버트 왕과 결혼한 지 이 년이 지났지만 절망스럽게도 여왕의 배는 불러오지 않았다.) 그러자 공작 부인이 여왕에게 넌지시 일러주었다. 여왕의 허리 밑에 쿠션을 놓고 사랑 행위를 하면 달아나기 쉬운 정자를 잡아둘 수 있다고.

빅토리아 여왕은 찻잔을 내려놓고 곧바로 버킹엄 궁으로 향했다. 여왕은 공작 부인이 일러준 비법을 앨버트 왕의 귀에 대고 속삭였다. 그날 밤 시종장이 여왕의 침소 시간을 알리자, 부군 앨버트는 쿠션을 들고 침실로 들어갔다. 그는 왕가의 이니셜과 왕관 모양이 새겨진 붉은 쿠션을 아내의 골반 밑에 조심스럽게 밀어 넣었다. 침대는 너무 높아서 눕기에도 편치 않았고 섹스를 할 때 몸을 들썩이기에도 좋지 않았지만, 여하튼 그는 기어오르듯이 침대로 올라가 빅토리아 여왕의 보드라운 몸 위에 자리를 잡았다.

여왕은 윤기 나는 머리를 가지런히 늘어트리고 파란 눈을 반짝이고 있었지만, 왕을 흥분시키지는 못했다. 그는 지극히 평범한 수준의 욕망만을 느꼈고, 예의상 어느 여성에게라도 육체적인 존중의 표시로 해주는 의례적인 애무를 두세 차례 했을 뿐이었다. 그러곤 여왕의 골반 깊숙이 들어갔다. 왕은 규칙적인 동작을 시작하면서 이제 자신이 할 일은 다 끝났다고 생각하고 있었다.

섹스를 하는 동안 앨버트 왕은 이튿날 나갈 사냥에 골몰했다. 사냥개의 목에 끈을 달아주고, 말굽에는 편자를 다시 박고, 기침약도 챙겨야겠다고. '뿔피리 소리가 울리기 전에 약을 먹어야겠어. 지난번처럼 사냥감을 함정에 몰아넣는 뿔피리 소리에 기침이 터져 나오기라도 하면 큰일이야.' 이상하게도 왕은 사위가 쥐 죽은 듯 고요해지면 가공할 만한 기침이 터졌다.

그렇게 왕의 머릿속에서 잡다한 생각들이 떠오르고 있는데, 여왕은 거의 발작 상태에 이르렀다. 위엄 있고 신중한 일상의 모습은 온데간데없고 비명을 내지르며 간질을 일으키듯 몸이 뻣뻣하게 굳어지더니, 쿠션을 받쳐 골반을 들어 올린 채 눈을 뒤집고 있었다. 발작은 일 분쯤 계속되었다. 다시 몸이 이완되자 여왕은 짜릿한 황홀감을 느꼈고, 굵은 땀방울이 뺨을 타고 용암처럼 흘러내렸다. 그러자 앨버트 왕은 고개를 숙이고 기사도 정신을 발휘해서 여왕에게 이렇게 물었다.

"짐이 여왕을 아프게 하진 않았는지요, 쿠션 때문에 불편하진 않으셨나요……."

하지만 여왕은 탄성처럼 이 말만 되풀이했다.

"앨버트……. 오! 앨버트……. 아시나요, 내가 좋아한다는 거……."

여왕이 왜 이토록 히스테릭한 반응을 보이는지 몰라 왕은 당황스러웠다. 그 이유를 알고 싶어서 그는 친구인 윌리엄 박사에게 편지를 썼다.

윌리엄 박사가 어떤 답장을 보냈는지는 찾을 수 없었지만, 앨버트 왕의 다른 몇 통의 편지들을 찾아 읽을 수는 있었다. 그 편지들에는 여왕의 이런 증상이 점점 심해져서 왕은 어찌할 바를 몰랐으며, 갈수록 자제력을 잃는 아내의 행동에 맞추느라 왕 자신도 도를 넘는 애무와 성욕을 즐기게 되었다고 적혀 있었다.

앨버트 왕은 윌리엄 박사에게 별도로 이런 편지까지 썼다. 이런 얘긴 떠올리는 것조차 무례하기 짝이 없는 일이니 반드시 비밀에 부쳐달라고.

그 편지들을 읽으면서 내 경우를 떠올려보았다. 왕궁의 쿠션을 받치지도 않았고 또 앨버트 왕이 아닌 평범한 남자와 섹스를 하는데도 나는 전율할 만한 쾌감을 느꼈다. 그렇다면 이 두 가지 요소를 뺀 다른 이유가 있는지 궁금해지지 않을 수 없었다.

그 이유를 찾는 데 파트릭은 전혀 도움이 되지 않았다. 그럼에도 그는 여전히 내게 커다란 전율을 선사해주었다. 상체를 꼿꼿이 세우고 그의 허리를 조이고 있는 나를 열심히 애무해주면서. 그렇게 해서 최종적으로 도달하는 것은 바로 나 자신을 완전히 잊어버리는 망아의 경지였다. 파트릭이 허약한 체질이었다면, 이런 수직적인 체위는 엄두도 못 낼 일이었다. 얼굴이 붉어지거나 척추 디스크의 징후를 보이지 않고서, 몇 분 동안 욕망을 유지하며 발기한 채 나를 절정으로 밀어 넣기란 사실상 불가능했을 것이기 때문이었다. 골반에 쿠션을 받쳐야 했던 빅토리아 여왕처럼, 나 역시도 파트릭이 누운 채 수직 체위로 섹스하도록 단죄받은 것만 같았다. 성에 대한 내 탐구는 도로아미타불이 되어버렸다.

정식 커플답게 우리는 가구나 전원풍의 집, 자동 바비큐 기계의 매뉴얼 책자 따위를 열심히 뒤적거렸다. 파트릭은 직장을 갖게 되면 야근도 마다하지 않고 내게 무엇이든 해줄 것이다. 회계 공부를 계속 하기로 한 것도 경제력에 보수적인 내 성향을 그가 잘 알고 있기 때문이었다.

거실의 청색 소파에 그와 손을 잡고 나란히 앉아서 미래를 설계하는 모습을 보면서 엄마는 감동 어린 눈길을 보내곤 했다.

파트릭의 아버지와 새어머니에게도 정식으로 인사드리기로 했다. 물론 풋사랑을 나누던 시절 자갈이 깔린 해변에서 먼발치로 그분들을 잠깐 본 일은 있었지만.

사월의 화창한 날 아침 외아들 파트릭은 나를 데리고 두 분을 찾았다. 반은 귀족풍이고 반은 서민풍인 식당에서 나는 가정교육을 잘 받은 아가씨인 양 굴었다. 장황한 얘기를 늘어놓는다거나 팔꿈치를 괴는 일은 삼가고, 되도록 그의 가족들이 원하는 대로 맞추려고 애썼다. 분위기가 무르익어 앞으로 태어날 아기 이름을 뭘로 짓겠느냐는 얘기가 나오자 내 얼굴은 빨개지고 말았다. 나는 당근을 넣고 요리한 소고기를 복스럽게 먹으며 그분들을 흐뭇하게 만들었고, 거북하게 만든다거나 근심을 불러일으킬 만한 행동은 일절 하지 않았다.

카페로 옮겨갔을 땐 나는 이미 파트릭의 약혼녀나 다름없었다. 이웃 사람들이 나를 보겠다고 와선 사과 브랜디를 벌컥벌컥 들이켜며 연신 트림을 했다. 파트릭 곁에 꼭 붙어 있던 나는 모호한 행복감 속에서 유영하는 기분이었다. 거기에 나란 존재는 없었고 내가 마치 대용품으로 서 있는 기분이었다.

갑자기 야무진 소녀 시절의 꿈들이 산산이 흩어져버리는 것만 같았다. 결혼이라는 골인 지점을 향해 무섭게 질주하고 있다는 오싹한 느낌에 머릿속으로 애써 감미로운 상상을 해보려고 했다. 삼층에 아담한 보금자리를 마련하고, 침실을 우아한 벽지로 도배하고, 결혼하고 얼마 후 바로 배가 불러오고, 파트릭은 태어날 아기를 위해 온갖 것들을 준비하고, 아침이면 그가 침대로 커피를 날라다 주면서 출근하기 전 뱃속의 아가와 잘 지내라고 내 이마에 쪼옥 소리 나게 입맞춤을 해줄 거라고……

소박한 삶을 떠올리자 식물처럼 지극히 나른한 상태에 빠져들었다. 가끔 식탁에서 그대로 잠들어버릴 때도 있어서 일부러 긴장하고 있어야 했다. 뇌리를 떠나지 않던 불안도 걱정거리도 사라지면서 뱃속 깊이 평온해진 기분이었다. 내 안의 악마가 질타를 퍼부어도 겁먹지 말자고 다짐했다. 행복의 덫에 걸려 깜박깜박 잠이 든다 한들 뭐가 대수란 말인가.

하지만 라모나만은 걱정스러운 듯 한숨을 지었다.

"너 자신을 잃고 무작정 달려가고 있는 거야. 이런 식의 결혼은 널렸어. 불특정 다수의 소비자들이 너도 나도 사려 하는 물건처럼……"

그럼 라모나의 사랑 방식이 훨씬 독창적이란 말인가.

라모나는 열정을 꿈틀거리게 할 남자나 여자가 나타나지 않는다면, 소모적인 애정 행위는 하고 싶지 않다고 단호히 말했다. 차라리 순결하게 남아 있겠다고 선언했다. 어두컴컴한 영화관이나 슬픈 댄스곡이 흘러나오는 파티에서 만난 여드름투성이 남자들에게는 관심도 두지 않았다. 그런 문화적인 행사에 가끔씩이나마 얼굴을 내밀었

던 건, 그녀가 기다리던 남자가 어느 순간 불쑥 튀어나올지도 모른
다는 기대감 때문이었다. 라모나는 양손을 스커트 위에 모으고 냉소
적으로 아랫입술을 비죽이 내민 채 줄곧 누군가를 기다리고 있었다.

하지만 그녀는 열정적인 짝사랑의 쓴맛만을 보고 나서야 제자리
로 돌아올 수 있었다. 이집트어 수업을 듣는 강의실에서 어느 여대
생에게 반해버린 거였다. 기다란 코를 가진 여대생의 매혹적인 옆모
습을 본 순간 그녀는 사랑에 빠져버렸다. 라모나는 즉석에서 난해하
기 짝이 없는 언어로 시를 써서 여대생에게 건네었다.

그녀의 시선에 거북함을 느끼고 있던 여대생은 아무렇게나 휘갈
겨 쓴 종이를 둘둘 말아 라모나에게 답장을 보내었다.

"멍텅구리 이집트 학자님, 제발 날 좀 가만히 내버려두시죠."

이 쪽지를 받고 라모나는 마음을 크게 다쳤다. 한 달간 몸져누워
기침을 콜록거리며 심한 몸살을 앓았지만, 자신이 어리석은 짝사랑
을 했다곤 여기지 않았다. 라모나의 생각은 이랬다. 사람들은 감정
을 포함해 모든 걸 하찮게 만들어버리기 때문에 세상이 진부하게 돌
아가는 거라고.

길거리에서 유모차를 끌고 다니며 드라마 얘기에 열을 올리고 남
편의 월급을 비교하는 부인들을 라모나는 도저히 이해하지 못했다.

"아름다운 사랑은 천박하게 돈을 따지거나 잇속을 차리지 않
아……. 열정 없이 사는 건 서서히 죽어가는 거야."

힘들어하는 라모나 곁에서 기침약을 주고 베개를 받쳐주던 나는
그녀의 말이 옳다는 걸 알고 있었다. 사랑에 대한 강한 믿음이 라모

나를 변화시킨 걸까. 그녀의 까만 눈은 더욱 빛났고 피부는 화장한 것처럼 발그레했으며 머리카락마저 생기가 도는 것 같았다.

몸을 추스르고 일어난 라모나는 충격을 준 쪽지 따윈 잊었다. 그러곤 다시 열정적인 사랑을 찾아 나섰다. 고대 문명에서 그 사랑을 찾게 될 거라고 그녀는 확신하고 있었다. 파라오와 그들의 근친상간적인 사랑이나 미라에 관한 전시회나 강연이 있으면 어디든 찾아다녔다. 나의 문학적인 지식과 이집트 문자를 해독할 줄 아는 그녀의 지식이 어우러져, 우리는 몇 세기를 훌쩍 뛰어넘어 고대로 돌아가곤 했다. 탱탱과 밀루[11]보다 고대 이집트의 왕 람세스와 네페르티티[12]가 더 현실적인 인물들로 와 닿곤 했다.

오후가 끝나갈 즈음 라모나와 나는 침대에 나란히 누웠다. 나는 그녀의 머리를 손으로 헝클어트리고 라모나는 내 가슴에 팔을 축 늘어트린 채 불모의 땅을 정복한 나폴레옹이나 우리를 매혹시킨 샤토브리앙을 꿈꾸며 잠들었다…….

나는 라모나의 신비주의와 파트릭의 육체 사이에서 늘 혼란스럽고 우유부단했다. 파트릭이 말하듯이 인생은 단순해지지 않았고, 라모나가 생각하듯이 강렬해지지도 않았다. 내 주관이 뚜렷한 것도 아니었다. 두 사람을 굳이 기쁘게 하려고 애쓴 건 아니었지만, 그들의 환상에 질질 끌려다니고 있었다. 파트릭에게는 주부이자 종족을 번

---

11) 벨기에 만화가 에르제가 그린 『탱탱의 모험』에 나오는 주인공과 그의 개 이름.
12) Nefertiti, 기원전 14세기의 이집트 왕 아멘호테프 4세의 왕비.

식시킬 아내로서, 라모나에게는 순수하고 낭만적인 친구로서, 그렇게 둘 사이에 어정쩡하게 낀 채로 나 자신을 지탱해가고 있었다. 이 두 스승이 현실에선 내 에너지와 창의력을 남김없이 먹어치우고 있다는 걸 뻔히 알면서.

아직까지 나는 내가 어떻게 존재해야 하는지 알지 못했다. 누군가의 마음에 들고 싶다는 생각과 사랑받지 못할까봐 두려워하는 마음이 뇌리를 떠나지 않았다. 어쩌면 나는 늘 타협할 만반의 준비를 갖추고 타인에게 존중과 평가를 받는 동시에 사랑도 얻을 수 있는 지점에 적당히 둥지를 튼 채로 나를 구원해줄 복음서를 찾고 있었는지도 모른다.

엉덩이를 만지면 욕망을 느꼈고, 대학에 다니며 지성인이라고 자부했다. 파트릭이 청혼했을 때는 평범한 여자라고 느껴졌지만, 라모나가 나를 끌어안았을 때는 그다지 평범하지 않은 나를 발견하기도 했다.

이런 기준들에 비추어 나를 바라볼 때에야 비로소 안심이 되었다. 스스로 몽유병자 같은 행복을 일깨우면서.

파트릭은 우리 둘의 앞날에 대해 계획하고 있었다.

결혼하면 그의 아버지 집에서 살 것이며, 베란다는 초록으로 새 단장을 하고, 천장은 방음을 위해 이중으로 튼튼히 만들고, 벽장은 개조해서 부엌으로 쓰고, 지하실에는 탁구대를 놓을 거라고. 눈썰미 있는 그는 완벽하게 신혼집을 꾸밀 것이다.

하지만 무엇보다도 나를 가만두지 않았다. 그는 예쁜 머리띠로 머리를 넘기고 섹시해 보이는 깜찍한 드레스를 입은 날 친구들에게 보이는 걸 좋아했다. 내가 잘 보여야 자신의 위상이 올라간다고 믿었다.

"내 와이프 될 여자야. 귀엽고 예의 바르고 교양 있지. 조금 있으면 문학 학사를 받을 거야. 그렇다고 잘난 척하지도 않아."

이제 나는 그의 소유물이 되어버렸다.

물론 공부를 계속해갈 수도 있고 터프하게 스쿠터를 타고 다닐 수도 있었다. 가끔 라모나를 만나고 일요일이면 엄마를 보러 갈 수도 있었다. 파트릭은 자상하게 내가 무얼 해야 되는지 항목들을 적어놓기까지 했다.

내 결혼 계획을 알리자 아버지는 고개를 끄덕였다. 사위될 파트릭에게 남다른 애정을 가져서가 아니라 스물두 살 된 딸의 결혼을 자연스럽게 받아들인 때문이었다. 시간이 흐르면서 부녀지간의 정은 시들해졌지만, 그럼에도 아버지 얼굴에선 감동 어린 표정이 엿보였다.

모두 흡족해하는 것 같았다. 엄마, 아빠, 파트릭, 파트릭의 엄마, 아빠, 파트릭의 새엄마까지 모두가…… . 이렇게 많은 사람들이 좋아하는데 정작 가장 기뻐해야 할 난 왜 행복하지 않은 걸까?

그러니까 나는 행복하지 않았다.

파트릭의 품 안에서 행복에 겨운 신음을 낼 때는 다른 걸 돌아보지 않았다. 하지만 그런 순간들이 지나고 주위를 둘러볼 여유가 생기자 불안이 밀려들기 시작했다. 차려진 밥상처럼 결혼은 예정되어 있었고, 우리가 나누는 대화는 식사 메뉴처럼 늘상 똑같았다. 게다가 정말 그를 사랑하는지 그 사랑이 언제까지 지속될지 알 수 없었다. 나는 점점 더 숨 쉬기가 힘들어졌다.

하지만 불안을 해결할 뾰족한 수가 없는 나로선 모든 걸 수동적으로 받아들이고만 있었다. 내가 결정을 내릴 일도 없었을뿐더러, 파트릭이 내 몫까지 다 결정해주었다. 대신 파트릭을 향해 화를 내고 딴지를 걸 뿐이었다. 그게 내가 존재하는 유일한 증거였으며, 그 존재의 증거들은 파트릭에게 시비를 걸 때마다 반짝반짝 윤기를 냈다.

그가 좀스럽게 굴면 빈정거리고, 구멍 난 속옷을 입으면 놀리고, 확신에 들떠 있는 걸 보면 비아냥거렸다……. 그가 쓴 편지들은 모조리 찢어버렸고 한 달간 전화도 받지 않은 채 그가 집으로 찾아와도 만나주지 않았다. 그러다 한 달 뒤에 내가 먼저 전화를 거는 식이었다……. 그게 내 존재 방식이 되어버렸다. 그럼에도 결혼 준비는 착착 진행되고 있었으니 내가 삐딱하게 군들 달라지는 건 없었다. 다만 내 욕구 불만을 터트릴 수 있을 뿐이었다.

프로그래밍된 기계처럼 꽁꽁 묶여버린 스물두 살의 내가 지긋지긋했다. 아무것도 달라지지 않았기 때문에 무슨 일인가 벌여야 했다. 나는 갈수록 즉흥적이었다…….

파트릭에게 이끌려 페캉프에 있는 디스코텍에 갔던 날은 그의 심장을 찌르고 싶었다. 무사태평한 그의 피를 빨아먹고 내 불안을 그에게 불어넣고 싶다는 악마적인 충동마저 느꼈다. 결국 그의 눈을 똑바로 쳐다보면서 죽어버리겠다고 으름장을 놓았다. 파트릭은 대수롭지 않다는 듯 어깨를 들썩이더니, 위스키를 한 모금 마시곤 카리브 해처럼 푸른 눈을 제일 가까이에 있는 춤 파트너에게로 쓰윽 돌려버렸다. 나는 더 이상 참지 못하고 밖으로 뛰쳐나왔다. 그리고 자갈길을 따라 흰 파도가 넘실대는 둑 쪽으로 달리기 시작했다.

달리면서 이대로 멈추지 않겠다고 결심했다. 컴퓨터 프로그램처럼 짜인 일상의 행복에 인생을 바칠 바엔 차라리 바닷물에 둥둥 떠오른 밤색 머리 오필리아가 되는 편이 나았다.

그런 생각이 들자 장딴지에 페달을 단 것처럼 달리는 속도가 빨라졌다. 발목을 삐끗하고 숨이 가빠왔지만 달리는 걸 멈출 수가 없었다. 흥분이 극에 달한 느낌이었다.

그때 뒤에서 나를 부르는 소리가 들렸……. 이제야 감을 잡으셨군! 난 이렇게 절망의 끝에 서 있는데 내 절망의 백 미터 거리까지라도 쫓아와준다면 감격해서 눈물이 나겠어. 파트릭은 점점 더 속도를 내면서 내 이름을 크게 불렀다.

"날 내버려둬, 조용히 죽게 해달란 말이야."

나는 고함을 지르며 울먹였다. 날 이해해달라구. 네가 새로 단장한 초록색 베란다가 내겐 버겁고 그게 날 혼란에 빠트려.

파트릭은 어느새 나를 붙잡고 두 팔로 감싸 안았다. 펄떡펄떡 뛰는 그의 심장 박동 소리가 들렸다. 그는 나를 품에 안고 등을 토닥여주었다. 조금 전까지의 울분과 격앙된 감정들은 어느새 사라져버렸고, 내 귓가에 대고 "왜 이러는 거야?"라고 묻는 그의 음성밖에 들리지 않았다. 그는 펑펑 눈물을 흘리는 내 얼굴에 입을 맞추었다. 그러곤 투항한 사람처럼 몸을 들썩이며 우는 나를 두 팔로 안고 다독거렸다. 그 눈빛에서 나에 대한 열렬한 사랑을 또렷이 읽을 수 있었다……. 사랑이 이렇게 손에 잡힐 듯 느껴지자 가슴이 먹먹했다. 그 사랑이 아름답고 운명적이며 소중하다고까지 여겨졌다. 파트릭의 절망 앞에서 움츠러들었던 내 마음이 기지개를 켜듯 환해지고 있었다. 나 자신이 거인이 된 기분이었다.

그의 품에 안긴 채 나는 자존감 따윈 잊고 다시 태아가 되어버렸다. 마치 본래의 나로 되돌아온 것처럼. 나는 거센 파도를 뛰어넘을 용기도 밀어낼 용기도 없었다. 그저 딸꾹질을 해가며 "사랑해, 사랑해"란 말만 앵무새처럼 반복하고 있었다. 내 안에 있는 절망감이나 눈 덮인 산의 정상까지 오르고 싶은 열망을, 그에게 설명할 수는 없었다. 겁 많은 나는 그가 꾸며놓은 연초록 베란다나 지하실에 놓을 탁구대 없인 살아갈 수 없을 것이다.

"널 사랑해, 날 지켜줘. 다신 저 높은 곳까지 오르려는 열망을 품지 않게, 그런 생각을 뿌리째 뽑아줘. 그럼 착한 아내가 될게. 그래서 포스터에 나오는 알랭 들롱처럼 잘생긴 아기들을 많이 낳아줄게."

내 안에 깃든 불안을 걷어내달라고, 그게 나를 갉아먹고 있다고 애원하고 싶었다. 그러나 모든 걸 체념하고 그의 품속에 몸을 웅크린 채 나는 "사랑해"를 되풀이하고 있었다.

덫에 걸린 기분이었다. 파트릭 때문이 아니라, 자유에 대한 극도의 공포감 때문이었다. 그가 꾸며놓은 베란다에서 살고 싶기 때문이 아니라, 끊임없이 자유를 꿈꾸기 때문이었다.

절망 섞인 울음을 토하여 엉망이 되어버린 나는 그의 부축을 받으며 차에 올랐다. 그가 얼굴을 닦아주면서 미소를 띠고 "널 사랑해, 내 아내가 되어줘"라고 말하는 걸 그냥 듣고만 있었다. 그가 상품 목록에서 골라낸 행복이라는 덫이 다시 나를 단단히 옭아매도록 내버려두었다.

파도를 향해 죽을힘을 다해 달리느라 내 에너지는 바닥이 나고 말았다. 확신에 차서 떠드는 수컷을 향해 발길질을 하는 것 말곤 아무런 힘도 남아 있지 않았다. 이럴 때는 거짓 섞인 침묵을 택하는 편이 나았다. 정신 나간 여자처럼 아우성치던 나는 원점으로 돌아와버렸다. 예전의 나로 다시 돌아온 것이다.

갈등을 겪는 다른 연인들처럼 내 절망감도 일시에 폭발해버렸지만, 그 역시 혼란만 남기고 헛되이 끝나버렸다. 몇 분 동안 그를 아프게 했을 뿐이었다……. 그걸 나는 한 가닥 위안으로 삼아야 하나.

그의 친구들이 아무것도 알아채지 못하게 머리를 만지고 구겨진 드레스를 펴서 옷매무새를 추슬러야만 했다. 행복감으로 후광이 비치는 젊은 약혼자의 모습을 잃지 말아야 했으니까.

결혼 날짜가 서둘러 정해졌다. 바캉스가 끝나고 구월이 될 거라고 했다. 그때쯤이면 일상으로 돌아온 사람들에게 다시 축제가 필요할 테니까.

하지만 파트릭의 아내가 되기 위한 신성한 의식을 치르는 일이 내겐 피곤하게 여겨졌다. 모든 준비 과정이 어이없게 느껴질 때도 있었지만, 나는 화장실 안에서나 잠들기 전에만 이건 아니야, 라고 중얼거릴 뿐이었다. 나머지 시간은 줄곧 고개만 끄덕였다. 수긍한다는 뜻으로 그래, 그가 자신의 아버지와 새어머니와 함께 살자는 말에도 그래, 아기를 갖자고 해도 그래…… 그래, 그래, 그래.

이 년간의 풋사랑에 몸이 달아 흔히 말하는 동거를 일 년 동안 했고, 이제 하얀 드레스에 장미 리본을 달고 실존주의의 모험을 끝맺게 된 거였다. 밤에 침대가 움푹 꺼지도록 쾌락을 느끼고 고함을 지를 줄 알면 모두 흰 드레스에 붉은 리본을 달고 식장에 들어서야 하는 건가? 또 왜 하필이면 사제 앞에서 식을 올려야 하는 거지? 다신 미사를 보러 가지 않을 것이다. 왜 이렇게 빨리 식을 치르려는 거지? 그리고 왜 나지?

가정을 꾸리기 전까진 삼 개월밖에 남아 있지 않았다. 그러니까 파트릭 없이 솔로로 살 수 있는 기간은 삼 개월뿐이었다. 나는 그에게 간청했다.

"제발 혼자서 휴가를 떠나게 해줘. 나 혼자만의 시간이 필요해. 내겐 중요한 문제야. 우린 앞으로 평생을 함께 보낼 거잖아……."

평생이라니? 아니, 나는 그럴 순 없을 거다…….

파트릭은 내 말을 듣고 심사숙고하더니 "그래" 하며 승락했다.

고마워, 자기야!

그렇게 나는 라모나, 이브와 함께 바닷가로 떠났다. 어딘가는 전혀 중요하지 않았다. 중요한 것은 내가 집을 떠나왔다는 사실이었다. 하늘이 흐리건 바다가 우중충하건 아무 상관 없었다.

내가 자유를 만끽할 수 있는 이 마지막 순간을 책임지겠다며 라모나가 나서서 모든 계획을 짰다. 그녀는 웃으며 말했다.

"억지로 할 필요는 없어. 강제로 여자들을 결혼시키던 시대는 지났으니까."

"그래, 하지만 너도 알다시피 난 파트릭을 사랑해. 그는 잘생기고 힘도 세고 똑똑하지. 틀림없이 좋은 남편, 좋은 아빠가 될 거야. 그의 아버지와 새어머니도…… 내가 얼마나 좋아하는데! 사실 그분들 때문에 파트릭하고 결혼하고 싶은 거야! 그분들의 소박한 삶이 좋아. 일요일 아침이면 미사를 보러 가고, 집으로 돌아오는 길엔 바삭바삭한 크루아상을 사 오고, 퀭한 눈으로 하품을 하는 우리를 자상하게 바라보시는 모습이 좋아.

라모나, 그분들 덕에 나는 난생 처음 진정한 가족을 얻게 되는 거야. 이해할 수 있니? 모자를 쓰고 흰 장갑을 끼고 기대에 부푼 결혼식을 올리면, 견고한 애정을 나눌 가족이 생긴다는 거. 우리 식구들처럼 멋대로 욕을 퍼붓고 울화통을 터트리는 그런 가정이 아니라, 순수하고 정직하고 절도를 아는 그런 가족 말이야. 그분들은 날 좋아하고 나도 그분들을 좋아해. 더 이상 무슨 설명이 필요할까. 그건 다 파트릭의 아내가 되기 때문에 가능한 일이야. 그분들은 내 배가 불러서 자신들을 닮은 아기가 태어나길 기다리셔. 그러면 날 더욱 아껴주시겠지.

나도 사랑받길 너무나 원해. 날 위해서 베란다를 새로 단장하고, 옷의 밑단을 달아주고, 몸에 열이 있으면 걱정해주고, 배탈이 나면 수프를 끓여주고 나를 푹 잠들게 해주는……. 내가 아기였을 때 사람들이 해줬던 것처럼 말이지. 하지만 내가 머릿속으로 그려오던 삶을 살면 그 욕망이 나를 조금씩 갉아먹게 될 거고, 아파도 수프를 끓여줄 사람 하나 없을 거야. 밤마다 혼자 악몽을 꾸고, 남들이 가족들과 점심을 먹을 일요일 낮 시간에 혼자 꾸역꾸역 밥을 씹어 삼켜야겠지. 혼자 살면 내가 믿고 의지할 데가 없어지지……. 그런데 파트릭하고 결혼하면 난 결코 혼자가 아니잖아."

라모나는 내 말에 귀를 기울였지만 아무런 대꾸도 하지 않았다. 말을 해봤자 소용없는 일이었을 테니까…….

바닷가 주변 사람들을 많이 알고 있는 라모나는 아침, 점심, 저녁 가리지 않고 파티를 열었다. 그들 중에는 아프리카에서 이 년을 지내고 돌아온 수염 덥수룩한 탐험가가 있었다. 라모나의 소개로 만난 그와 나는 서로 오르가슴을 느끼며 야만스러울 정도의 거친 섹스를 나누었다. 또 대학에서 바르트[13]의 시니피앙(언어 기호의 기표記標)과 시니피에(기의記意)에 관한 박사 논문을 쓴 남자는 몇 시간 동안 나를 품에 안고 언어의 사회적 속박을 어떻게 깨야 하는지에 대해 열변을 토했다.(듣다 말고 나는 잠들어버렸다.) 또 다른 잘생긴 미국 남학생이 있었는데, 그는 내 마음에 쏙 들었다. 달콤한 꿈에 젖게 만드는 그의 이름은 생텍쥐페리와 같은 앙투안이었다.

탐험가나 대학원생이나 앙투안이 없으면, 라모나의 오빠 이브가 살그머니 내 침대 위로 올라왔다. 언젠가 에비타의 사진 앞에서 사랑을 나누었을 때처럼 그는 나를 부드럽게 애무해주곤 했다.

요리는 라모나의 몫이었다. 그녀는 무얼 만들든 초콜릿을 뿌려서 초콜릿의 향연이라고 해도 과언이 아니었다. 심지어 어느 날은 온몸에 바나니아[14]를 바르고 침대로 뛰어올라와 잠자던 나를 깜짝 놀래

---

13) 롤랑 바르트, Roland Barthes, 1915-1980, 프랑스 구조주의 철학자이자 비평가.
14) 프랑스의 분말 초콜릿 상표 이름.

켰다. 나는 그녀의 몸을 도배한 초콜릿을 샅샅이 핥아 먹었다.

이튿날 그녀가 요리한 음식도 뜨거운 초콜릿을 곁들인 감자튀김 비프스테이크였다. 야만적인 멕시코 부족이 제일 좋아하는 고급 음식이라고 했다. 초콜릿을 감자튀김에 끼었고 피가 흥건히 밴 뜨거운 소고기 소스에도 쉬샤르 초콜릿[15]을 녹여서 넣었다. 그 소스 맛에 반해서 나는 접시 바닥을 핥아가며 남김없이 먹어치웠다. 그렇게 나는 낯설고 잔인하게만 여겨지던 것들에 점점 더 열렬한 추종자가 되어가고 있었다.

나는 아무 생각 없이 하루하루를 보냈다. 날짜도 계산하지 않았고 파트릭이 보내온 편지도 읽지 않았다. 미처 알지 못했던 쾌락의 바다에 빠져 더없이 나른하고 무기력한 기분이었다. 만났던 사람들 가운데 유일하게 마음이 통한 상대는 앙투안이었다. 앙투안은 다른 사람들과 달랐다. 자신에 대한 확신이 있었고 혼자만의 고독을 즐길 줄 알았다. 몸을 밀착시키며 껴안는 걸 좋아하는 앙투안에게서 가끔 걷잡을 수 없는 애정을 느꼈다. 그가 혼자서 무심히 앉아 있는 모습만 봐도 흥분이 되어 나도 모르게 뒤로 물러서곤 했다. 결혼을 코앞에 두고 있었기 때문에 더욱 혼란에 빠져들고 있었다.

밤이 되어 라모나와 둘이서 집 앞 현관에 앉아 서로의 얘기를 나누었다. 외로움이 얼마나 끔찍한 것인지를 우리는 알고 있었다. 하

15) 스위스 초콜릿 회사의 상표 이름.

지만 라모나는 여전히 영혼을 내던져서 사랑할 남자를 기다렸고, 나는 뜻 모를 한숨을 내뱉고 있었다. 확실한 행복을 얻는다 해도 불안이 잠재워지지 않으리란 걸 알고 있기 때문이었다…….

정말 이상한 휴가였다. 내 안색은 나빠졌고 얼굴에는 여드름만 무성해졌다. 장담컨대, 나는 누렇게 뜬 얼굴로 식장에 들어서는 신부가 될 것이다.

휴가를 보내고 다시 파트릭을 만났다. 새삼 그가 멋지고 부드러운 남자임을 깨달았다. 불현듯 아무런 이유 없이 그를 안고 뒹굴고 싶었다. 숨이 막히도록 끌어안고 격렬하게 키스를 퍼부으며 그가 천국 저 멀리로 나를 데려다주길 열렬히 갈망했다. 그렇게 조금의 망설임도 없이 그를 사랑하기로 마음먹곤 사십팔 시간 동안이나 그와 섹스를 했다. 그런데 문득 내 위에서 미친 듯이 섹스를 하고 있는 이 남자와 얼마 후면 결혼하게 될 거란 생각이 들자 기분이 묘하게 뒤틀렸다……. 내가 이상해진 걸까, 아니면 라모나가 내 머리를 뒤죽박죽 만들어놓은 걸까! 이미 결혼에 동의했고 면사포를 쓰고 반지를 나눠 끼기로 약속까지 하지 않았나.

오랜만에 가족들을 만나 아침을 먹었다. 필리프는 미국에서, 엄마는 페리고르[16]란 곳에서 돌아와 함께 모인 자리였다. 그간 못다 한

16) 아키텐 지역에 있는 행정도시.

얘기들을 나누며 마음이 따뜻해지는 걸 느꼈다. 세상은 단순하고 사는 일은 어렵지 않은데, 왜 나는 인생을 복잡하게 만드는 걸까?

설령 결혼한다 한들 삶은 달라지지 않고 이렇게 계속될 것이다. 게다가 나는 대단한 걸 바라지도 않았다. 그저 현재의 순간이 영원히 지속되길 바랄 뿐이었다. 라마르틴식으로 말하면, 근사한 호수도 끔찍한 결핵도 없는 평범한 삶이 계속된다면 그걸로 족했다. 할 일은 또 얼마나 많은가! 대학도 다녀야 하고 청첩장도 써야 하지 않나.

결혼식에 가브리엘 할머니를 초대하는 게 불가능한 일인지 엄마에게 물었다. 그건 생각할 수도 없는 일이야, 이모가 오게 되면 식에 참석한 사람들이 야단법석을 떨 텐데, 그 계획은 단념하는 게 좋을 거 같구나, 라고 엄마는 못을 박았다.

내겐 너무나 슬픈 일이었지만, 여하튼 파트릭을 가브리엘 할머니에게 소개하고 싶었다.

가브리엘 할머니는 집으로 찾아온 우리에게 장미차와 깨를 넣은 과자를 내왔다. 그녀는 팔걸이의자에 곧추앉아서 주의 깊게 파트릭을 지켜보았다. 그러곤 이런저런 말들을 시켰다. 결혼을 앞두고 불안하진 않나? 무슨 공부를 하지? 소피의 눈 색깔을 어떻게 생각해? 사프란 꽃이 왜 연약한 줄 아나? 파트릭은 가브리엘 할머니가 질문할 때마다 아리송한 표정을 지었다. 신발로 내 발목을 툭툭 치며 대꾸를 하느라 진땀을 빼고 있었다. 그로선 당연한 일이었다. 하지만 가브리엘 할머니는 파트릭이 꿈을 꾸는 청년인지, 사물의 핵심을 꿰뚫을 줄 아는지 알고 싶었을 것이다.

그녀가 이상한 말들을 섞어가며 우리 둘의 애정관계에 대해 질문하는 동안, 파트릭은 묵묵히 고개만 끄덕였다. 공연히 성질을 돋울 필요가 없는 정신병자의 얘기를 듣고 있는 것처럼. 시계 소리에 맞춰 가브리엘 할머니는 점점 더 괴상한 질문들만 던졌고, 그럴수록 파트릭의 표정은 놀라움에서 경악스러움으로 바뀌어갔다.

길거리로 나오자 파트릭이 대뜸 물었다.

"가브리엘 할머니, 머리가 어떻게 되신 분 아냐? 너희 가족들은 왜 그분을 정신병원에 보내지 않는 거지?"

대꾸는 하지 않았지만 나는 알고 있었다. 가브리엘 할머니가 경고한 적이 있었다. 차를 한 잔 마시는 동안만이라도 논리적인 사고에서 벗어나려고 하지 않는 남자라면, 그런 사람과는 살면서 분명 답답함을 느끼게 될 거라고.

다음 날 라모나에게서 한 통의 전화를 받았다. 오를리 공항까지 자신을 데려다줄 수 있겠느냐고. 줄곧 운전 배우는 걸 마다해왔던 라모나는 인생에서 남자를 만날 기회를 좀 더 많이 가져야 한다는 핑계로 대중교통 수단을 선호했다.

하지만 그날은 오를리 공항에 가려면 내 도움이 필요하다고 했다.

"예쁘게 차려입고 와. 운동복이나 닳아빠진 청바지는 안 돼."

엉뚱하고 기발한 행동을 하는 라모나에게 익숙해진 터라 나는 알겠다며 순순히 그녀의 말에 따랐다. 잘 다려진 치마를 입고 블라우스 단추를 세 개쯤 푼 채 가방을 어깨에서 길게 늘어트렸다.

라모나는 나를 만나고도 아무 말이 없었다. 미국 담배를 기분 좋게 빨고서 사방에 담뱃재를 날리며 재떨이에 톡톡 털었다. 그녀는 짝사랑의 힘겨운 회복기를 거친 이후론 또 다른 사랑을 만나지 못했다. 헤픈 연애는 하고 싶지 않다면서 은거하는 수도자처럼 지내었다. 봉쇄된 수녀원에 있는 사람처럼 얼굴은 해맑고 광대뼈가 도드라진 데다 눈매마저 날카로워 보였다. 얼핏 보면 사랑의 열병을 앓는 남자 같은 분위기였다. 하지만 라모나는 그런 모습 따윈 아랑곳 않고 자기 식대로의 삶을 고수하고 있었다…….

라모나의 그런 면이 좋았다. 타협하지 않고 무모하리만큼 고집스런 모습. 그런 모습의 라모나를 나는 속속들이 알고 있었다. 그녀의 몸 어디에 화산처럼 폭발케 하는 작은 정맥들이 있는지, 그녀의 욕구를 불러일으킬 네 마디가 무언지, 눈물을 훔쳐낼 휴지를 찾게 만드는 영화를 보러 가자고 어떻게 꼬드겨야 하는지를…….

친구 라모나는 내게 날카로운 발톱을 세우는 암늑대이며 때론 황금빛에 둘러싸인 여신 같은 존재였다. 파트릭과 나와의 결합을 탐탁지 않게 여겼지만, 그럼에도 여전히 내가 기댈 안식처이자 구멍 뚫린 애정을 메워주는 친구였다. 우리는 서로를 끌어안고 필요할 때 도움을 주는 영원히 변치 않을 우정을 맹세한 것이다.

그리고 오늘 나는 안전띠를 메고 그녀가 이끄는 대로 어딘가로 가고 있다.

어딜 가려는 걸까? 왜 날 데려가는 거지? 드디어 가슴 떨리게 만드는 남자를 만난 걸까? 그래서 이 아스팔트 위에서 마음속에 의문이 가득한 채 말 한 마디 않는데도 가슴이 뛰는 걸까?

하지만 전혀 감을 잡을 수 없었다. 왜 두려움이 스쳐 지나가는 건지 그녀에게 감히 묻지도 못했다……. 게다가 왜 남쪽 오를리 공항으로 가는지도 납득할 수 없었다. 라모나의 옷차림은 종교의식의 제물 같았다. 온통 검은색에 눈은 진주처럼 빛났고, 입술은 붉게 칠했다.

마침내 공항에 도착하자 출발하는 여행객들이 길게 줄을 지어 우리가 지나가는 길을 돌아가고 있었다. 그녀는 내 손을 꼭 잡았다. 공항은 띠를 묶은 가방들로 가득했다. 날씨는 무더웠다. 문득 내가 여기 있는 줄 모르고 있는 파트릭이 떠올랐다. 그는 집에서 나를 기다리고 있을지도 모른다.

라모나는 갑자기 게시판 앞에 우뚝 멈춰 서더니 비행기 편을 알아보고는 사람들이 도착하는 곳으로 향했다. 그녀는 누군가를 기다리고 있었다……. 어쩌면 증인으로 내세우려고 나를 데려온 건지도 모른다. 마침내 사랑에 무릎을 꿇었다는 사실을 증명하려고. 그런데 누굴까? 왜 한 번도 그런 얘길 하지 않았을까? 라모나는 그가 자신을 알아보지 못할까봐 허둥대고 있었다. 어떻게 그녀를 잊을 수 있겠는가? 그런데 왜 굳이 공허한 사랑에 발을 들여놓으려는 걸까? 라모나도 나와 같은 불안을 가지고 있을까?

무슨 중대한 일이 벌어질 것만 같았다. 또다시 라모나는 안일한 나를 깨우고 속물적인 습성에 찌든 중산층의 족쇄로부터 나를 풀어주려는 것일지도 모른다. 문득 순백의 드레스와 장밋빛 리본을 맞추고, 초대할 사람들의 목록을 만들고, 모카 케이크를 준비하려던 내 계획들이 부끄러워졌다.

어쩌면 사랑은 이런 기다림일지 모른다. 공항에서 발을 동동거리며 알 수 없는 떨림과 두려움에 휩싸여 손에 땀이 나고 가슴이 쿵쾅거리는 것. 다시 한 번 관습이나 관례 따윈 멀리 내동댕이치고 내 안에 감춰진 비밀스런 열정들에 귀 기울이고 싶었다.

멀리서 검게 그을린 여행객들이 떠들썩하게 밀려 나오고 있었다. 휴가를 마치고 아쉬운 듯 일상으로 돌아오는 그들의 모습을 지켜보고 있는데 갑자기 앙투안의 얼굴이 보였다.

앙투안이었구나. 라모나에게 열정적인 사랑을 처음 느끼게 한 남자가. 그에게 라모나는 타산적인 결혼이나 관습에 아랑곳하지 않는 사랑을 약속하겠지. 내가 그를 얼마나 좋아했는지, 앙투안에겐 말하지 않았지만 그는 다 알고 있었을 것이다. 마지막으로 라모나가 보는 앞에서 한숨지으며 나를 꼭 끌어안았던 앙투안.

라모나는 내게 애인을 빌려준 거였다. 해먹에 누워 우리는 몇 차례 긴 포옹을 한 적이 있었다. 그녀는 모든 걸 내줄 만큼 나를 좋아하고 있었구나. 자신의 꿈마저 내어줄 정도로. 그리고 그들이 재회하는 자리에 나를 초대한 거였구나.

앙투안은 우리 두 사람 앞에 섰다. 나는 라모나 쪽으로 돌아섰다. 그런데 라모나는 우리를 구석진 곳으로 데려가더니 내 손을 끌어다가 앙투안의 손을 맞잡게 했다.

침묵이 흐르는 가운데 앙투안과 나는 손을 맞잡고 있었다. 라모나는 장래를 약속한 파트릭과의 언약을 깨트리고 눈먼 나를 일깨워서

운명을 다른 곳에 옮겨놓으려는 거였다…….

앙투안과 손을 맞잡고 있는 그 순간에 나는 모든 걸 깨달았다. 초록색 베란다를 염오하는 마음, 가브리엘 할머니가 경고했던 말들, 검게 넘실대던 파도를 향해 미친 듯이 달려갔던 일, 다시 잘해보려고 안간힘을 썼던 절망 어린 몸짓, 그 모든 것들을 되돌릴 수 없게 되기 전에 나는 깨달았다…….

어느새 나는 식물처럼 나약하고 수동적으로 변해 있었다. 그렇게 순종하는 여자들이 시들어가듯이 나도 서서히 죽어갈 것이다. 어떤 그림을 내밀어도 그래, 라고 고개를 끄덕일 줄밖에 모르는 채로.

앙투안을 바라보았다. 우리 둘의 눈빛이 스치듯 엉켰다. 처음으로 자유를 알아버린 사람처럼 나는 그 눈빛을 음미했다. 나는 왕위를 찬탈해서 목이 잘리기 직전 리오 브라보 해안에 선 판초 비야[17]가 된 것만 같았다.

---

17) Pancho Villa, 1878-1923, 산적 두목이었다가 멕시코 혁명을 이끈 대장.

오랫동안 내 외로움의 은신처로 여겨왔던 파트릭. 그런데 더 이상 그가 필요치 않았다. 한 시간 만에 이렇듯 그의 설 자리가 없어지다니. 이젠 그에 대해 알 수 없는 기분이었고 알고 싶지도 않았다. 소녀의 불안감과 하잘것없는 이유들로 인해 무의미한 그와의 관계에 나를 꽁꽁 묶어두었다는 판단이 들었다. 아니 그에게서 도망치려 했지만 어떻게 해야 하는지를 알지 못했다.

그런데 어떻게 도망을 친단 말인가. 방법은 세 가지였다. 아주 비겁하게 전보를 쳐서 그만두기로 해, 더 이상 널 사랑하지 않아, 라고 하든지, 반쯤 비겁하게 전화를 걸어서 말을 하든지, 아니면 정정당당하게 만나서 얘기를 하든지, 선택해야만 했다.

결국 나는 전화를 걸기로 했다.

전화를 걸기 전 마지막으로 앙투안에게 눈길을 보내며 지난여름

밤, 우리가 함께 했던 추억을 떠올렸다. 그는 조용히 나를 응시하고 있었다. 까맣게 탄 넉넉한 두 팔로 나를 안고, 유난히 뾰족한 이빨로 내 어깨를 깨물던 모습이 눈앞에 선했다. 수화기를 붙들고 머뭇거리고 있는 나 자신을 직시하며, 용기를 불어넣으려고 앙투안을 오래도록 쳐다보았다.

그리고 나는 수화기를 들었다. 전화번호를 누르면서 머릿속으로 파트릭에게 할 말들을 몇 번씩이나 되뇌었다. 더 이상 당신을 사랑하지 않아. 믿기 힘들겠지만, 방금 오를리 공항에서 사랑에 빠지고 말았어. 공항 대합실 55번 출구에서, 게시판이 바로 눈앞에 있는 곳이야……. 그는 나와 떠나고 싶어 해……. 아니! 내가 그와 떠나고 싶어. 내가라고 말한다면, 좀 더 확고하게 들릴 것이다.

무엇보다도 파트릭에게 희망의 여지를 남겨선 안 되었다. 조금이라도 고통을 안겨주어서도 안 되었다. 단칼에 잘라버리듯이, 실수 없이 깨끗이 끝내는 거다. 그렇다면 이렇게 말하는 편이 훨씬 현실적일 것이다. 이제 끝내. 더 이상 당신을 사랑하지 않아…….

나는 전화통을 붙든 채 앙투안을 다시 돌아보았다. 그러지 않으면 내가 비겁해지리란 걸 알고 있기 때문이었다……. 숨통을 이어주는 통로라도 되는 것처럼, 공중전화 박스에 뚫려 있는 구멍에 달라붙은 채로 내 몸은 자꾸 움츠러들고 있었다.

급기야 파트릭의 목소리가 들렸다. 밤마다 침대에서 온몸에 소름이 돋을 정도로 나를 전율시키던 그 목소리, 오랫동안 "그래, 그래"를 수없이 반복하게 만들던 그 목소리였다.

"파트릭. 나 떠나."

물속으로 뛰어드는 것처럼 엉겁결에 말을 해버렸다. 마치 수영장에서 누가 나를 등 떠밀기라도 한 것처럼. 너무나 다급하게 뛰어들어 코가 막히고 눈도 막히는 것 같았다.

"어디로? 오랫동안 널 기다리고 있었던 거 알잖아……. 필리프하고 카드놀이 하는 것도 이젠 지겹다."

"파트릭, 장난하는 거 아냐. 나 진짜 떠난다고……."

"떠난다니 무슨 말이야? 너 미친 거 아냐?"

이제 나는 완전히 물에 잠겨 발뒤꿈치로 바닥을 차야 할 지경이 되었다.

"파트릭 내 말 들어봐. 더 이상 너를 사랑하지 않아. 결혼하고 싶은 마음이 없다구. 감히 이런 말을 꺼내진 못했지만, 오래전부터 생각해왔어. 너와 마주 앉으면 도저히 이 말을 꺼낼 용기가 나지 않을 것 같아서 전화로 말하는 거야……. 이제 끝났다는 걸 네가 알아줬으면 해……."

그런데 그는 알아듣지 못한 것 같았다. 오후 나절을 조용히 보내다 갑자기 날벼락을 맞은 그는 내가 뭔가에 홀린 거라고 여겼다. 그러면서 공항을 드나드는 제트 비행기들의 소음 때문에 신경줄을 놓은 거 아니냐고, 나를 탓하였다. 그의 상식으론 공항에서 마음이 변하여 떠나겠다고 하는 나를 도저히 납득할 수 없었을 것이다. 파트릭은 결국 이런 말을 꺼내었다.

"깨진 사랑이라도 만나서 직접 확인해봐야겠어."

반박할 틈이 없었다. 파트릭은 우리가 만나곤 하던 카페에서 보자면서 약속을 정했다. 내가 빨대로 휘저으며 레몬주스 마시는 걸 좋아하던 카페였다. 주인 레이몽은 우리가 서로 토라져 있으면 얘기를 들어주고 쪽지를 서로에게 건네주기도 했다.

화가 나서 수화기를 거칠게 내려놓았다. 나에 대한 분노가 치밀어 올랐다. 또 한 번 나는 냉정하지도 단호하지도 못했다. 왜 야멸찬 여자가 되지 못할까. 내가 읽은 책의 여주인공들은 눈물 때문에 검정 마스카라가 번지는 일도 없었고, 절망에 빠진 남자들을 차버리곤 하나같이 부츠 뒤축을 흔들며 뒤도 돌아보지 않고 떠나던데······. 그런데 나는 뭔가. 우여곡절 끝에 처음으로 모험을 시도했건만, 플라스틱 의자와 포마이카 테이블로 둘러싸인 레이몽의 카페로 소환을 받은 것이다. 그러면서 얼토당토하지 않게 괴로운 생각이 들기 시작했다. 첫정이 싹터 제트 비행기를 타고 연애를 했지만, 결국 기차의 침대칸에서 파국을 맞은 건가 하고. 하지만 내 경우는 그런 게 아니었다······.

다행히 앙투안은 그 자리에 있었다. 황금 시간대의 연속극 주인공처럼 카리스마 있는 모습으로. 하늘을 나는 융단을 타고 파리와 바그다드를 오가는 사람처럼. 갑자기 그가 거기 서 있다는 게 비현실적으로 느껴졌다.

그에게 자초지종을 설명했다. 죗값은 치러야 하니, 레이몽의 카페에서 내 인생의 삼 년을 함께 보낸 남자에게 직접 말을 해야겠다고. 하지만 더 이상 그에게 휘둘려 코가 꿰이진 않을 거라고.

앙투안은 정중하게 대꾸했다. 당연한 일이야. 그는 내 마음을 모두 헤아린다면서 호텔 436호실에서 기다리겠다고 말했다.

공항으로 올 때의 설레임과 신비감은 사라지고, 돌아가는 길은 착잡하기만 했다. 한 사람에 대한 사랑과 다른 사람에 대한 걱정으로 심장이 두방망이질치면서, 생사의 갈림길에 선 기분이었다. 무엇보다 죄책감을 떨쳐버릴 수 없었다. 파트릭의 마음을 아프게 하리란 걸 알고 있기 때문이었다. 누군가를 고통스럽게 한다는 생각은 견딜 수가 없었다. 그래서 이제껏 똑 부러지게 싫다고 말하기보단, 고개를 끄덕거리며 그래라고 말하는 편을 좋아했던가.

파트릭의 부모님은 뭐라고 하실까? 아마 이해 못할 것이다. 나를 개념 없는 젊은 세대로 취급하실 게 뻔하다…….

차를 타고 앙투안과 라모나와 함께 돌아왔다. 라모나는 새까만 눈동자를 굴리며 굉장히 흥미진진해하고 있었다. 잠깐이지만 그녀의 눈빛에서 내 장밋빛 인생을 읽을 수 있었다. 앙투안의 눈빛에선 열기가 느껴졌다. 그 뜨거운 눈빛이 내게 끈끈한 유대감을 주면서 진땀 나게 했다. 그들의 침착한 태도가 순간적으로 나를 아연실색하게 만들었다. 도저히 그들처럼 세상사를 초월한 듯 평정을 누릴 수가 없었다.

파트릭은 이미 맥주 몇 잔을 마신 상태였다. 둥근 맥주잔들을 나란히 쌓아놓고 나를 기다리고 있는 그를 보자 마음이 심란했다. 그는 내 계획을 무시키려고 짐짓 용기를 내려는 것이리라. 나는 누군가를 혼란에 빠트리는 게 싫었다. 더욱이 자동판매기로 쏟아내듯

숱한 행복을 공약하는 남자에겐 더더욱 그랬다. 아주 잠깐 그가 불행한들 무슨 상관이냐고 생각했지만 지금은 오히려 반대였다.

그의 옆자리에 슬그머니 앉아 박하차를 주문했다. 나는 목을 긁적거리며 그가 먼저 공격적으로 나와주길 간절히 바랐다. 내 편에서 진상을 밝히기보다 방어하는 편이 훨씬 낫다고 여긴 때문이었다. 그가 모욕적인 말을 퍼붓는다 해도 그저 감정이 상한 표정을 짓다가 조용히 자리를 뜰 생각이었다. 또다시 무너지지 않으려고 나는 안간힘을 썼다.

그런데 그는 아무 말도 하지 않았다. 삼 년간 나를 뒤흔들고 동요시켰던 그 푸른 눈동자로 지그시 나를 바라보더니 태연해지려는 듯 담배를 물었다. 마치 지금은 도망치지만 언젠가 다시 돌아오겠다고 담담히 말하는 애인을 쓸쓸하게 쳐다보는 진짜 사내처럼. 내가 주문한 박하차는 미지근했고, 여전히 누구도 먼저 말을 꺼내려 하지 않았다. 상황이 이렇게 돌아가자 멍청한 내가 양보하고 말았다. 그것도 세상에서 가장 어리석은 말을 내뱉으면서.

"그렇게 됐어……."

"뭐가, 뭐가 그렇게 됐다는 거야?"

이때다 싶어 그는 내가 뱉은 말을 설명해보라고 추궁할 기회를 덥석 잡았다.

"그러니까 끝내자구……."

"끝내다니, 뭘 어떻게 끝내? 적어도 설명은 해줘야지."

전적으로 내가 피하고 싶던 말이었다.

"모르겠어. 라모나하고 오를리 공항에 갔었고, 갑자기 당신을 더이상 사랑하지 않게 되었고, 결혼할 마음이 없어져버렸어……."

"어떻게 그럴 수가 있지……. 그것도 갑자기…… 스쳐가는 생각 때문에……. 그런 생각이 든 지 오래된 거니?"

"그렇기도 하고 아니기도 해. 절실하게 그런 마음이 들었던 건 아니야. 그냥 평균적으로 불행하지 않았을 뿐이야. 몇 가지 불안한 생각들은 있었지. 그러다가 이제 결혼할 수 없다는 확신이 선 거야."

파트릭은 놀라고 당혹스런 빛이 역력했다. 내가 방금 말한 '평균적으로'라든가 '불행하지 않았을 뿐'이라든가 '결혼할 수 없다'는 얘기를 이해하려고 애쓰는 표정이었다.

"그럼 왜 한 번도 내게 그런 얘길 하지 않았니? 왜? 내가 이해해 줄 수도 있는 문제잖아……."

위험이 다가오는 걸 느꼈다. 자상한 아버지처럼 파트릭은 부성애를 이용할 것이다.

왜 앙투안에 대해 말하지 못하는 걸까? 경쟁자가 생겼다는 걸 확실히 알게 되면 더 이상 소모적인 대화를 하지 않아도 될 텐데. 그런데 왜 다른 남자를 갈망하고 있다는 말을 못하는 거지? 다른 남자의 육체를 탐하고 싶고 다른 인생을 원한다고 왜 떳떳이 말을 못하는 걸까?

그건 파트릭이 괴로워하는 걸 원치 않기 때문이었다. 하지만 그러다 보면 도저히 용기를 낼 수 없을 것이다. 조금만 용기를 내면 그의 자존심에 큰 상처를 주지 않고도 떠날 수가 있다. 또 말이 지나치지만 않는다면, 다른 남자 품에서 쾌락에 젖어 입을 커다랗게 벌리고 있을 나를 상상하지 않고도 그는 잠들 수 있을 것이다. 하지만 지나치게 구체적으로 얘기를 해서, 쾌락에 빠져 활처럼 팽팽해진 두 육체가 하늘이 뻥 뚫리는 절정에서 멈추는 것까지 생각하게 만들면, 파트릭은 밤마다 머리맡의 수면제 없인 잠들지 못할 것이다.

이렇게 조건들을 하나씩 따지다가는 이별을 장담할 수가 없다. 나는 진창에 빠진 기분이었고, 파트릭은 나를 받아줄 만반의 준비가 되어 있었다. 그는 날더러 곰곰이 생각해보라고 했다. 주문한 데코레이션 케이크도 취소해야 하고, 그가 빌린 진주 박힌 회색 예복과 실크해트도 돌려줘야 한다면서.

그 순간 나는 위선자답게 마지막 패를 꺼내들며 이런 주장을 폈다.

"자긴, 나처럼 너무나 비겁해서 자유도 주장하지 못하는 여자들을 이용하고 있어. 장 폴 사르트르는 철학 수업 시간이면 아주 친절하게도 자기 같은 남자들을 도매금으로 넘겨버리곤 했대. 그러니까, 자신의 뿌리가 자라는 걸 보면서 살고 싶다는 거야. 그 말을 풀어서 해석하면, 자신의 인생을 살겠다는 거지. 현실적인 계산 따윈 하지 않고 뭇 남자들과 자고 싶다는 말이기도 해."

그 말에 파트릭은 뒤통수를 맞은 사람처럼 멍해 있더니, 불쑥 나를 끌어안고 중얼거렸다.

"모든 걸 이해해, 내가 널 도와줄게, 독립하려는 네 의지와 용기를 존중해줄게."

나는 그가 이렇게 대범하게 나올 줄은 몰랐다. 불현듯 내 자신이 부끄러워져서 툭하고 눈물이 흘러나왔다. 내가 뭐라고 이렇게 믿어주고 분에 넘치는 애정을 주는 건가. 그런 생각이 들자 살기등등했던 마음이 순식간에 녹아 내리면서 오열을 하고 말았다. 얼굴이 붉으락푸르락 흉하게 일그러질 정도로 울다가 이내 딸국질까지 했다. 숨이 넘어가도록 꺼이꺼이 울며 그의 소매를 거머쥐었다. 비겁하기로 마음먹었던 내 계획은 수포로 돌아가고 말았다. 끝까지 자상함을 보여주는 파트릭에게 고마운 마음이 들어, 내 입에선 더듬거리며 "사랑해"란 말이 튀어나오고 있었다.

파트릭은 내가 다시 본래대로 돌아왔다는 걸 깨닫곤 뺨을 어루만졌다. 레이몽이 우리에게 포도주 두 잔을 가져다주었다. 너무 울어서 머리가 띵해진 나는 파트릭에게 혼자 있게 해달라고 부탁했다. 산책하면서 바람을 쐬면 생각이 좀 정리될 것 같다고. 그러곤 이렇게 말했다.

"오늘 밤은 라모나네 집에서 잘게. 지금은 너무 지쳤어. 내일 보기로 해."

다시 합의를 본 것에 뿌듯해진 파트릭은 그러라고 했다.

우리는 서로를 부둥켜안고서 카페를 나왔다. 앙투안이 탄 비행기가 단 한 번도 내 마음속에 착륙한 적이 없었던 것처럼.

내 수치스런 행동들을 떠올리자 죽고 싶은 심정이었다. 한달음에 가브리엘 할머니를 찾아가 무너지듯 쿠션 위에 주저앉았다. 찢어진 내 마음을 아물게 해줄 말이 절실히 필요했기 때문이었다.

가브리엘 할머니에게 모든 걸 이야기하고 나자 정신이 들었다. 나는 또다시 포기한 거였고 기쁨과 두려움으로 전율할 나만의 길에서 멀리 비켜나버린 거였다. 가브리엘 할머니는 나를 이해한다는 듯 고개를 끄덕였다.

"남편과 두 딸아이를 버리고 떠났을 때 나도 너처럼 많이 울었단다. 하지만 내 진짜 인생은 프레데릭 곁에 있다는 걸 의심하지 않았어. 그가 내 모든 상처를 대신해줄 만큼 가치가 있다고 여겼으니까. 소피, 네 진짜 인생이 어디 있는지를 스스로에게 물어보고, 그대로 따르렴. 그러지 않으면 늘 네 안에 커다란 공허감을 느끼게 될 거야……."

나는 앙투안을 따라가고 싶다. 그건 분명하다.

레이몽의 카페에서 그 길을 포기했던 건 이미 정해져버린 순리를 따르려 한 때문이었다. 하지만 지금도 늦진 않았다. 전화기는 가까이에 있었다. 나는 전보 치는 여자에게 파트릭의 주소를 불러주곤 짧막한 말을 전했다. "파트릭, 난 떠나. 진심이야. 당신을 많이 좋아했고 당신도 내게 모든 걸 주고 싶어 했지만, 어쩔 수가 없어. 날 원망하진 마. 내가 누구인지 나도 모르겠어. 소피."

여전히 불분명하고 모호한 것들이 있었지만, 처음으로 관습을 뛰어넘어 나를 있는 그대로 드러내었다. 그것이 긍정적인 일이라고 생각했기 때문에 파트릭의 마음을 아프게 할 수밖에 없었다. 나 자신을 위해서 아니, 라고 말한 거였으니까. 이제야 묵은 체증이 내려가듯 한 가지 바람을 이룬 것만 같았다. 내 앞을 가로막았던 초록색 베란다에서 막 벗어난 것이었다. 죽을 만큼의 두려움과 위험을 감수하고 선택한 건 바로 나 자신이었다.

가브리엘 할머니는 중독성 있는 말투와 미소와 평온함으로 은연 중에 나를 부추겼던 건지도 모른다. 할머니처럼 위험을 감수하며 나이를 먹는다 해도 상관없었다. 그 인생의 원칙들과 하늘을 바라보며 사는 삶이 좋을뿐더러, 내 미친 짓들도 인정하며 살아갈 수 있을 테니까……

청바지와 티셔츠를 가져가려고 집에 들렀는데 분위기가 영 썰렁했다.

필리프는 내게 일어난 일들을 전혀 이해하지 못했다. 그리고 엄마 역시 손자를 빨리 보고 싶다던 바람을 물거품처럼 날려 보내야 했다. 집을 드나들며 사위나 다름없이 지내던 파트릭은 확실히 가족의 일원으로 자리잡고 있었다. 엄마에게는 그가 기대고 의지할 상대였던가 보다.

그런데 지금은 안정되고 익숙했던 상황들이 종적을 감추어버리고 불안한 기류만 감돌고 있었다. 안정된 미래를 걷어차면서까지 선택한 앙투안은 과연 어떤 남자일까? 학위는 가지고 있는 걸까? 부모님은 뭘 하는 분들이지?

앙투안에게 이런 사소한 것들을 묻는 것조차 나는 잊고 있었다.

그가 어떻게 밤을 보내고, 어떤 꿈을 꾸는지 알지도 못할뿐더러, 어떤 삶을 살아왔는지도 전혀 몰랐다. 단지 등유 냄새 나는 휴가지에서 두 마음이 열정적으로 불타올랐던 것만 떠오를 뿐이었다.

이런 식의 사랑이 얼마나 지속될 수 있단 말인가? 스스로도 어처구니가 없었다.

　엄마는 내 심정을 잘 이해하지 못했다. 엄마에게 사랑이란 따뜻한 온실에서 정성껏 키워가는 감정이었다. 그렇게 키워낸 사랑만이 모든 걸 이겨낼 수 있다고 믿었다. 역장이 호루라기를 불어대는 기차역이나 어수선한 공항에서 사랑에 빠진다는 건 있을 수도 없었다. 엄마에게 이런 사랑은 존재하지 않았다. 덧없고 깨지기 쉽고 견고하지도 않기 때문이었다. 사랑이란 인생을 살아가면서 집을 짓듯이 쌓아가야 하며, 월급봉투와 커가는 아이들과 더불어 조화롭고 균형 있게 모든 감정을 쏟아부어 만들어가야 하는 것이었다. 그렇기 때문에 오를리 공항에서 앙투안과 사랑에 빠진 건 무모한 짓이나 다름없다는 거였다.

　그런데 그런 말을 하던 엄마의 얼굴에 미소가 떠올랐다. 우리 세 식구가 똘똘 뭉쳤을 때 짓곤 하던 그 미소. 신호등의 파란불과 같은 그 미소엔 여러 의미가 담겨 있었다. 엄마가 감히 엄두도 내지 못했던 일들을 내게 허용해주겠다는 뜻이자, 나를 구속하려는 것에 대한 두려움의 표현이기도 했다. 순응하며 살았던 자신의 젊은 날을 떠올리며 던진 미소일지도 몰랐다. 엄마에게도 꿈과 열망이 있었으니까. 지금에 와서 그 열망들이 엄마를 혼란시킨 거였다.

　그게 엄마의 모순이었다. 자신이 확신할 수 없던 일들을 엄마는 함박웃음을 지으며 딸인 나에게 물려주려 했다. 얼마든지 기다려줄 테니, 해선 안 된다고 못 박은 열 가지만 빼곤 내가 모든 걸 경험하며 대신 알려주길 바란다는 듯이.

딸에게 많은 걸 기대하고 있는 엄마를 보니 나는 행복했다. 비록 내가 여행에서 눈물로 얼룩져서 돌아온다 해도, 찢어진 상처를 아물게 해줄 엄마가 곁에 있을 것이다. 이제 그녀는 더 이상 엄마가 아니라, 환호하며 맨 앞줄에서 열광적으로 나를 지켜보고 있는 관객이자 팬이었다. 그녀는 엄마, 더욱이 좋은 엄마도 아닌, 다시 카미유로 돌아가 있었다. 삶을 열렬히 갈망하던 예전의 카미유로.

내게는 다시 낯선 남자와 모험을 감행할 시간이 온 것이다.

자미와 카미유는 사기를 당했던 베니스 신혼여행에서 돌아와 아비뇽에 옹색하게 신혼살림을 꾸렸다. 카미유는 이미 부부가 되었으니 남편의 좋은 면만 보려고 애썼고 환상이 깨어졌던 일은 곱씹어 생각지 않으려고 했다. 자미 역시 둘만의 추억이 담긴 아름다운 그림을 더럽히지 않고 이상적인 남편이 되기 위해 노력하겠다고 약속했다. 이후 두 사람은 가족들 사이에서 깨가 쏟아진다는 말을 들을 만큼 금슬이 좋았다. 밤에는 연거푸 섹스를 하기도 했다. 서로의 목을 끌어안고서 아픈 기억을 아물게 하는 짜릿한 전율에 빠져들곤 했다.

이제 그들은 카미유가 낳고 자미가 보호해줄 아이들을 원했다. 자미는 아빠가 될 날을 손꼽아 기다리며, 아침마다 커피를 마시면서 《미디 리브르》에 나온 구인광고들을 훑어보았다.

어느 날 그는 신문을 손에 들고 무척이나 들떠서 집으로 들어섰다. 타타로 호수라는 둥 제방 공사라는 둥 또 급여가 좋다는 둥, 도무지 종잡을 수 없는 얘기를 하며 이색적인 구인광고가 실렸다고 떠들었다. 자초지종은 이랬다. 마다가스카르 정부가 홍수 때마다 계곡이 범람하여 호수로 물이 넘치는 걸 막으려고 제방 쌓을 기술자를 찾는 중이라는 것이다. 게다가 무경험자라도 인품이 좋고 모험심 있는 젊은 기술자를 원한다고 했다. 무엇보다 원주민들과 친해져야 하고 지역 유지들이나 호수를 지키는 정령들의 심기를 거슬러선 안 되며, 제방의 경사면을 계산할 때는 비를 내리는 신들의 뜻에 따르고, 풀을 뜯어먹는 소들의 성질을 돋우지 않게 측량주를 설치해야 한다는 조건을 내걸고 있었다.

자미는 이런 세부 사항들이 모두 마음에 들었다. 그는 공무원이 시간만 줄줄 새어나가는 직업이라며 큰 비전을 찾지 못하고 있었다.

카미유도 덩달아서 이런 상상을 했다. 너른 테라스에서 아기들에게 일광욕을 시키고 맨발의 흑인 가정부가 아기들을 정성껏 보살피며 파파야를 먹이는 모습을. 적도로 가서 큰돈을 모았던 아버지는 사위의 뜻에 동조하며 잘해보라고 어깨를 두드렸다. 그날 집에 모인 사람들은 마다가스카르와 거물급 인사들에 대한 얘기로 시간 가는 줄 몰랐다. 그날 밤 카미유는 자미에게 자신을 내맡긴 채 그녀가 할 수 있는 모든 쾌락을 선사해주었다. 그들은 이국에서의 총천연색 꿈을 꾸며 부부로서 일심동체가 되었다.

새로운 인생이 눈앞에 펼쳐져 있는 것 같았다. 카미유는 기술 팀장 자미 포르자의 아내가 된다는 생각만으로도 가슴이 벅찼다. 마침

내 그녀 자신의 직업을 얻은 거였다.

그들이 떠난다는 사실은 주위에 떠들썩하게 알려졌다. 자미는 뽐내듯이 주름 잡은 통 넓은 반바지에 방수 모자를 썼고, 카미유는 시내 수예점에서 산 열대지방의 알록달록한 치마를 입고는 양손으로 다소곳이 밀짚모자를 들고 있었다.

배편으로 떠난 여행길에서 큰 문제는 없었다. 배멀미를 느낀 카미유는 모포를 몸에 둘둘 감은 채 오후 내내 갑판 위에 누워 있었고, 자미는 그런 그녀의 손을 잡아주었다.

두 사람은 마다가스카르의 새로운 보금자리에 당도했다. 현관 앞에는 흰 기둥들이 세워져 있었고 넓은 층계가 있었다. 종려나무, 야자나무, 붉은 덤불숲이 흰 담벼락을 에워쌌으며, 목재로 된 지붕은 머리에 모자를 씌운 것처럼 우스꽝스럽게 얹혀 있었다. 현지인 가정부는 반갑게 환영 인사를 건네더니 카미유를 따로 불러 모기장 사용법을 알려주고 냉장고가 잘 작동되는지도 일일이 보여주었다.

카미유는 가구들을 들여놓고 사람들을 초대하기 시작했다. 손님을 현관 앞까지 배웅하는 일이 점점 늘어났다. 그곳에서는 인생이 복잡하지 않았다. 검게 그을린 여인네들과 교양 있는 남자들과 늘 푸른 하늘만 있을 뿐이었다.

하지만 카미유는 무언가 결핍감을 느끼고 있었다. 행복을 열렬히 갈망했지만 행복감은 찾아들지 않았다. 잘생긴 남편과 근사한 집과 헌신적인 가정부가 있었고, 주위를 둘러보면 꽃들과 새들과 벽에 걸린 멋진 그림들이 있었다…… 뚱뚱해서 콜레스테롤이 축적된 것도 아니었고 악성 열병에 걸린 것도 아니었다. 그런데도 그녀는 왠지 불완전하다는 기분이 들었다. 가끔 삶에 멀미를 느꼈고, 갑작스레 내면이 텅 비어버린 것 같은 느낌 때문에 절망스럽고 날카로워지기도 했다.

이 모든 완벽함에 감정을 불어넣어줄 관계의 끈이 없었다. 그 끈만 있다면 세상과 자신을 이어주고, 목련과 등나무의자가 있다는 걸 깨닫게 해주고, 자미가 쌓는 제방이나 숲에서 비웃듯 꽥꽥 울어대는 원숭이 울음소리를 현실로 되돌려줄 것만 같았다.

그녀는 더 이상 한쪽 구석에서 침울하게 입을 다문 채 방관자로 살아갈 수 없었다. 남편 자미와 기술 팀장의 아내라는 직함만으론 충분치 않았다. 카미유에게는 아기가 필요했다. 아기가 그녀의 모든 문제들을 해결해줄 것만 같았다.

아기가 생기면 자미에게 자기라고 부르고, 시장에서 사 온 매운 수프를 함께 먹으며 행복에 겨운 웃음을 터트릴 것이다. 그리고 다시 지상에 단단히 발을 붙이게 되겠지.

내일 자미에게 아기를 만들자고 해야겠다.

호텔 436호실에서 앙투안이 기다리고 있

었다.

그는 침대 위에 누워 있었다. 큰 키에 검고 윤기가 흐르는 머리,
기다란 갈색 손가락, 웅숭깊은 눈, 곧고 짙은 눈썹, 미소를 머금은
입술은 자신에 차 있었지만 건방져 보이진 않았다. 그러더니 그는
벌떡 일어나서 야구 선수의 포즈를 취하고는 사냥을 마치고 어슬렁
어슬렁 집으로 돌아가는 표범 흉내를 내었다. 가브리엘 할머니가 그
모습을 봤다면 멋진 몸이군, 이라고 말했을 것이다. 딱 벌어진 가슴
은 성숙하고 남자다웠으며, 비누칠한 피부는 매끈하고 반들거렸다.

울어서 통통 부은 내 얼굴이 예쁘지 않다는 것도 잊고 있었다. 그
래도 그는 미소로 나를 맞아주었다. 침대로 끌어당겨 자기 곁에 눕
히고는 팔베개를 해주며 이렇게 중얼거렸다.

"괜찮아, 모두 잊게 될 거야. 이제부턴 아름다운 삶이 새롭게 시작 될 거야."

귓가에서 째깍째깍 돌아가는 앙투안의 시계 소리와 심장의 쿵쿵 거리는 소리가 들렸다. 머리를 받치고 있는 그의 손이 내 마음을 진 정시켜주었다. 그의 따뜻한 온기에 긴장이 풀린 탓인지 나는 곧 잠 이 들고 말았다.

새벽녘에 나는 깜짝 놀라서 깨어났다. 낯선 방에서 익숙치 않은 남자와 있는 것에 순간적으로 당황하고 말았다. 앙투안……. 어떻게 앙투안이 여기 있지? 그는 침대 끝에 앉아서 도로 지도를 훑어보고 있었다. 나는 누운 채로 가늘게 실눈을 뜨고서 그의 행동을 지켜보 았다.

우리는 개강하기 전까지 한 달 동안 여행을 하며 앞날에 대해 생 각하기로 했다.

나는 마음에 드는 남자를 만날 때면 본래의 나보다 훨씬 강해지곤 했다. 그러곤 어쩔 수 없이 결혼을 상상하게 된다. 하지만 결혼반지 만 떠올리면 왠지 못할 짓을 하는 기분이 들었다……. 어떤 경우에 도 어느 누구와도 마찬가지였다……. 누군가 내 마음속에 빨간불을 켜곤 게임 오버를 알리는 것만 같았다. 일종의 나쁜 징조를 몰아내 는 엑소시즘처럼.

나는 약간의 서스펜스를 즐기기 위해 일부러 장애물들을 놓아둘 것이다. 그리고 이 장애물을 통과한 사람과 결혼할 것이다. 그가 임 무를 완수하면 내게 청혼할 수 있고 또 내 허벅지를 잡으면 아이들을 많이 낳아줄 거다. 이 모든 과정에서 "그래"라는 말은 끝까지 하지 않는다. 진짜 마음에 드는 사람들에게는 잠들기 전 머릿속에 떠오르는 대로 짧은 영화 한 편을 찍을 자격이 주어진다. 흥미가 계속되는 만큼 삶의 에피소드들이 연속극처럼 이어질 것이다.

열세 살 때는 파슈라는 남자아이가 163일분의 영화 주인공이 되었다. 가슴이 콩콩 뛰는 걸 느끼며 일요일 아침마다 나는 스케이트장을 돌고 있는 파슈를 보며 남몰래 영화를 찍었다. 또 다른 남자 주인공에게 접근할 때까지 영화는 계속되었다. 그 무렵 플라토닉한 사랑은 내 의지를 꺾지 못했다. 그 반대였다! 그랬다면 파슈의 숨소리가 들리는 탈의실 구석에 숨어서 혼자 애를 태우는 짓은 하지 않았을 거였다.

이런 공상만으로도 나는 충분히 즐거웠다. 그 이야기들은 점점 살이 붙고 부풀려지고 풍부해져갔다. 서막이 있고 사랑과 순정과 불화가 있으며, 가장 친한 친구의 배신이 있지만 결국 나중엔 화해로 끝이 난다……. 또 이런 얘기들을 상상해본 적도 있었다. 사회적 신분이 달라 원수가 된 시어머니와 비열한 부모, 그럼에도 모든 걸 뛰어넘는 강렬한 사랑으로 관계가 회복된다는 줄거리 말이다. 사회적인 성공과 돈, 박수갈채, 저택, 아이들, 가정부들, 경쟁자들, 가출, 이탈리아산 페라리, 재회, 영원한 맹세, 신혼의 휘황한 달밤…….

이야기를 만들어내는 데 나는 지칠 줄 몰랐다. 저택은 늘 똑같았지만 주인공의 스타일대로 가구들을 새로 들여놓는 식이었다. 거기에 아이들(첫째가 아들인 편이 훨씬 낫다)이 빠질 수 없고 끝은 반드시 해피엔딩이어야 했다.

크면서 경험이 쌓일수록 내 시나리오는 복잡해져갔다. 이탈리아 산 페라리보다 다이아몬드를 더 바라게 되었고, 언제부터인가 기자 가 된 나를 끼워 넣고 있었다.

하지만 앙투안에 대해선 아직 내 저택에 들어오게 할 정도로 많은 걸 알지 못했다……. 그런데 바로 어제부터 따뜻한 온기가 전해지는 두터운 먹장구름 위를 걷는 기분이었다. 아니 원점에서 인생을 다시 시작하는 기분이었다. 팔딱팔딱 뛰는 심장과 뽀얀 피부로 새로 태어 난 아기처럼. 내 방 안에서 파트릭을 안고 "사랑해"라고 말했던 게 일주일도 채 안 되었는데, 나는 그 사실마저 까맣게 잊어버렸다.

앙투안은 유유자적 인생을 관조하는 사람 같았다. 여행을 하려면 힘세고 편안한 자동차가 필요하다면서 전화로 원하는 색깔과 모델 과 선택사항들을 주문하고 있었다. 나는 침대에 웅크리고 앉아 나직 한 목소리로 말하는 그를 지켜보았다. 이런 여행을 하려면 돈이 꽤 들 텐데, 앞뒤 계산하지 않고 쉽게 결정을 내려도 되는 걸까. 이참에 나는 그에 대해 좀 더 알아보기로 마음먹었다.

앙투안은 할아버지 얘기를 꺼내었다…….

영국인 식민지 개척자였던 그는 이른 새벽 사방이 초록 밀림인 브 라질에 상륙했다……. 당시는 고무 붐이 일던 시기였다. 마나우스[18] 는 세상에서 고무 수액을 내는 나무들이 가장 많은 도시였다. 영국 식 도자기로 된 궁전, 비엔나식 사기로 된 샹들리에, 세라믹으로 된

보도, 또 다이아몬드를 박아 넣은 창문을 대수롭지 않게 여길 만큼 번성했던 곳이었다.

아일랜드인 맥 인토쉬와 미국인 넬슨 굿 이어가 고무의 효능을 발견하여 더블 단추가 달린 레인코트나 줄무늬진 타이어들을 만들어내기 시작하면서, 마나우스에서는 하루가 다르게 인플레이션이 발생했다. 아기들은 다이아몬드로 된 딸랑이를 흔들고, 하인들은 천연 에메랄드로 냄비를 닦고, 치과 의사들은 사파이어로 충치를 메우고, 약제사들은 신트림이 올라오거나 햇볕에 화상을 입은 환자들에게 검거나 흰 진주를 녹여 차를 마시라고 권할 정도였다……

마나우스에는 남아메리카 최초로 전화와 전보가 설치되었고, 프랑스 영사관에서 푸른 극장까지 이어지는 전차가 맨 처음 다니기 시작했다. 그곳 사람들은 리넨 속내의를 런던으로 보내 세탁하였고 다림질은 파리에 맡겼다. 유럽의 물이 더 순하고 그곳 사람들이 일도 훨씬 꼼꼼하게 한다는 이유 때문이었다. 외출하기 전에 신발 상태를 확인해보려고 현관 층계에 투명 유리도 좍 깔아놓았을지 모른다……. 그리고 겨울이면 바르넘 서커스단이 찾아왔다. 거대한 바다 동물들이 넘쳐나고, 높다란 축제 기둥들이 세워지고, 털북숭이 원숭이들과 몸이 유연한 남자들이 서커스를 하고, 당대의 섹시 심볼이었던 롤라 몬테스[19]가 공연을 했다. 롤라는 셔츠에 자신을 거쳐간 애인

---

18) 브라질 북서쪽에 위치한 아마존의 중심부로 17세기 유럽인들이 건설하여 19세기 상권을 장악한 도시.

들의 이름을 줄줄이 새겨놓았다. 그러곤 궐련을 피우는 부유한 대농장주들 위에서 서커스 그네를 타다가 그들이 내미는 지폐 뭉치를 이빨로 물어서 그러모았다.

호기심과 부에 굶주린 사람들을 가득 태운 배가 파리와 런던과 베를린에서 물밀듯이 밀려들었다. 여행자들의 입소문을 통해 들은 기적을 두 눈으로 직접 확인하러 온 거였다.

앙투안의 할아버지도 그들 중 한 사람이었다. 영국의 외딴 벽촌에 살았던 그 역시 고무에 대한 호기심을 뿌리치지 못하고 쇄도하는 인파에 끼어들었다. 그는 암송아지와 밭을 팔았고, 임신 중인 열여덟 살의 아내까지 두고 왔다. 처음 마나우스에 도착했을 때는 혼잡한 광경뿐이어서 평온한 영국으로 되돌아갈까 하는 마음도 들었다. 하지만 마나우스에서는 세계 각국에서 온 아리따운 여자들이 예쁘게 치장한 쇼윈도에 들어앉아 아침마다 구애자들을 받았다. 여인들의 애정을 얻거나 혹은 욕정을 채우거나 그것도 아니면 잠깐의 쾌락을 즐기려고 금괴를 들고 남자들이 찾아왔다.

그렇게 그는 다코타에서 온 몰리 세인트-제임스라는 미국 여인을 알게 되었다. 몰리의 인기는 하늘 높은 줄 몰랐다. 마나우스에 쇼윈도를 연 이후 줄곧 정조를 지켜온 탓이었다. 그녀는 자신의 순결과 고혹적인 눈빛과 파리지엔 같은 외모를 영원히 소유하게 될 능력 있

---

19) Lola Montès, 1821~1861, 아일랜드에서 태어난 무용수이자 배우. 음악가 프란츠 리스트와 바이에른의 루드비히 왕의 정부로 유명해졌으나 나중엔 서커스단의 인형 노릇을 하며 비운의 삶을 살았다.

고 부유한 남자를 기다리고 있었다. 아침마다 남자들의 프러포즈를 받은 그녀는 자신에게 넋을 잃은 농장주들을 일렬로 세워놓고 메모를 하며 한 사람씩 면담을 했다. 면담이 끝나면 눈을 한두 번 깜박거려 만남의 언질을 주는 척했지만 결국엔 결정을 유보했다. 몰리로선 서두를 이유가 없었다. 우기가 되어 거리가 진흙투성이가 되기까지는 육 개월이나 남아 있었으니까.

그녀를 처음 본 순간 앙투안의 할아버지는 직감했다. 다시는 영국으로 돌아가지 않을 것이며, 자식을 보러 가는 일도 없으리란 걸. 그러나 몰리에게 프러포즈한 적은 없었다. 근육질의 몸을 만들고 멋지게 수염을 길러도 그는 다른 구애자들과 별반 다를 게 없었다.

그는 이제 막 파라고무나무 대농장을 사들였다. 상당한 재산을 가졌고 사업 전망도 밝아서 분명 남들보다 조건이 월등했다. 하지만 아리따운 몰리는 기필코 그의 손을 잡아주려 하지 않았다.

그래서 저속하지만 기발한 아이디어 하나를 떠올렸다.

마나우스의 농장주들이 기대했던 대로 수확 때마다 고무 시장의 경기 흐름은 안정되어갔다. 그들의 경쟁자는 세상 어디에도 없었고 생산한 고무에 대해 언제나 많은 이윤을 챙길 수 있었다. 오월의 어느 날 밤, 앙투안의 할아버지는 해적들에게 많은 돈을 지불하곤 그들의 호위 아래 파라고무나무 칠십만 종을 몰래 브라질에서 빼돌렸다. 수많은 종자들이 도중에 썩었고, 도착했을 때는 삼천 개 정도만 남아 있었다. 곧 그 종자들을 스리랑카의 세이란과 인도네시아 자바섬, 그리고 말레이시아에 심었다. 대규모 플랜테이션이 이루어지면서 그는 전 세계적으로 알려졌고 마나우스의 작물보다 훨씬 싼 가격에 수확물을 팔았다.

이렇게 해서 초록으로 뒤덮인 낙원은 종말을 맞았다. 세라믹 궁전들은 황폐해지고, 유리로 된 현관 층계에는 다이아몬드 딸랑이가 버려지고, 농장주들은 고무 유액을 채집하던 세링게이루들을 해고하고, 기름진 작물이 늘어서 있던 밭들은 폐쇄해야만 했다. 끔찍한 실업이 이어지고 기아로 수천 명이 목숨을 잃었다. 앙투안의 할아버지를 증오하며 저주를 퍼붓는 말들이 하늘 높은 줄 모르고 치솟았다.

식민지 개척자들은 유혹이 있는 또 다른 곳으로 몰려가느라 푸른 극장과 전화와 아리따운 여인들을 버리고 떠나야만 했다.

도도하던 몰리 세인트-제임스 양은 자존심을 꺾고 말레이시아에 있던 앙투안의 할아버지를 다시 만나게 되었다. 수치심을 느꼈지만 결국엔 천재 사기꾼의 손을 잡고 결혼식을 치렀으며, 두 사람은 서로 결혼을 자축하며 거대한 카누에서 신혼을 보냈다.

억만장자가 된 앙투안의 할아버지는 워싱턴으로 가서 대통령 관저의 설계도에 따라 백색 궁전을 짓고 아내와 정착하게 되었다. 몰리는 아들 다섯과 열세 명의 딸을 낳았는데 그중 둘만 살아남았다. 바로 앙투안의 엄마인 에이미와 자크였다. 자크는 열두 살에 성장이 멈추고 말았다. 가혹한 운명을 살았던 그의 할아버지는 세링게이루들이 보복할 것을 두려워하며 간병인과 의사들에 둘러싸여 아주 우울한 말년을 보냈다.

하지만 앙투안은 야바위꾼인 할아버지에게 대단한 자부심을 갖고 있었다. 그는 할아버지처럼 교활하고 위선적인 인물들을 만나기 위해 여행하기를 원했다. 그의 얘기를 듣다 보니 파트릭의 탁구대는 완전히 시대착오적인 것처럼 느껴졌다. 그리고 어쩌다 보니 나는 마법에 이끌리듯 딴 세상에 들어와 있었다. 국제적으로 명성을 날린 할아버지의 손자가 왕자로 행세하는 요정 이야기 속으로…….

여행을 떠나기 전에 라모나를 만나고 싶었다. 오후 늦게 그녀의 집을 찾아 벨을 눌렀다. 문을 열자마자 라모나는 놀라움과 걱정이 담긴 눈빛으로 "어떻게 됐어?"라고 물었다. 나는 모든 걸 얘기했다. 파트릭과의 결별이 실패로 돌아가 또 한 번의 망설임이 있었지만 곧바로 후회하곤 가브리엘 할머니 집을 찾아가 비겁하게 전보로 이별을 통보했다고.

라모나는 좋은 대화 상대였다. 얘기할 때는 다른 데로 눈을 돌리는 법 없이 온전히 내 말에 귀를 기울여주었다. 그녀는 다른 생각을 하면서 얘길 들으면 안 듣느니만 못하다고 여겼다. 피라미드 때문에 감탄해 마지않던 나폴레옹을 경멸하게 된 것도 같은 이유에서였다. 나폴레옹이 세 명의 비서들에게 편지를 받아 적게 하여 군사작전을 세우면서 속으론 조세핀이 어딜 갔었나를 궁금해했다는 걸 알고 난 후부터였다……. 라모나는 어깨를 으쓱하며 이렇게 결론지었다. 나폴레옹은 어떤 것에도 관심이 없었던 거야.

앙투안에 대해서도 말했다. 도로 지도를 들고 여행하면서 인생 경험을 쌓고 싶어 한다고. 묵묵히 듣고 있던 라모나가 불현듯 말했다.

"나도 멀리 떠나. 네가 파트릭과 그렇게 쉽게 결혼을 해치워버리려는 걸 보고 그냥 떠날 순 없었어. 하지만 이젠 갈 수 있겠어. 이집트로 가서 파라오들을 만날 거야. 여긴 숨 막혀……."

말로 표현하지 않고는 사랑할 수 없다는 게 그녀는 숨이 막혔다. 라모나에 따르면, 사랑이란 굳이 설명하거나 증명하지 않아도 되는 것, 쉼표도 따옴표도 없는 거라고 했다. 그런 사랑은 모든 극단적인 것들과 도취를 허용하고, 결국엔 '눈 안의 눈'으로 남아 있게 하는 것이다. 이건 사랑에 대한 그녀만의 표현이었다.

라모나는 도서관에서 원하는 사랑을 찾을 수 없다는 걸 깨달았다. 순수학문의 열정이 가득한 도서관에도 역시나 도시적인 습성들에 무두질당한 닳고 닳은 심장들만 득시글하다면서.

"일주일 후에 떠나. 준비는 다 됐어……."

그렇다면 오늘이 그녀와 지내는 마지막 밤이란 말인가.

처음으로 함께 밤을 지새운 날처럼 가슴이 먹먹해졌다.

라모나 없이 혼자 어떻게 지내야 할지 막막했다. 타당한 광기와 미친 이성을 오가는 나를 이젠 누가 바로잡아줄까. 처음 만난 순간부터 우리는 줄곧 함께 했다. 우리는 연금술로 서로의 성장을 도왔고, 라모나는 도덕이라는 틀에 박힌 규율에서 나를 빼내주었다. 그녀와 함께 있으면 문제될 게 없었다. 자신을 속이거나 거짓을 말하지 않고 진실의 밑바닥까지 가야 한다는 것도 그녀 때문에 깨닫게 되었다…….

하지만 그녀와 헤어지는 것이 슬프지만은 않았다. 언젠가 우리는 다시 만날 것이다. 행여 오시리스 신[20]의 발아래 있다 해도 라모나는 무사할 것이다. 초콜릿 같은 밤하늘에 별들이 총총히 떠 있었다. 지나간 추억을 되새기기 위해 그녀가 나와 함께 밤을 보내고 싶어 한다는 걸 문득 깨달았다. 이 여름 밤 우리가 나눈 유년의 모험들을 마지막으로 음미해볼 시간인 셈이었다.

앙투안이 머물고 있는 호텔로 전화를 걸었다. 그가 외출하고 없어서 라모나의 집에서 자고 간다는 메시지를 남겼다.

우리는 거의 말을 하지 않았다. 조금은 성숙하고 지혜로워진 걸까. 어쩌면 성인이 된 것일지도 몰랐다. 이 밤이 끝나갈 무렵이면 욕망의 전율로 훨씬 더 기억에 남는 추억을 갖게 되겠지…….

다음 날 아침 기모노를 입은 라모나가 쟁반에 아침을 가져왔다. 흡사 베스타 여신[21]을 섬기는 제녀 같았다. 더없이 진지하고 느리고 부드러운 동작으로 그녀는 이 순간을 화석화시키고 있었다. 아침을 먹는 아주 사소한 일조차 완벽하게 몰입하는 순간, 그건 영원히 기억에 남을 중대한 일이 되어버린다.

"주의를 기울이면 모든 게 아름답고 유일한 것이 될 거야……."

라모나가 많이 그리울 것이다…….

나는 살그머니 그녀의 방을 빠져나왔다. 떠나가는 모습을 그녀에

---

20) 고대 이집트의 저승 세계를 관장하던 신.
21) 그리스어로 헤스티아라고 불리는 불과 화로의 여신으로, 베스타의 제녀는 신전의 불을 지키며 처녀성을 간직해야 했다.

게 보이고 싶지 않았다. 그녀의 뒷모습을 마주한 채 검은 머리와 기모노의 소맷자락, 현관 타일에 걸린 아리따운 금발 여인의 사진을 눈여겨보면서 나는 천천히 뒷걸음질쳐 나왔다……. 그러곤 사진들로 가득한 서랍을 여닫듯이 조용히 현관문을 닫았다.

라모나와 나. 십 년 동안 우리는 축축한 입맞춤을 했고, 욕망이 이끄는 대로 꿈을 꾸었다. 이제는 각자 헤어져 서로 다른 길을 걷게 될 것이다.

출발이다…….

둘만의 여행을 위해 앙투안은 나를 이탈리아로 데려갔다.

앙투안은 말했다. 이탈리아어 억양만이 만돌린과도 같은 우리의 영혼 상태와 조화를 이룬다고.

그는 그 어떤 것도 예전과 똑같지 않기를 바랐다. 파트릭과 내가 사랑하던 방식과도 똑같은 건 원치 않았다. 나는 더 이상 섹스에 놀라움과 두려움을 느끼는 어린 숙맥이 아니었다. 그는 내 안에서 새로운 욕망이 되살아나길 기대하고 있었다. 그래서 파리를 떠난 구월 십오 일부터 열흘 동안이나 내 몸에 손을 대지 않았던 건지도 모른다.

우리는 방을 따로 썼다. 정오에 호텔에 도착하면 앙투안은 리셉션에서 세세히 설명하곤 했다. "서로 왕래할 수 있게 따로 떨어진 방

둘이면 좋겠어요." 호텔 종업원은 희한한 사람들 다 보겠다는 듯 우리를 바라보곤 했다. 두 남녀가 남매도 사촌지간도 아니란 건 분명하기 때문이었다.

밤에 나를 혼자 침대로 보낼 때만 빼고 앙투안은 내내 달콤한 연인처럼 굴었다. 그는 지난여름 상대가 누구인지 무슨 일이 일어날지 알려고 하지 않고 즐겼던 밤들을 내가 모두 잊기를 바라고 있었다. 쾌락에 내맡겼던 내 자유를 질투한 것이리라. 나는 그의 곁에서 잠들게 해달라고 애원해보았지만 소용없었다. 그는 나를 방까지 데려다주곤 입을 맞춘 다음 낯선 침대만 있는 어둠 속에 덩그러니 남겨둔 채 가버렸다.

방에 홀로 남은 나는 아무것도 보지도 듣지도 음미하지도 못했다. 커다란 공허감이 내 몸을 꽁꽁 옭아매었다. 애절하게 붙들 걸 그랬나. 거리의 여자들처럼 유혹이라도 할 걸 그랬나. 앙투안이 나를 안고 머리를 쓰다듬고 어깨를 더듬고 목덜미에 뜨거운 숨결을 불어넣으며 혀로 귀를 핥아줄 수 있다면 무슨 짓이든 할 것만 같았다. 터질 듯한 욕망에 사로잡혀 수십 번도 그런 생각을 했지만, 나는 가만히 몸을 웅크리고만 있었다. 하루가 닷새 같았다. 그에게 매달려 입술을 부비고 수치심도 없이 애무를 하고, 도로 한복판으로 밀어트리겠다고 위협을 하고, 변태스런 영화 장면들을 얘기해보았지만……. 모두 소용없는 것이었다.

아홉 시에 아침 식사가 왔다. 각자의 방으로. 옆방에서 그가 자리에서 일어나고 읽던 신문을 접고 수돗물을 트는 소리까지 낱낱이 들려왔다.

나는 침대에 그냥 머물러 있기로 했다. 시트를 밀어내곤 양말을 신고 셔츠를 배꼽까지 올려 입었다. 그러곤 다리를 꼭 붙인 채로 누웠다. 앙투안이 문을 두드렸다. 한 번, 두 번, 세 번. 눈을 감고 꼼짝도 하지 않고 있다가 결국 문을 열어주곤 다시 침대로 돌아왔다. 방에 들어온 그는 심통난 것처럼 시치미를 떼며 침대에 누워 있는 나를 향해 다정하게 이름을 불렀다. 내가 대꾸하지 않자 그가 가까이 다가왔다. 쉐브르푀이유 향수 냄새가 났다. 그는 내 뺨을 어루만지더니 셔츠 속으로 손을 집어넣어 가슴을 더듬었다. 그러다 갑자기 손길을 멈추었다. 되돌아오는 반응이 없으니 그에겐 긴 속눈썹을 내리고 잠든 인형을 애무하는 것 같았으리라.

왠지 모르지만 그 순간엔 발뒤꿈치를 타고 후끈 달아오르는 쾌감을 느낄 수가 없었다. 나를 거역하는 건 바로 나였다. 손가락으로 스치듯 내 다리 사이를 더듬어가던 앙투안은 알고 있었다. 내가 자는 척할 뿐, 그의 손놀림에 어쩔 줄 몰라 하고 있다는 것을……. 나를 흔들어 눈을 뜨게 하곤 앙투안이 말했다.

"요 장난꾸러기……."

그러곤 문이 삐거덕 소리를 내며 닫혔다. 다시 혼자가 되었다. 바보. 연기가 실패로 끝나고 그를 잡기엔 늦었단 생각이 들자 쓴웃음이 나왔다. 순간 걱정으로 가슴이 쿵 내려앉았다.

"앙투안이 돌아오지 않으면 어쩌지?"

다리를 사용할 줄 모르는 사람처럼 꼼짝할 수 없었다. 얼마쯤 지나자 호텔 종업원이 방 청소를 하려고 문을 두드렸다. 나는 침대와 의자 사이를 어슬렁거리며 청소가 끝나길 기다렸다. 청소기를 돌리고 스펀지로 닦는 걸 물끄러미 보면서, 먼지처럼 빨려 들어가고 짓눌려버린 날 떠올리고 있었다. 아무 짝에도 쓸모없이 내버려진 기분이었다.

절망적인 마음으로 앙투안을 기다렸다. 그가 돌아오지 않으면 나는 불구자나 다름없었다. 색종이 꽃들을 하나씩 세면서 그를 기다리는 일 말고 할 수 있는 게 아무것도 없었다. 수수한 프랑스 여자의 인생에 제트기가 실어온 쉐브르푀이유의 향기를 맡아본 것으로 끝나버린, 병든 환자가 되고 마는 것이다. 침대에서 고슴도치처럼 몸을 말고, 그가 했던 말을 떠올리면서 설마 떠나진 않겠지, 확신할 수 있는 일들을 곱씹어 생각했다.

행복이 깃든 행운이 찾아들 때마다 내겐 청산해야 할 과거와 함께 든든히 믿는 구석도 생겼다. 어릴 적 벽장을 열어 비상용으로 감춰둔 초콜릿을 몰래 먹을 때처럼 약간의 죄의식도 있었다……. 그래서 팔짱을 끼고 다리를 꼭 붙인 채, 자학하듯이 그가 하는 대로 내버려두었던가. 이제 나는 자존심 따윈 잊어버렸고 예전에 내가 어땠는지도 기억에 없었다. 그렇게 타인에게 속한 혼란스런 쾌감을 발견했다. 그가 문을 열고 돌아와주기만 한다면, 나는 한 마리 개가 될 준비가 되어 있었다. 엑토르 씨가 다림추를 들고 손으로 내 몸을 더듬었을 때, 노예 시장에 팔려간 기분이 들었던 것처럼.

커튼을 뚫고 태양이 비추면서 방 안에 커다란 그림자가 생겼다.

복도 쪽에서 소리가 들릴 때마다 속이 울렁거렸고 발걸음이 멀어지면 기운이 빠져 주저앉았다.

나 혼자 떠나는 것도 상상해보았다. 코는 빨갛고 눈은 퉁퉁 부어 흉한 얼굴로 기차를 타는 것이다. 환상은 산산조각 나버리고 슬픔의 여운만 남긴 채 짐을 들어주는 사람도 없이 파리 리옹 역에 닿겠지. 그럼 파트릭과 다시……. 어쩜 그러면 나를 받아줄 것이다……. 하지만 진짜 사랑을 만났다고 날뛰며 그가 바라던 초록색 베란다를 떠나오지 않았던가. 헤어지지 않았다면 이 시간쯤 진을 마시며 파트릭은 내게 이렇게 말했겠지. "사랑해. 네가 세상에서 제일 예뻐. 아이들을 많이 낳자. 넌 이제 아무 걱정 안 해도 돼……."

지금쯤 파트릭은 어디 있을까? 다신 그와 만날 수 없을 것이다. 나를 잊으려고 어디론가 떠났을 테니까. 슬픔이 물밀듯이 밀려들면서 우울해지고 말았다. 앙투안, 파트릭, 엄마……. 다른 사람들은 뭐라고 할까? 그들은 나를 어떻게 생각할까?

이렇게 의기소침해 있을 때 문손잡이가 돌리는 소리가 났다. 그러곤 앙투안이 들어왔다. 점점 밑으로 가라앉고 있던 순간 그가 나타나 나를 물 밖으로 끌어내준 것만 같았다. 앙투안은 떠나지 않았구나. 아직 날 사랑하고 있는 거야.

시간이 늦었지만 배가 고프지 않았다. 아무런 감각도 느끼지 못했다. 그는 내 앞으로 와서 머리를 쓸어 올려주며 얼굴의 눈물 자국을 닦아내곤 나를 꼭 끌어안았다. 그러곤 내 관자놀이에 부드럽게 입을 맞추었다.

그날 밤 우리는 함께 잠들었지만 나는 너무 지친 나머지 다른 아무 생각도 할 수 없었다. 다음 날 의기소침했던 전날의 기억과 함께 밤을 보낸 감흥이 뒤섞인 채 우리는 호텔을 떠났다.

나는 조신한 아가씨처럼 행동하기로 했다. 무릎을 꼭 붙이고 앉아서 육체의 쾌락이나 욕망엔 무신경한 사람처럼. 어딜 가도 귀를 즐겁게 하는 이탈리아어를 감탄하며 들었고, 식당에서는 떠들썩한 억양이 양념으로 가미되어 무얼 먹었는지도 모를 정도였다.

기다림의 나날들이었다. 결국 이런 기다림을 나는 좋아하게 되었다.

호텔로 가서 방을 잡을 때마다 숨을 멈추고 뱃속 깊숙이 욕망을 숨겨두어야 했다. 감히 그란 존재를 향해 고개를 들어 올리지도 못했다. 그는 내 주인이자 어떤 구실로도 방해해선 안 되는 중요한 인물이 되었다. "방 둘이요"라고 말하는 소리를 들을 때마다, 극한으로 당겨진 활이 단 이 초 만에 뚝 부러지면서 다시 기다림의 연속선상으로 나를 밀어 넣었다. 오늘도 아니로군. 또다시 훗날로 미뤄진 것에 대한 낭패감에 나는 구두만 쳐다보다가 허둥지둥 층계를 오르곤 했다……. 마음속엔 비밀스런 관능이 그득한 채로.

방 앞에 다다르면 앙투안은 내가 눈을 떨어뜨릴 때까지 뚫어지게 쳐다보다가, 나를 혼자 두고 가버렸다. 그러면 또 침대를 독차지하고 앉아 그가 저녁을 먹으러 가자고 방문을 두드릴 때까지 기다려야 했다.

앙투안이 갑자기 생각을 바꾼 곳은 제네바 근처의 작은 항구인 라팔로에서였다. 그 전까지 나는 "방 둘이요"라고 판결을 내리는 듯한 말을 들을 때마다 쥐구멍에라도 숨고 싶은 심정이었다. 어느새 호텔의 금 장식물이나 자물통처럼 무기력한 신세가 되어 그 판결에 익숙해져가고 있었다. 그런데 그날은 그가 나와 방을 함께 쓰기로 한 거였다. 드디어 눈을 감은 내 앞에 그가 나타나다니.

우리는 여행 책자에 나온 유서 깊은 석조 건물들을 제쳐두고 쉬지 않고 차로 달렸다. 서로 아무 말도 하지 않았다.

라팔로에 도착하자 앙투안은 가족들이 머무는 호화 펜션을 골랐다. 펜션 건물은 몇 세대에 걸친 비밀과 음모와 갚아야 할 빚들이 그득 들어찬 것처럼 벽이 불룩 튀어나와 있었다. 푸른 바탕에 금색으로 동정녀를 그린 프레스코화가 눈에 띄었다. 동정녀는 보석들로 채워진 발가락을 내밀고 있었는데, 어부가 감사를 표하듯 그 발에 입맞추고 있었다. 바로 곤돌피 펜션의 광고판이었다.

동정녀는 온화한 자태를 드러내었고 어부는 진심으로 회개하는 미소를 짓고 있었다. 그림 배경에는 비천한 어부를 향해 증오 어린 얼굴로 손가락질하며 회개하라고 말하는 듯한 무리들도 보였다. 하지만 불행한 자는 미소 짓는 동정녀 마리아 앞에 무릎을 꿇고 아무것도 두려워하지 않는 표정이었다.

광고판이 내게 깊은 인상을 심어주었다. 앙투안을 따라오기 위해 나 자신을 버리는 일이 쉽지 않았기 때문이다. 어쨌든 그날 앙투안은 리셉션에 앉은 뚱뚱한 여자에게 이인용 방을 달라고 했다. 조금 혼란스러워진 나는 입을 꾹 다문 채로 있었다. 그와 함께 방을 쓴다면 어떻게 밤을 보내야 할지 전혀 모를 기분이었다. 경솔하게 내 쪽에서 먼저 반기는 기색을 보이고 싶진 않았다. 그가 먼저 미끼를 던지게 내버려두자는 마음이었다.

마르고 가무잡잡한 이탈리아 소년이 우리의 가방을 들고 금색 꽃무늬로 장식된 두툼한 카펫을 밟으며 어두컴컴한 계단을 앞장섰다. 계단을 따라 오르자 요정들이 살 것 같은 뜰이 나왔다. 분수와 초록의 덤불숲도 보였는데, 거기에는 포석들이 깔려 있고 담벼락과 잔디도 있었다. 붉은 꽃 노란 꽃 파란 꽃들이 무리지어 있는 화단도 보였다. 덤불숲을 에워싸고 계단이 이어졌고 방들은 화단으로 통해 있었다.

우리가 머물 방은 굉장히 넓었다. 천장은 높았으며 스페인식의 닫집이 달린 폭이 넓고 길이가 짧은 침대가 갖춰져 있었다. 장식들은 모두 장미색과 흰색으로 어우러졌고 비데에도 커다란 장미꽃들이 새겨져 있었다. 나무 바닥은 걸을 때마다 삐걱거렸고, 문들은 끼익 소리를 냈으며 가구들 안에는 아름다운 시체가 감춰져 있을 것만 같았다. 이런 방에서 혼자 잠든다는 건 감히 꿈도 못 꿀 일이었다.

종업원은 허리를 반으로 굽혀 팁을 기다리다가 앙투안이 지폐를 건네자 인사를 하곤 나갔다.

이제 둘만 남게 되었다. 열흘 동안 바깥세상으로부터 물러나 상상의 나래를 펴고 우리의 욕망을 채울 시간만이 덩그러니 놓여 있었다.

나는 방구석에 서서 기다렸다. 앙투안은 침대 위에 길게 드러눕더니 서 있는 나를 오래도록 지켜보았다. 그런 시선 앞에서 어떤 자세를 취해야 할지 어느 발에 균형을 실어야 할지, 또 내 모습이 그에게 어떻게 비칠지 전혀 알 수가 없었다.

"옷을 벗어."

그가 보는 바로 앞에서 옷을 벗으라니, 왠지 그러고 싶지 않았다. 아니다, 어쩌면 그가 이런 식으로 나를 취급해주길 너무나 갈망했었는지도 모른다. 하지만 달콤한 애정과 사랑을 원했지 창녀처럼 취급되는 건 싫었다.

"옷을 벗어."

양보하기로 했다. 나는 서툴게 옷을 벗었다. 먼저 치마를 벗고 블라우스를 벗은 다음 신발을 벗었다. 병원에 검진받으러 온 사람처럼 팬티와 양말만 걸친 모습이었다.

"다 벗어."

다 벗으라니. 나체가 된다는 게 조금은 부끄러웠다. 그런 내 모습이 아름다울 거라는 자신이 없었다. 하지만 나는 욕망으로 젖어 있었다.

"이제 이리로 와."

나는 침대로 다가가 그의 위로 올라갔다. 앙투안이 나를 덥석 안았다. 서로의 몸이 밀착된 채 그의 팔이 나를 단단히 옭아매었다. 어깨에 얼굴을 파묻은 나는 오를리 공항에서 그를 만난 이후 길고 긴 여정을 달려왔음을 문득 깨달았다. 그 사이 앙투안은 내 머릿속에 간직하고 있던 추를 깨부수었다. 나는 미친 듯이 그의 머리카락을 헤집고 귀 뒤를 애무하며 쉐브르푀이유 샴푸 냄새를 킁킁대면서 맡았다. 그런 나를 빤히 쳐다보더니 그가 부드럽게 입을 맞추었다. 입술은 목덜미에서 가슴으로 배로 미끄러져 내려갔다. 몸이 뻣뻣하게 경직된 채로 나를 그에게 내맡겼다. 그의 욕망이 어떤 계략을 갖고 나를 놀래키려 했다는 걸 의심하지 않은 채로. 나는 그의 손이 내 몸을 따라 내려오길 조마조마하게 기다리고 있었다.

이윽고 그가 혁대를 풀고 청바지를 벗고 부츠를 공중으로 날려 보냈다. 이어 러닝셔츠와 아메리칸식 팬티도. 나는 눈을 감았다. 벗은 남자의 몸을 보고 싶진 않았다. 너무 저속하고 진부한 일이었다.

그는 내 위로 길게 몸을 눕혔다. 부드럽고도 천천히 내 다리 사이를 오르내리며, 흔들리는 내 얼굴을 뚫어지게 보았다. 그러곤 코만치족이 길게 염원을 외치듯, 내가 절정에 다다라 입을 커다랗게 벌리고 첫 번째 탄성을 터트리길 끈기있게 기다렸다.

그건 사랑으로 나누는 섹스 행위였다. 그는 인내심을 갖고 기다렸고 그로 인해 나는 오르가슴에 이르렀다. 순간 시간이 정지되면서 내 감각들에 재갈을 물린 것 같았다. 그날 밤 우리는 여러 번에 걸쳐 사랑을 나누었다. 눈을 마주하고, 입술을 포개고, 성기가 얽혀 들고, 한시도 몸을 떼지 않고 서로를 아프게 하지도 않고서. 커튼 사이로 여명이 스며들 무렵이 되어서야 우리는 사랑 행위를 멈추었다. 침대에서 끌어안고 잠이 들었을 때는 아무런 기억도 남아 있질 않았다. 아홉 번에 걸친 아홉 번의 느낌으로 아름다운 사랑을 만끽하고 있었다.

흰색과 장미색이 어우러진 방 안에서 우리는 사흘 낮밤을 보냈다. 햇살과 환호성이 넘치는 거리로 나가 산책할 생각도 하지 않았다. 광적으로 사랑을 나눈 그 사흘 동안 나는 앙투안의 눈빛에서 그가 원하는 모든 것들을 읽었다. 눈빛이 어두워지면 내 몸을 내맡겼고, 손이 내 등에서 오그라들면 몸을 떨었고, 허리와 엉덩이를 할퀴고 그래서 생긴 긴 상처 자국들을 그가 부드럽게 훑으면 묵묵히 바라보았다.

싱가포르나 프랑스의 작은 도시에 있는 호텔에서도 얼마든지 이런 사랑을 나눌 수 있으리라. 커튼을 닫고 소음에 귀를 막아 시간을 공중분해시켜버리면 될 테니까. 유일한 훼방꾼은 끼니마다 쟁반에 받쳐 오는 음식뿐이었다. 펜션 주인 곤돌피 씨는 방 안에서 열렬히 쾌락을 좇고 있는 연인들을 고취시키려는 듯 기묘한 상상을 하게 만드는 음식들을 보내왔다. 아침 식사에는 꿀을 얹은 토스트에 장미 꽃잎을 놓았고, 점심은 노란 아몬드를 넣은 야채 그라탕을, 저녁에는 향이 많이 나는 가스파초[22]를 보냈다……. 달콤한 열락을 방해하지 않으려고 매 끼를 정확히 같은 시간에 보내는 것도 잊지 않았다.

그리고 매번 같은 종업원이 우리 방을 찾았다. 가무잡잡하고 마른 종업원은 세 번 노크하곤 몇 초를 기다렸다가 방으로 들어왔고 침대에서 손이 닿을 만한 곳에 쟁반을 내려놓았다. 그는 여기저기

---

[22] 토마토, 피망을 주재료로 한 스페인식 냉 스프.

흩어진 옷가지들이나 휴지 뭉치들로 어지럽혀진 방 안에는 눈길도 던지지 않고 나가버렸다. 우리는 종업원과 시선 한 번 부딪친 적이 없었다.

앙투안은 뒤늦게 어떻게 날 사랑하게 되었는지 얘기해주었다…….

지난여름 라모나의 방에서 우리가 처음 만난 날이었다. 그때 나는 쾌락의 순례를 하고 있었고, 그는 내가 자신을 눈여겨보지 않은 데 상처를 받았다고 했다. 그날 일을 앙투안은 또렷이 기억하고 있었다. 내가 어떤 식으로 그를 포옹하고 목에 팔을 두르고 이름을 불렀는지, 심지어 입이 부은 채 잠들었던 일까지. 당시엔 그런 내가 밉게 보였다고 했다.

그는 라모나와 오래 얘기를 나누면서 나를 파트릭에게서 떼어놓자고 의기투합하게 되었다.

그러니까 모든 걸 계획한 건 라모나였다. 그는 라모나의 부름을 받고 설레는 마음으로 커다란 가방 하나만 든 채로 오를리 공항에 도착한 거였다. 나와 파트릭의 관계가 깨지지 않을까봐 걱정스런 마음도 들었다고 했다……. 그래서 서둘러 나를 데리고 여행을 온 거였다. 지난 일을 되돌아볼 생각을 아예 못하도록.

그가 예상한 대로 지금 나는 파트릭을 완전히 잊었다. 마치 앙투안이 고의적으로 놓은 기다림이라는 덫 속에서 파트릭의 존재를 지우개로 말끔히 지워버린 것만 같았다.

사랑이 시작된 얘기를 앙투안은 밤새도록 할 것 같았다. 그는 나를 보면 종종 우리라는 생각이 든다고 고백했다. 몇 시간째 얘기를 나누며 우리는 서로의 살결을 어루만지고 있었다. 우리가 겪은 슬픔과 모험과 좌절과 광기를 손가락으로 그리면서.

스물두 살인 앙투안은 그 사이 많은 여행을 했다. 그는 열여섯 살 때 유럽을 알기 위해 프랑스로 혼자 건너왔다. 부모님은 소르본 대학 앞에 스튜디오를 구해주었고, 그는 불어를 배우며 생-제르맹 거리를 배회하고 다녔고 컨버터블 스포츠카를 타고 다니면서 그 안에 태울 소녀들을 사귀었다. 하지만 소년은 늘 외로움 속에서 지냈다. 밤거리를 산책할 때 동행하는 반 친구 한 명이 전부였다.

그는 열일곱 살에 처음 섹스를 했고, 여러 나라 언어를 구사할 줄 알아서 어딜 가든 제멋은 하고 다녔다. 하지만 무모한 도전을 북돋아줄 사람을 찾지 못해 다시 미국행을 택했다. 대학입학자격증과 타향살이를 하며 얻은 삶의 몇 가지 기교를 안고서.

미국으로 돌아온 후에는 버클리에 정착해서 하시시(마리화나의 일종)를 피우며 환각 여행을 하고 다녔다. 훌륭한 비즈니스 스쿨에 등록했지만 여자들과 마약을 하고 집단 생활을 하면서 턱시도와 프랑스에서의 절도 있던 삶은 과감히 던져버렸다. 열광적으로 도취된 삶을 통해 그가 지녔던 폭력성과 도발성을 얼음 녹이듯 녹여버릴 수 있었다. 그는 장발에 장밋빛 머플러를 두르고 날염한 티셔츠를 입고 맨발로 다녔다. 그러곤 아버지가 매달 꼬박꼬박 보내오는 편지를 받고 돈을 찾아 쓰곤 했다. 아주 쿨한 인생이었다. 아무런 걱정 없이 태양을 따라 흘러가는 대로 내맡긴 인생. 그는 캠퍼스에서 하시시를 피우고 여자의 엉덩이를 더듬으며 경제학 수업은 대충 흘려들었다.

그의 생활은 점점 더 방탕해져갔다. 더 이상 애무하고 싶지도 먹고 싶지도 않고, 아버지가 보내오는 돈을 찾으러 가고 싶지도 않게 될 때까지. 그에게는 이제 햇빛을 쬐며 시간이 얼른 지나가버리길 열망하는 일밖에 남지 않았다. 머리는 점점 더 장발이 되어갔고 영혼은 텅 비어버렸다.

그러다 《타임》지에서 기사를 읽게 되었다. 브라질 마나우스에서의 기막힌 모험담과 놀라운 사기 행각에 대한 할아버지의 기사였다. 앙투안은 문득 자신을 되돌아보았다. 그리고 신문을 보고 또 보면서 워싱턴의 오래된 서가로 숨어든 조부를 회상했다. 어릴 때 그토록 감탄하며 바라보았던 외조부를……. 그분을 얼마나 닮고 싶어 했던가…….

오후 무렵 그는 부모님에게 전화를 걸었다. 버클리에서의 학업을 그만두고 유럽에서 공부를 계속하겠다고. 여하튼 그는 유통에 대한 공부를 하고 주가에 대한 내용을 복습해서 시험에 응시했다. 시험에 합격하자마자 그는 비행기 표를 사서 남프랑스에 소유지를 구입하러 온 부모님과 다시 만났다. 라모나와 내가 여행을 갔던 그곳에서…….

앙투안은 부모님과 오래 대화를 나누곤, 학업을 마치기 위해 시월이 되기 전 유럽에 있는 대학에 등록하기로 결심을 굳혔다.

지금은 구월이었다. 앙투안은 어디로 갈지 아직 결정을 내리지 않았다.

운동화를 신고 춤을 추러 갔다······.

포르토피노의 칸델라 아래에선 일 년간 사용한 배의 낡은 돛대들을 모아 태우는 행사가 치러지고 있었다. 제방을 따라 높게 쌓은 꽃들과 리본으로 장식한 나무 기둥들이 길게 이어졌고, 그 주위를 맴돌며 아이들이 춤을 추었다. 바캉스를 맞아 집으로 돌아온 남정네들의 창가에선 불빛이 반짝였다. 십자형 유리창에는 어린 소년들이 기대앉아 침을 흘리며 불구경에 신이 났고, 어른들의 행렬을 보면서 눈이 휘둥그레졌다.

습하고 더운 날이었다. 포르토피노의 시장은 초록색과 흰색과 붉은색이 어우러진 휘장 아래서 숨을 헉헉거리며 조끼에서 꺼낸 큼지막한 손수건으로 땀을 닦고 있었다. 건장한 남자들이 성모 마리아상을 어깨에 둘러메고 거리 행진을 하는 동안, 여기저기서 오열과 축

성과 고해 소리가 흘러나와 귀가 먹먹할 지경이었다. 그들 중에는 부정을 저지르거나 아이들에게 상처를 준 여인들도 있었다. 그들은 소리 죽여 고해하며 눈앞에 보이는 구원의 행렬을 향해 재빨리 성호를 그었다. 노인들은 고백할 죄가 없어 웅얼거리듯이 "아멘"이라고 했고, 아이들은 제멋대로 굴 수 있다는 걸 보여주려고 구석에서 바지를 훌렁 벗어던졌다……

높다란 언덕 위 작은 성당은 환하게 불빛이 밝혀져 있었다. 오늘은 좋아하는 성인 앞에 무릎을 꿇고서 구원과 소망을 기원하는 밤이었다.

영원한 사랑의 맹세를 하려고 앙투안은 포르토피노로 나를 데려왔다. 그는 내가 떠나지 않길 기도하고 있었다. 곁눈질도 하지 않고 기도를 하는 그의 속눈썹이 파르르 떨리는 게 보였다. 나는 흐뭇하면서도 약간은 걱정스런 마음으로 그의 오뚝한 콧날과 덥수룩한 머리에서 눈길을 떼지 못했다. 그가 우리 두 사람의 인생과 앞날에 대해 얘기하면 귀를 쫑긋 세웠고, 그의 품에 안겨 있으면 창창한 미래가 기다리고 있는 것 같았다.

학업을 마치고 나면 우리는 함께 미국으로 가기로 했다. 그는 멋진 직업을 얻을 것이고 나는 통통한 아이들을 낳을 것이다. 난 왜 늘 아이들을 생각하게 되는 걸까. 모성이란 내가 피해갈 수도 의문을 품을 수도 없는 것처럼 여겨졌다. 아침이면 잠자는 앙투안의 모습을 신기하게 바라보고, 밤이면 목덜미에 와 닿는 그의 입술을 느끼고, 하루 종일 보조개가 들어간 그의 웃음을 지켜볼 것이다. 그가 존재한다는 걸 경이롭게 바라보며, 나도 존재감을 깨닫기 시작하겠지. 비록 하잘것없더라도 어떤 남자가 나를 선택했다면, 결국 나는 괜찮은 여자가 아닐까⋯⋯. 못생기지도 멍청하지도 않으니까.

앙투안과 나는 동갑이고 웃음소리도 비슷했다. 고집이 센 것도 닮은꼴이었다. 우리는 세 가지 신조를 내걸었다. 한 사람만을 사랑하고, 서로에게 충실하며, 진실해야 한다고. 열흘간 섹스에 목말라했으면서도 앙투안의 결심이 흔들리지 않았던 게 모든 걸 증명해준 셈이었다.

포르토피노는 축제 중이었고 내 가슴 속엔 환한 불빛이 밝혀지고 있었다. 이대로 시간이 멈춰버리면 얼마나 좋을까. 그렇게 내 이십 년의 세월이 영원해진다면. 춤의 행렬이 거리를 지나고 있었다. 부모들은 창가에 걸터앉은 아이들을 떼어놓았고, 이제 성가 대신 전자 기타 소리가 울려퍼졌다. 어부들은 그들의 관습대로 평화로운 의식을 진행하고 있었다. 고기잡이 배들이 순풍을 타고 잘되길 기원하면서 활활 타오르는 불에 돛대를 태웠다.

우리는 도시 꼭대기에 있는 작은 성당까지 올라갔다. 앙투안은 담 쪽으로 나를 데려갔다. 차가운 돌담 주변에는 새롭게 사랑을 고백한 커플들이 만면에 미소를 띠며 서로를 끌어안고 있었다.

우리는 손을 꼭 잡고 언덕을 계속 올라갔다. 앙투안은 속삭이듯이 영어로 노래를 부르면서 십 미터를 오를 때마다 내게 입맞춤을 해주었다. 성당 제의실 가까이에 다다랐을 때 앙투안이 갑자기 난간으로 나를 몰아세웠다. 그는 부르던 노래를 그치곤 낮은 담벼락에 나를 앉히더니 강압적일 만큼 거칠게 내 다리를 벌리려 하였다.

"여기선 안 돼……."

제의실이 바로 옆에 있었다. 신앙 교육을 받은 내가 그런 짓을 할 순 없었다. 사제가 갑자기 나타나 우리를 신성 모독에 이단으로 몰까봐 겁이 났고, 불에 태운 돛대들이 불행의 그림자를 드리울까봐 무서웠다. 게다가 잠든 아이들이 꿈속에서 우리를 손가락질할 것만 같아 싫었다.

하지만 앙투안은 내 말을 들으려 하지 않았다. 그가 치마 속에 두 손을 넣어 엉덩이를 만지고 팬티를 벗기자 돌벽에 맨살이 닿았다. 오소소 소름이 돋았다. 돌벽은 차갑고 우툴두툴했다. 그는 손으로 성기를 살짝 스치면서 내 다리를 벌리게 하더니 가슴을 세게 움켜쥐었다. 정신이 까마득해졌다. 그는 나를 세게 끌어안곤 안으로 깊숙이 들어왔다. 앙투안의 목에 팔을 두른 채로 나는 그의 엉덩이에 찰싹 달라붙어 있었다. 머릿속이 하얘지면서 아무 생각도 떠오르지 않았다. 내 몸이 그의 성기 주위를 계속 맴돌고 있다는 것만 느낄 뿐이었다. 조명탄이 쏘아올린 불꽃처럼 높이, 폭죽처럼 강렬하게. 그러면서 머릿속이 온통 뒤죽박죽이 되었다. 누구와 함께 있는지, 여기서 뭘 하고 있는지도 알지 못한 채, 기억의 가장자리를 뱅뱅 맴돌고 있었다. 언제였던가, 의식이 끝난 깜깜한 어둠 속에서, 나를 뿌리째 뽑아낼 듯한 쾌락의 소용돌이를 느꼈던 적이. 그리 오래지 않은 날들의 다른 축제들과 다른 누군가의 품에 안겨 있던 나를 떠올리고 있었다. 그 순간 머리끝까지 쾌감이 차오르더니, 급기야 펑 터치듯 폭발했다. 나는 아악 소리를 질렀다. 그러곤 다시 아래로 뚝 떨어져 내리면서 쾌감은 산산이 흩어져버렸다. 아무런 의식도 없이.

댁의 이름이 뭐죠? 내 이름? 내 이름이 뭐지? 나는 다시금 육체 한가운데 매달린 거대한 나비가 되어버렸다. 파트릭을 그토록 흥분 시켰고 저질스런 최악의 감정으로 나를 밀어 넣었던 그때처럼.

수직 상승하듯 최고조의 오르가슴에 이르게 한 이 행위에 비하면, 곤돌피 펜션에서 우리가 나눈 사랑은 아무것도 아닌 것 같았다. 나는 정신을 가눌 수 없는 상태가 되어 숨을 몰아쉬었다. 시속 이백 킬로미터로 달린 것처럼 펄떡펄떡 뛰는 가슴에 손을 얹고서 무릎이 휘청거리는 걸 느꼈다.

앙투안은 경계하는 빛으로 나를 물끄러미 보았다. 그런데 나는 정확히 무엇 때문에 괴로운 걸까? 내 은밀한 감정을 드러내지 않으려고, 앙투안에게는 이런 쾌감이 처음인 것처럼 보이려고 애썼다. 그가 아닌 다른 남자에게 팔목이 붙잡혀 마법 같은 천국의 문턱에 이르러봤다고 어떻게 얘길 하겠는가. 그 말을 듣고 기분 상하지 않을 남자가 있을까? 방금 느낀 섹스의 전율이 두 번째로 재현된 것이라고 한다면……. 갑자기 인생이 복잡해지는 기분이었다.

때문에 앙투안과 다른 남자들과의 차이점을 내 스스로 만들어낼 필요가 있었다. 이전에 만난 모든 남자들을 훨씬 능가하기 때문에 그를 택한 게 아닌가.

파트릭에 대한 상상을 불러일으키지 않도록 나는 신중하게 말을 골라서 했다. 그러자 그의 얼굴이 환해졌고, 두 팔로 나를 얼싸 안았다. 마치 그토록 강렬한 오르가슴을 느꼈기 때문에 나를 사랑한다는 듯이. 다시금 나는 더욱 소중한 그의 여자가 되었다.

천국에 닿은 상승감도 결국엔 아무것도 아닌 게 되어버린 채 나는 자동차에 올랐다. 곤돌피 펜션의 보드라운 솜이불 속으로 잠수를 타기 위해서.

포르토피노에서 산책을 하고 돌아오던 오후, 두 명의 헌병에게 끌려가는 곤돌피 펜션 주인과 마주쳤다. 수갑을 찬 그의 발밑에는 가방이 놓여 있었다.

곁에 있던 여주인 세라피나 곤돌피는 분노로 부르르 떨며 노기등등해 있었다. 그녀는 유리로 세공한 목걸이를 만지면서 성인들의 이름을 속사포처럼 뇌까렸다. 곤돌피 펜션 주인은 처량한 얼굴로 가야할 길을 가지 않으면 안 될 사람처럼 바닥에 깔린 카펫을 뚫어져라 보고 있었다.

집안 문제에 감히 끼어들 입장이 아닌지라 우리는 서둘러 방으로 돌아왔다. 하지만 나는 호기심에 입이 바짝바짝 타서 앙투안에게 종업원을 불러 자초지종을 들어보자고 했다. 그는 카운터로.레몬주스 두 잔을 주문했고, 곧바로 식사를 가져다주는 종업원이 문을 두드렸다. 지폐 두 장을 건네자 종업원은 곤돌피 씨가 저지른 일들을 낱낱이 들려주었다.

트리에스테[23)]의 가난한 노동자 집안에서 태어나 비참한 환경에서 자란 마리오 곤돌피는 어릴 적 이런 맹세를 했다. 반드시 부자가 되어 여름마다 어머니를 호텔 레스토랑에 모시겠다고. 그는 트리에스테 거리에서 여행객들을 상대로 행상을 했고, 온갖 감언이설로 남을 속이는 장사에 뛰어들었다. 말하자면 어리석고 멍청한 자들, 특히 외국인이나 방심한 젊은이를 붙들고 유리한 조건으로 돈을 불려주겠다고 꼬시는 일이었다. 그런 제안은 로또나 축구 복권처럼 대박을 맞는 일일 수도 있었고, 전혀 다른 차원에서 고아나 약자를 위해 몇 푼의 돈을 거둬들이려고 눈물로 꾸며내는 신파극이 될 수도 있었다.

마리오는 눈물을 짜내게 할 몇 가지 얘깃거리를 갖고 있었다. 전적으로 멍청한 아가씨들에게 초점을 맞춰서.

단시일에 그는 큰돈을 벌었다. 그 때문에 트리에스테에서 베니스로, 베니스에서 파도바로, 파도바에서 다시 페라르로 줄행랑을 치며 다녔다. 그를 뒤쫓던 헌병들을 계속 물 먹이면서.

어느 날 트리에스테의 코르소 이탈리아를 산책하다 그는 세라피나 데오다타라는 여인을 보게 되었다. 그녀는 청금석 귀걸이로 장식한 귓불을 흔들면서 자태를 한껏 뽐내며 걷고 있었다. 눈이 번쩍 뜨인 마리오는 그녀가 쇼핑을 하러 오페라 극장에서 잠깐 빠져나온 여가수인 줄로 착각했다. 그는 그녀의 뒤를 쫓아갔다. 그러곤 그녀에게 다가가 말을 걸었다. 화들짝 놀라며 뒷걸음질치는 예민한 여인을 보고 그는 횡설수설 입담을 늘어놓았다. 그러자 세라피나는 영롱하

---

23) 이탈리아와 슬로베니아 국경 부근에 있는 도시.

게 반짝거리는 청금석을 흔들리지 않게 손으로 꼭 붙들곤 이렇게 대꾸했다.

"이봐요, 평소 그런 허풍이 통하던가요?"

마리오는 그녀의 냉소에 입을 꾹 다물고 아무 소리도 못했다.

"저 그게 아니라⋯⋯."

"요즘 여행객들은 그렇게 어수룩한가 보군요⋯⋯."

새파랗게 질린 마리오는 그녀에게 레몬수를 한 잔 사겠다고 제안했다. 그러곤 사업 얘기를 꺼냈다. 그녀가 낌새를 알아차렸다면 그의 입담도 이제 갈 때까지 간 거였다⋯⋯. 그래서 그는 이런 생각을 했다⋯⋯. 그녀가 영리한 여자라면 둘이 합쳐 새 팀을 결성하지 못할 이유도 없지 않은가, 하고.

세라피나는 가톨릭 신자였다. 사기꾼과 한패가 된다는 생각만으로도 기분이 나빴다. 하지만 그녀는 금색 화장통에 꿍쳐둔 리라까지 탈탈 털어서 투자를 하러 왔고, 그마저 잃으면 밑바닥 신세가 되는 절박한 처지에 놓여 있었다. 어쩜 꼼수를 피우는 이 수염 기른 자를⋯⋯.

세라피나는 눈을 내리깔고 입술을 다문 채 빨대로 레몬수를 마셨다. 그러곤 숙녀들이 그러하듯 무릎을 꼭 붙이고 앉아 마리오에게 물었다. 재산이 정확히 얼마나 되고 가족들은 몇이며 장래의 포부는 무언지를. 그녀는 이 찌질한 남자와 결혼하는 건 선행을 베푸는 일이라고 확신했다. 그를 올바른 길로 인도하여 비록 그릇된 방법으로 모은 재산일지라도 제대로 관리해주는 게 좋겠다고.

매력이 넘치는 세라피나는 자신의 주특기를 발휘했다. 손가락에 청금석을 둘둘 감고서 금실로 짠 직물처럼 반짝거리는 입술로 열정적인 키스를 날리며 그에게 미끼를 던졌다.

마리오는 몽롱한 눈길로 그녀를 바라보았다. 이제껏 그가 상대해 온 여자들은 귓불이 발개지고 치석 낀 이를 드러내며 웃기만 했는데, 이렇듯 상큼한 느낌의 여인을 접한 건 처음이었다.

열정의 도가니에 빠진 그에게 세라피나는 집 주소를 알려주었다. 이제 백 일이 걸리는 수업이 시작될 것이었다. 맹신적인 구석이 있던 세라피나는 백 일을 행운의 숫자로 여겼다. 결국 백 일이 지나서 그녀는 마리오와의 결혼을 수락했다. 그들은 산 기우스토 대성당에서 결혼식을 올렸다. 마리오는 하느님 앞에서 목숨이 다할 때까지 연약한 세라피나를 보호하고 사랑할 것이며 그녀의 청금석을 지켜주겠다고 맹세했다.

하지만 결혼을 하자 세라피나는 금세 변했다. 청금석 목걸이를 은행에 맡겼고 큰 행사가 있을 때도 입술에 금박 칠을 하지 않았으며, 비싼 향수 대신 저렴한 것으로 바꾸었다. 귓불에는 아무런 장식물도 달지 않았고, 입술에는 루주도 바르지 않아 불길한 징조를 띤 달처럼 자신의 모습을 야릇한 형상으로 만들어버렸다.

그들은 해수욕장이 있는 도시 라팔로에 정착해 '등급이 높고 멋진' 호텔을 구입했다. 세라피나는 호텔 정면 입구에 회개하여 새롭게 태어난 남편을 상징하는 프레스코화를 간판으로 내걸기로 했다. 용서를 비는 어부와 모든 걸 감싸주는 동정녀를 아기 천사들이 찬미하듯 감싸고 있는 그림으로.

마리오는 모든 걸 양보했다. 프레스코화를 그린 것도, 청금석 귀걸이를 은행에 맡긴 것도, 입술에 금색 루주를 칠하지 않는 것도, 또 버터가 잔뜩 들어간 과자를 만들어달라고 제과점 주인에게 주문하는 것도.

하지만 어린 시절 트리에스테의 허름한 골목길을 맴돌던 시절처럼 그는 갑갑증을 느꼈다. 그래서 호텔 안을 오락가락하며 공상에 잠겼다. 거실에서 접견실로, 접견실에서 식당으로, 식당에서 부엌으로 어슬렁거리면서. 그러는 동안 돈을 계산하고 또 계산하고, 곱하고 나누고 있는 세라피나의 모습만 어른거렸다.

그녀는 갈수록 허례허식을 삼갔고 알록달록한 꽃무늬 원피스만 지겹도록 입었다.

마리오는 어렵게 살던 시절을 곰곰이 떠올려보았다. 그 시절 그가 만난 외국인들은 그에게 고개를 끄덕이며 "그러죠"라고 대답하게 만드는 신기루와 같은 대상이었다. 그 즈음엔 부드럽게 미소를 띠며 세라피나를 '카리나'라고 부르기도 했다……

그래서 그는 다시 시작하기로 했다. 포르토피노는 여행객들 천지여서 기회를 잡기에 여간 좋지 않았다. 그는 부츠를 신고 머리 부분이 구리로 된 지팡이를 들고서 버스로 포르토피노까지 갔다. 어떤 얘기로 할까 고심하다가, 몇십 번은 써먹은 적이 있는 벼랑 끝에 선 고아 얘기로 결정했다. 그는 그 얘기를 차 안에서 몇 차례 수정해가며 뇌까려보았다. 그러곤 항구로 가서 뚱뚱한 미국인에게 어설픈 영어지만 도취되어 노래를 부르듯이 떠들어가며 그 얘기를 써먹었다. 미국인은 선뜻 삼만 리라를 꿔주었고, 이튿날 만나자고 철석같이 약속을 했다.

마리오는 행복해져서 집으로 향했다. 돌아오는 길에 세라피나에게 줄 귀걸이도 샀다. 인생이 다시금 매력적이고 자극적이며 살아볼 가치가 있는 것처럼 느껴졌다. 세라피나 앞에서도 더 이상 주눅 들지 않았다. 그는 호텔을 현대식으로 세련되고 깔끔하게 고쳤고 온통 초록으로 꾸몄다. 방은 고급 골동품과 장식품, 그리고 마리오 곤돌피가 부정직한 나들이를 해서 얻은 백 년 된 가구들로 가득 메워졌다.

하지만 그런 사기 행각도 결말이 나기 마련이었다. 어느 날 나이 든 영국 여자가 마리오를 추적해서 급기야 헌병들에게 고발한 것이었다.

마리오는 더 이상 꿈을 꿀 수도 허풍을 떨 수도 평화롭게 사기를 칠 수도 없게 곤두박질치고 말았다.

종업원은 피식 웃음을 터트렸지만 그로선 슬픈 일이었다. 그는 사장을 좋아했고 파렴치하게 살아온 그의 인생사를 흠모하고 있었다. 앞으론 고지식한 데다 야박하고 인색한 여주인과 일을 해야만 했다. 종업원은 울먹거리며 지폐에 팽하고 코를 풀었다.

나는 생각에 잠겼다. 마리오 곤돌피, 베니스 그리고 언젠가 신혼여행 길에서 돈을 잃었던 순진한 프랑스 여행객과 그 때문에 신부를 너무나도 실망시켰던 일들……

곤돌피 펜션의 어지러운 분위기 속에서 우리는 라팔로를 떠났다. 이젠 밀월여행을 끝내고 본래의 삶으로 돌아가야 했다. 앙투안은 다시 대학으로 돌아갈 테고, 나는 그가 학위를 마칠 때까지 어떻게든 살아가야 할 것이다. 유럽에는 그에게 적합한 대학들이 수두룩했다. 파리, 로잔, 뮌헨, 런던……. 나로선 새로운 환경을 접해보고 싶었기 때문에 파리는 제외시켰다. 뮌헨은 왠지 내게 꼭 맞는 곳이 아닌 것 같았다. 또 런던은 급증하는 인플레이션이나 수많은 불법 이주자들, 게다가 안개비 때문에 감기를 달고 살아야 할지도 몰라 더더욱 싫었다.

하지만 로잔은 호감이 갔다……. 호수가 있고, 초콜릿도 실컷 먹을 수 있고, 말이 느리긴 하지만 불어를 쓰니까……. 잔디에 드러누워 하늘에 매혹당하고 싶고, 담배 연기로 가득 찬 디스코장이 아닌 자연의 공기를 마시고 싶었다! 앙투안과 나는 동거하기로 결정했다. 요리도 함께 하고 침대도 공동으로 쓰는, 더 이상 혼자가 아니라 기왓장처럼 포개어 사는 삶. 남은 인생 동안 서로의 눈이 되어주는 삶을 사는 것이다.

가을에 우리는 로잔에 당도했다. 산은 푸른 껍질을 벗고 알록달록하게 물들어 있었다. 호수에는 떨어진 낙엽들 사이로 백조들이 일렬로 헤엄쳐 다녔으며, 카페 딸린 술집 테라스에선 더 이상 여행객들을 볼 수 없었다. 미로 같은 좁은 거리와 노천 시장, 다국적 은행들이 있는 로잔은 내 마음에 쏙 들었다. 든든한 경관이 두 이방인을 호위해주는 것처럼 이 나라에서 나는 안정감을 느꼈다. 내 소박한 사랑은 이 나라처럼 고요히 커가겠지.

우리는 시간을 쪼개어 살 집을 찾아보고, 일거리를 구하고, 친구들을 만나고, 체류증을 얻는 일들을 했다. 낯선 나라에 와 있었지만 심각한 기분은 들지 않았고, 인형놀이를 하듯 모든 걸 즐길 수 있었다. 처음엔 스위스 사람들의 습성을 몰라 파란불일 때 그냥 건너거나 횡단보도 밖으로 걷기도 했는데, 그런 우리를 못마땅하게 쳐다보는 사람들이 오히려 이상할 정도였다. 이 요정들의 도시에선 아직도 한스와 그레텔이 자갈로 포장된 도로를 뜯어 먹고 있을지도 모른다는 생각마저 들었다.

앙투안을 만나곤 내 감정도 변했다. 미래가 없는 것 같은 불안감 때문에 미칠 듯한 순간들이 더는 찾아들지 않았다. 내 존재감을 느끼려고 남을 아프게 하거나 파도를 향해 뛰어들고 싶다는 마음도 들지 않았다. 나는 우리 관계에 만족했고 나 자신에게도 편안해져 있었다.

앙투안은 로잔에서 육십 킬로미터 떨어진 레쟁 대학에 등록했다. 그는 가능한 나와 많은 시간을 보내려고 수업을 몰아서 받겠다고 약속했다. 나는 교수와 서신을 주고받으며 논문을 써갈 작정이었다.

나는 모든 것에 흡족했고, 서로의 잘 짜인 삶에 행복감을 느꼈다.

하지만 아직 우리가 살 집을 찾지 못했고, 난 일자리도 얻지 못한 상태였다.

그러자 앙투안은 말했다.

"할 수 없지 뭐. 우선은 파리로 가서 좀 더 두고 보자."

파리에서 그는 부모님을 다시 만나야 했다. 그리고 나는 엄마에게 우리 둘의 관계에 대해 설명하고 외국에서 그와 함께 살 거라고 알려야 했다…….

집에서 엄마와 필리프를 만나 그간의 일들을 애기했다. 라팔로, 포르토피노, 곤돌피 펜션, 베니스에서의 사기, 앙투안과 그가 다닐 학교, 동거하고 싶은 바람 그리고 학사를 마치겠다는 약속들을……

엄마는 내 말을 듣고 곰곰이 생각하더니 고개를 끄덕였다. 그리고 앙투안과 좀 더 폭넓게 알아갈 필요가 있겠다면서 스위스에 머무는 동안 건강을 해쳐선 안 된다고 당부의 말도 했다.

이제 외국에서 살아도 된다는 허가를 받아내었다. 앙투안도 나처럼 가족들의 결정에 따르고 당부의 말을 들을 것이다. 어쨌든 엄마는 미국 사람들한테는 마음이 약했다.

고심했던 문젯거리를 해결하고 나서 나는 식구들과 친밀한 하루를 보냈다. 엄마는 내게 이것저것 꼬치꼬치 캐물었다. 앙투안을 만나기 전의 일이나 현재 진행 중인 일, 이후 어떤 계획을 갖고 있는지에 대해서……. 오르가슴의 황홀감을 느껴볼 기회가 손에 꼽을 정도로 적었던 엄마는 나와 필리프를 통해 성교육까지 받았다. 엄마는 암에 대한 두려움 때문에 피임약을 일부러 안 먹었다. 하지만 여전히 잘생기고, 부자에다, 지적이고, 자유로우며 매력적인 왕자가 나타나길 꿈꾸었다. 그런 왕자를 만나지 못한 엄마는 같은 층에 사는 이웃 남자라든가 자신의 변호사나 의사, 과감해졌을 때는 제일 친한 친구의 남편을 상대로 순정적인 사랑을 상상해보곤 했다. 그러나 실제로 엄마 곁엔 아무도 없었다.

엄마는 자식들의 경험으로 자신의 환상을 그려보고 있었는지도 모른다. 필리프는 떠벌리듯이 이런 얘기를 했다.

"남녀가 위아래로 누운 방식이 아니라도 섹스를 할 수 있어."

엄마는 끔찍하다는 듯 소리를 지르면서도 필리프에게 자세히 말해보라고 다그쳤다.

"그러니까, 말에 올라탄 것처럼 뒤에서 한단 말이지!! 그건 심하구나……."

엄마는 잠시 말문이 막혔다가 또다시 질문을 던졌다. 그러면서 우리들의 대담한 행위에 화들짝 놀라기도 했고, 우리들의 솔직한 생각을 듣고 기뻐하기도 했다.

엄마는 갑자기 나를 돌아보며 물었다.

"너도 해본 거니?"

나는 그렇다고 했다. 엄마는 경악하는 목소리로 말했다.

"어떻게 남자의 거기를 빨 수 있니? 역겨워⋯⋯."

나도 처음엔 그렇게 생각했다. 파트릭과 해변가 탈의실에 있을 때였다. 그는 반바지 앞쪽의 트인 곳을 열더니 성기를 꺼내어 내 입에 급히 집어넣었다. 한마디 설명도 없이. 나는 입에 물고 그걸 할 수밖에 없었다. 솔직히 굉장히 불결했다. 그는 계속해서 내 고개를 치켜세우도록 하곤 더욱 깊숙이 성기를 집어넣어 편도선까지 닿게 했다. 숨이 막힐 지경인데도 그는 반복해서 말했다. "빨아." 무릎을 꿇은 채 구역질이 날 것 같았다. 하지만 용기를 내어 사탕 빨듯이 성기를 빨았다. 한참 있다가 그는 길게 숨을 토해내며 끈끈한 액체를 쏟아내었다. 그가 사정하자 나는 곧바로 뱉어내었다.

그 이후론 나는 엄마가 그토록 혐오감을 느끼는 것에 대한 극단적인 거부감은 갖지 않게 되었다. 경우에 따라 자신을 복종시키곤 했다. 다만 아무런 느낌 없이 입으로만 한다는 것에 대한 당혹감은 있었다. 이로 물어뜯거나, 절단하거나, 상처를 입힐 수도 있다는 생각이 계속 들었으니까⋯⋯.

필리프는 계속 자랑을 늘어놓았다.

"굉장히 협조적인 여자 친구들이 생겼어. 그래서 일 년이나 뒤처진 성교육을 단번에 따라잡았을 수 있었지."

게다가 엄마에게 이런 설명까지 덧붙였다.

"뜨거운 차와 마티니를 번갈아 마시며 빨게 했는데, 얼마의 온도차가 최고의 상태를 느끼게 하는지 알아⋯⋯?"

엄마는 아연실색해서 저 아이가 제정신인가 하는 표정으로 동생을 바라보았다.

"아냐, 난 너희들 말을 믿을 수가 없구나. 날 놀래키려고 그런 말을 하는 거지? 너희들 아빠는 한 번도 그런 적이 없다. 나와 육체적으로 달콤하게 잘 통했지. 만일 그런 요구를 내게 했다면……."

거기에 엄마의 문제가 있었다. 엄마는 사랑을 할 때 감미로운 전율만을 바랄 뿐, 그 감미로움이 종종 저 깊숙이 있는 더럽고 불결한 것에서부터 비롯된다는 걸 모르고 있었다. 가장 경이로운 것은 이따금 외설적인 자세와 기발한 생각에서 탄생한다는 걸……. 뜨거운 초콜릿으로 범벅된 라모나의 몸을 핥았을 때, 나는 미처 알지 못했던 쾌락으로 불꽃이 튕기듯 솟아오른 그녀의 유두와 성기를 보았다.

엄마에게 그런 행위는 모두 타락이자 변태에 지나지 않았다. 엄마의 유일한 의문점은 마스터스와 존슨의 이론을 통해서 풀렸다. 그로인해 엄마는 클리토리스형 여자임을 명백히 알게 되었다. 때문에 또다른 쾌락을 가질 수도 있다는 의구심조차 품지 않은 것이다.

엄마의 머릿속에는 그때의 기억들이 기록되어 있었다. 그 기억을 다시 떠올리려는 엄마의 자연스런 호기심을 나는 모르지 않았다. 하지만 우리를 너무 믿는 나머지 그런 변태스런 얘기를 해도 귓등으로 흘려듣는 거였다. 그런 행위를 실제로 해보지 않았기 때문에 전적으로 사회적인 통념만을 중시해온 엄마. 그런 엄마가 아이를 낳으면서 삶의 고통을 치유하리라고 누가 알았을까…….

아기를 낳자 카미유는 아름다움으로 빛을 발했다. 치아는 윤기로 반짝거렸고 머리카락은 탄력이 넘쳤으며 손톱은 선분홍색으로 물들었다. 그녀는 네온 광고판 속에서 빛을 발하는 젊은 여배우 같았다.

그녀는 딸 이름을 소피라고 지었다. 소피, 지혜와 행복과 균형을 뜻하는 이름이었다. 소피가 울음을 터트리면 눈썹 사이로 보랏빛 도는 삼각형이 만들어지곤 했다. 아이는 화가 나면 미간에 세모난 형상을 만들어 인상을 짓는 거였다.

카미유는 아기가 잠자는 모습을 물끄러미 들여다보았다. 마침내 그녀에게 전부인 아기가 생긴 것이 너무나 신기했고, 그녀를 닮아가고 그녀의 일부가 되어 자신의 광기와 야심을 대신 실현시켜줄 누군가를 얻게 된 것이 경이로웠다. 그녀에게 엄마란 인간으로서의 상한선에서 모든 걸 품어 안는 동정녀일 수밖에 없었다.

그러니 카미유는 모든 걸 초월해서 미소 지을 것이다.

아빠 자미는 아기를 보며 뿌듯한 마음이 들어 미래에 대해 큰소리를 치며 궤변을 늘어놓았다. 그는 아기의 기저귀를 갈아주고 손톱과 눈썹과 속눈썹, 발가락들을 세곤 했다. 작긴 하지만 또렷이 갈라진 성기를 보곤 놀랐고, 발그스레한 뺨과 새하얀 배를 보고 신기해했다.

그들은 출생통지서를 묶음으로 된 어린 바나나에 새겨넣었다. "카미유와 자미 포르자는 소피-오르탕스-클레망스가 이 땅에 온 것을 알리게 되어 무척 자랑스럽고 행복하다. 1949년 10월 22일. 타타로에서."

소피-오르탕스-클레망스가 태어난 날 밤 카미유는 자미에게 이렇게 물었다.

"자미, 자기 기분이 어때……."

이 말을 계기로 부부는 '당신' 이 아니라 '자기' 라는 자연스럽고 애정 어린 호칭을 쓰기 시작했다. 그 말이 귓속으로 파고든 순간 자미는 이전에 느껴보지 못한 행복감을 느꼈다. 삼 년의 신혼을 보내고 드디어 카미유는 아주 취한 순간에만 들려주던 호칭을 자발적으로 쓴 거였다. 그날은 너무나 감격스럽고 실감이 나지 않아 셔츠 깃을 풀어 헤치며 아내와 갓난 딸아이를 깊이 포옹했다. 그는 자동차를 타고 바닷가로 나갔다. 물결치는 파도를 향해 감동을 실어 보내고 싶었다. 흥분한 나머지 물보라를 뚫고 깊은 바다 속으로 풍덩 빠져들고픈 충동마저 잠시 일었다.

"지금보다 더 행복할 순 없어……. 아내가 예쁜 아기를 낳아주었고 내게 '자기' 라고 했으니까……."

그는 마법사가 주문을 외듯이 이 말을 되풀이했다. 갈매기, 악어, 고래, 조개, 새우들이 파벌을 이루듯이 몰려왔다. 그는 기쁨에 충만한 채 해변 위로 밀려온 노획물처럼 앉아 있었다.

오랫동안 그러고 있다가 천천히 고개를 돌렸다. 고래와 악어와 갈매기와 새우들이 다시 바다로 돌아가는 걸 보면서 어깨를 으쓱하곤 자리에서 일어났다……. 그는 행여 아기에게 상처를 줄까봐 바지에 묻은 모래를 털었다. 이제 아내와 아기의 곁으로 돌아가 그들의 호위병이 되어주고자 다시 차를 타고 출발했다.

행복한 시간들이 흘러가고 있었다. 조용하고도 평온하게. 소피의 키는 십 센티미터나 자랐고 밝고 똑똑하게 컸다. 카미유에게선 평화로운 분위기가 감돌았다. 그리고 자미는 다시 제방 공사를 맡게 되었다.

그는 딸 소피가 모국어를 제대로 쓸 수 있도록 고국으로의 인사이동을 신청했다. 하지만 떠나기 전에 그가 만든 제방 시설이 잘 작동하는지 점검해야만 했다…….

타타로에서 물로 계곡을 채우던 날은 기념할 만했다. 마을은 저수지 담벼락 반대편에 완전히 새로 건축되었고, 주민들은 그 일대의 개발로 사라져버릴 옛 가옥들을 마지막으로 보고 싶어 했다.

열한 시 사십오 분, 주민들은 자미 곁으로 모여들어 '푸앵 드 뷔'라고 불리는 곳에 일렬로 죽 섰다. 모두가 위엄을 갖추어 검정색 옷을 차려입었고, 감정을 내색하지 않으려고 검정 선글라스를 끼고 손으로는 묵주를 돌리고 있었다.

드디어 열한 시 오십구 분, 자미는 수문을 열라고 부하 기술자에게 명령을 내렸다. 예정된 대로 모든 일은 환경오염을 방지하는 자미의 탄소계획에 따라 이루어졌다. 집들이 땅에서 뿌리가 뽑히는 듯하더니 공중으로 붕 떠올랐고 그러곤 침몰하듯 사라져버렸다. 허공에 매달린 것처럼 보이던 학교, 교회, 병원이 순식간에 없어져버린 거였다……. 창문이 깨지고 골조들이 날아가고 벽이 와르르 무너져내렸다…….

의심스런 충격이나 하늘로부터의 진동도 없었다. 자미는 대단한 자부심을 느꼈다. 카미유는 그의 팔을 붙들고 있었고 딸 소피는 어깨에 무등을 타고 있었다. 그는 진짜 사내가 된 기분이었다. 거리에서는 축하 행사가 열렸다. 초등학교 교사, 출판사 편집자, 서적 판매인은 물의 위력과 자미의 수학적인 계산에 대해 일대 토론을 벌였다. 사람들은 밤새도록 춤을 추었고, 샴페인을 마시며 그들이 살던 집을 떠올렸다.

그날 밤 자미는 카미유에게 자신의 꿈을 얘기하며 둘째아이를 갖고 싶지 않느냐고 물었다. 그녀는 졸리운 얼굴로 대꾸했다.

"아직은 일러요. 소피-오르탕스-클레망스는 이제 구 개월이라서 이빨이 고작 세 개밖에 없다구요. 앞으로도 아기를 가질 시간은 충분해요……."

하지만 자미는 또 다른 아이의 아빠가 되고 싶었다. 그 아이가 사내라면 균열 없이 제방 공사 하는 비법을 전수해줄 것이다. 그는 카미유에게 상세하게 설명을 했다. 짧은 바지를 입고 그를 졸졸 쫓아다니며 "아빠, 아빠"라고 부르고, 연필을 똑바로 쥘 줄 아는 사내아이의 모습을 그리면서. 그러자 카미유도 미소 지으며 이런 얘기를 꺼냈다.

"난 아이한테 회색 플란넬 바지를 입히고 옆 가르마를 타주겠어요."

그러곤 성대한 의식을 치르듯 자미를 그녀 위에 오르게 했다. 자미는 사내아이를 만들려고 최대한 열중해서 섹스를 했다. 그런 그에게 감동한 카미유는 가장으로서의 그의 열망을 생각했다.

제방이 무사히 완공되던 날 밤 타타로의 커다란 침대에서 생긴 일이었다. 그들이 포효하듯 물이 흘러넘치는 광경을 머릿속에 그리고 있을 때, 필리프가 수태된 거였다.

　나는 파리에 돌아와 가브리엘 할머니를 보러 갔다.

　할머니 집까지 걸어가고 싶어서 네온 간판이 걸린 상점들이 없는 한갓진 길을 택했다. 길은 자동차만 다닐 수 있는 일방 통행 포장도로였다.

　가브리엘 할머니가 사는 아파트는 피사의 사탑을 만든 건축가의 아들이 지었다. 권위적이던 아버지에 대한 반발심으로 아들은 그 유명한 사탑과 반대 방향으로 기울어지게 집을 건축했다. 그녀는 오층에서 살고 있어 아파트 내부는 완만하게 경사져 있었고, 거실에서 부엌으로 갈 때 침실로 방향이 틀어지지 않으려면 난간을 붙잡고 걸어가야만 했다.

　가브리엘 할머니에게 미리 알리지 않았던 터라 나는 문 입구에 서서 초인종을 세게 눌렀다. 할머니가 방에서 현관으로 이어지는 경사면을 걸어오는 소리가 들렸다. 식당과 거실을 가로지르는 통로라 약간 숨이 가쁜 듯했다……. 가브리엘 할머니는 문을 열더니, 오! 하는 반가운 탄성을 지르며 나를 끌어안았다.

　방으로 들어가 주위를 둘러보았다. 자몽은 많이 자라 있었고, 아보카도 열매도 넙적하고 푸른 꽃을 활짝 피웠으며, 파피루스가 온통 벽을 뒤덮고 있었다……. 할머니의 녹색 정원을 보곤 나는 축하의 말을 건넸다.

　가브리엘 할머니는 가족들의 안부를 물어보고 나서 결혼을 약속했던 남자는 잘 지내느냐고 지나가듯 물었다. 그건 전적으로 인사치레였을 뿐 가브리엘 할머니는 내가 파트릭에게 열정을 갖고 있지 않다는 걸 알고 있었다.

십오 분쯤 지나고 나서야 가브리엘 할머니에게 모든 걸 애기하고 싶은 마음이 일었다.

"로잔에서 앙투안하고 살 거예요……."

나는 지난 한 달간 있었던 일들을 상세하게 말했다. 이탈리아로 여행을 떠났고, 열흘간 그를 기다렸으며, 포르토피노에서 경이로운 성적 쾌감을 느꼈다고. 가브리엘 할머니는 아주 흡족한 표정으로 말했다.

"거봐라, 그 느낌은 파트릭의 전유물이 아니란다. 그렇게 강렬한 쾌감이 어디에서 비롯되었는지 생각해본 적 있니?"

"아뇨. 정확히는 모르겠어요. 처음엔 파트릭 때문이라고 여겼는데, 앙투안과도 그런 경험을 한 거예요. 그런데 왜 교회 담벼락에서 그런 걸 느꼈을까요?"

가브리엘 할머니는 대꾸했다.

"프레데릭과는 담장도 필요치 않았고 팔을 들어 올릴 필요도 없었단다."

순간 머리가 복잡해졌다. 불가사의한 영역 앞에서 길을 잃은 기분이었다. 상상을 초월하여 빛을 발하는 이 열광적인 쾌락 앞에선 나도 모르게 몸이 움츠러들었다. 그녀가 금지된 사랑을 하는 동안 줄곧 그 기쁨을 맛보았다는 애기를 듣고 나는 놀라움을 느꼈다. 또다시 그런 쾌감을 느껴볼 수 있을지 알 수 없는 일이었다.

내 문제로 가브리엘 할머니에게 고민을 안겨준 게 아닐까. 그녀는 집안에 가꾸어놓은 식물들을 보며 온종일 그 문제로 마음이 산란할 것이다.

나는 앞으로 머무르게 될 로잔에 대해, 앙투안의 학업과 소꿉장난 같은 우리의 생활에 대해 얘기했다. 가브리엘 할머니는 앙투안의 눈 색깔이라든가 피부결, 목소리나 미소는 어떤지 손가락은 긴지 캐물었다. 그는 웃을 때 널 바라보니? 잠은 어떻게 자니? 꿈은 꾸니? 깊이 사랑한다는 걸 표현할 때 널 어떻게 부르니? 가브리엘 할머니는 모든 걸 알고 싶어 했다.

최근 며칠의 일들을 더듬어보면서 그의 어조라든가 말을 할 때의 표현 방식, 볼에 움푹 패인 보조개 같은 걸 떠올리며 나는 대꾸했다. 가브리엘 할머니는 만족스러운 기색이었다.

"그를 놓치지 말거라. 네가 말하는 앙투안이 마음에 드는구나. 하지만 너를 탕진하지 않도록 조심하거라. 그러면 유감일 테니까……"

내면을 구축하는 것. 가브리엘 할머니가 오랜 세월 가슴에 묻어온 말이었다. 나는 그 말을 이해하지 못했지만 마음속에 고이 담아두었다. 본래 말이란 아무것도 말하려 하지 않는 법이니까. 하지만 한편으론 앙투안이 곁에 있는데 왜 나 혼자 내면을 구축해야 하는 건지 알 수 없었다.

가브리엘 할머니는 내면을 아주 잘 구축한 여인처럼 보였다. 행복해지는 데는 여러 방법이 있을 것이다. 내게 있어 행복은 앙투안이었다. 가브리엘 할머니에게는 이 우주와 고독이 되겠지…….

집을 나서기 전 할머니는 내게 루비 귀걸이를 건넸다.

"이걸 하고 있으면 새로운 사랑이 잘 이루어질 게다……."

우리는 현관으로 향했다. 가브리엘 할머니를 안으면서 문득 할머니의 몸이 가벼워졌다는 걸 깨달았다. 할머니는 앙투안을 집으로 꼭 한 번 데려오라면서 내게 뽀뽀했다.

다음 날 엄마는 나를 깨워 커다란 갈색 봉투를 건네었다. 겉봉에 붙은 우표들은 너덜너덜해져서 알아보기도 힘들었다. 한 달 전 파라오가 있는 나라로 떠난 라모나로부터 온 편지였다. 영롱한 젊음의 광채를 찾으러, 또 마음속에 종려나무를 심는 일이 절실했기에 그녀는 떠났다. 사막의 모래를 손가락 사이로 흘려 보내고 낙타에 올라 사막을 거닐기 위해서…….

어릴 적부터 단짝이었던 라모나. 수많은 모래 알갱이들 속에서 쌍둥이처럼 닮은꼴의 아름다움을 지닌 친구. 살아가는 일이 불편하다는 듯이 뾰족한 턱을 가진 라모나. 그녀는 삼베 손수건에 피를 토하고 스무 살에 죽을 거라고 했지.

잠든 앙투안을 두고 나는 살그머니 부엌으로 갔다. 파리에서 정화되지 않은 채 떠나버린 마녀, 라모나에게 무슨 일이 생긴 건 아닌지 늘 걱정스러웠다…….

문득 그녀가 그리웠다. 라모나가 없는 파리는 더 이상 아무런 의미도 없었다. 그녀가 보내온 편지는 인정하기 싫은 그녀의 부재를 새삼 일깨워주었다.

나는 조심스럽게 봉투를 뜯었다. 축축한 갈색 묶음의 편지를 꺼내자, 잉크가 번져 커다랗게 얼룩이 진 파피루스가 보였다.

내 사랑하는 순응주의자,

이 편지를 아메르 호숫가에 있는 이스마일리아 부근 작은 마을에서 쓰고 있단다. 한 달간 이탈리아, 그리스, 터키, 시리아, 리비아, 이스라엘을 여행한 후 이곳에 도착했어. 가능한 빨리 피라미드 아래 서고 싶어서 서둘러 온 거야. 여행을 하는 동안 흥미를 끄는 만남은 없었어. 내가 워낙 적극적이지 않았으니 무슨 일이 생길 턱이 없지.

이곳에 와서 편리하진 않지만 작은 집을 얻어 내가 가져온 양피지 기록들을 연구하고 있단다. 여기 주민들은 아름답고 품위 있고 남의 일에 참견하지 않아. 난 그 점이 참 마음에 들어. 그들은 손을 맞잡고 옆으로 인사를 건네는데, 그건 자신들의 공동체에 받아들인다는 뜻이야. 매일 밭일을 하며 살아가는 그들의 삶은 아주 단순하단다.

네가 많이 보고 싶고, 늘 가슴 한켠이 뚫린 것처럼 허전한 느낌이 든다. 그래서 네 생각을 더욱 간절히 하는지도 몰라. 언젠가는 피라미드 내벽에 새겨진 네 운명을 꼭 찾아낼 거야. 문자를 해독하게 되면 곧바로 알려줄게.

내게 편지를 쓰려면 이리로 보내. B. P. 아메르 호수, 이스마일리아, 이집트. 여긴 우편물을 실은 정크선들이 드나들어.

네가 틀에 박힌 생각은 하지 않길 바란다. 그리고 내가 없다고 네 인생을 안이하고 어리석게 몰아가지 말았음 해.

구운 알밤처럼 따뜻한 키스를 보내며, 사랑해.

라모나.

추신: 앙투안에게도 키스를 보내.

아메르 호수의 어부들이 사는 오두막집에서 홀로 지내는 라모나……. 부디 파라오들 곁에서 별 탈 없이 평온히 지내렴……. 가끔 잉크가 번진 얼룩진 파피루스 종이에 편지를 쓰고 정크선을 타고 왕래하겠지…….

라모나와 가브리엘 할머니, 그들은 세상의 법칙을 떠나 자신들만의 행복을 만들어내며, 타인들로 북적이지 않는 그들만의 향연에 열중해 있다. 하지만 나는 그들처럼 세상에 초연한 듯 살아갈 수는 없을 것 같다.

나는 두 사람을 좋아하고 그들에게 감탄해왔다. 그들의 강인함과 독립심에 늘 깊은 인상을 받으면서. 하지만 앙투안이 없으면 나는 혼란스러울 것이다. 전에는 파트릭이 없으면 공중에 붕 뜬 느낌이었지……. 그들은 홀로 자신들의 행복을 좇고, 나는 행복에 이르기 위해 다른 사람에게 매달린다. 내게는 혼자보다 둘이 더 나으니까. 예전에 엄마와 나, 필리프 셋이 똘똘 뭉쳐 살았던 것처럼. 라모나와 가브리엘 할머니는 일반적인 시선으로 본다면 주변인들이나 다름없다……. 반면에 나는 대부분의 사람들이 하는 것처럼 행동하고, 그들에게 포함된 한 부류로서 규격화된 삶을 살고 있다…….

그 두 사람은 자신들의 몸에 맞는 행복과 격정으로 내 소맷부리를 붙잡곤 했다. 하지만 이젠 날 내버려두세요. 앙투안과 함께 행복하게 살도록. 그와 함께라면 틀림없이 나만의 행복에 다다를 수 있을 거라고 확신해요. 그럴 수만 있다면 무엇이든 할 거예요…….

Ⅱ

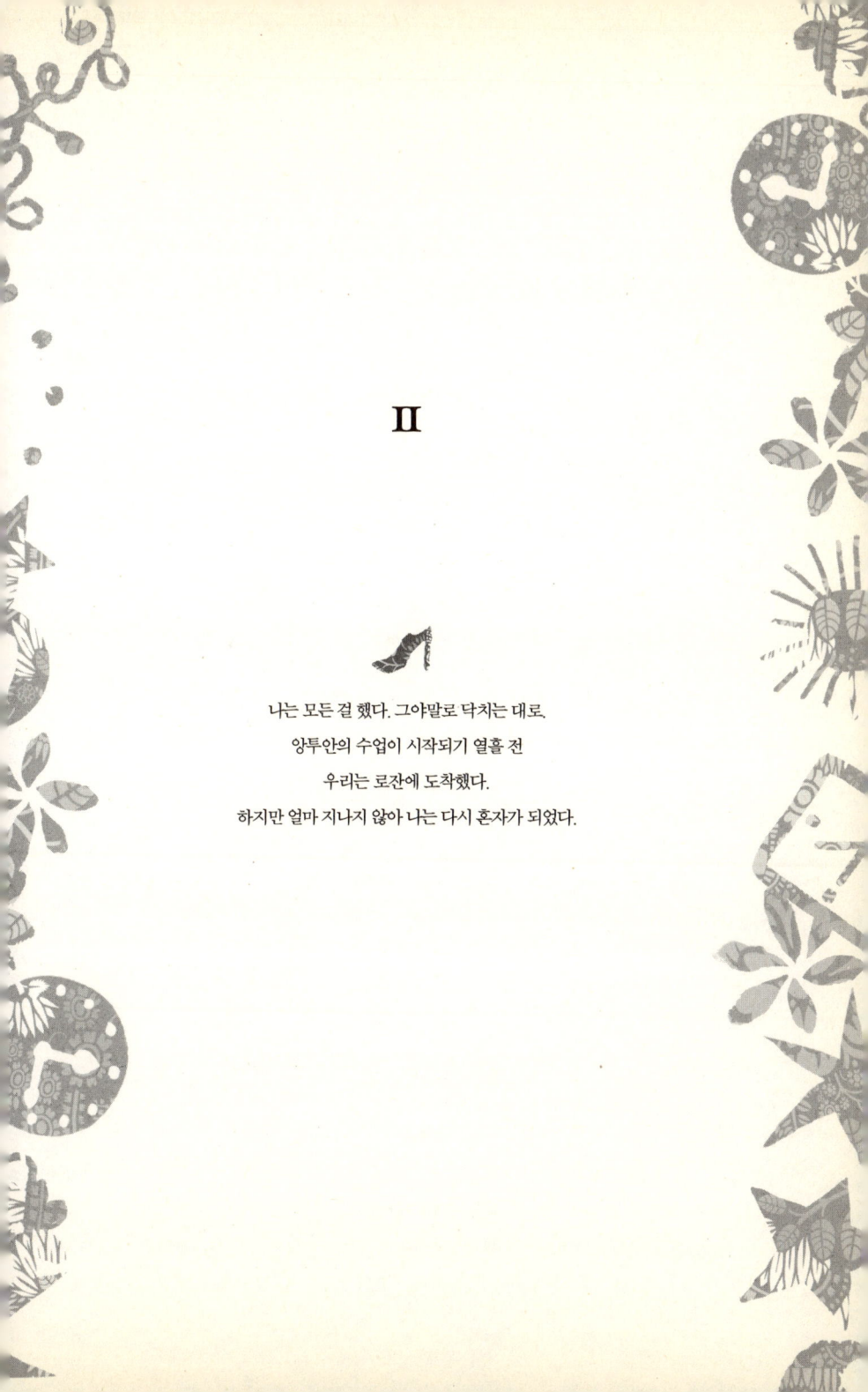

나는 모든 걸 했다. 그야말로 닥치는 대로.
앙투안의 수업이 시작되기 열흘 전
우리는 로잔에 도착했다.
하지만 얼마 지나지 않아 나는 다시 혼자가 되었다.

나는 모든 걸 했다. 그야말로 닥치는 대로.

앙투안의 수업이 시작되기 열흘 전 우리는 로잔에 도착했다. 하지만 얼마 지나지 않아 나는 다시 혼자가 되었다. 살 집도 일자리도 없었고, 달랑 들고 온 트렁크 하나와 엄마가 준 천 프랑이 전부였다. 마음 넓은 약혼녀라는 꼬리표를 달긴 했지만, 실은 허울에 지나지 않았다.

앙투안 부모님은 아들이 유럽에서 다시 공부를 시작하겠다는 열의에 회의적이었다. 게다가 얼굴도 못 본 프랑스 여자 친구와 동거한다니 더더욱 탐탁지 않게 여겼다. 두 분은 앙투안의 캠퍼스 방세와 수업료, 식사비 정도는 기꺼이 대줄 수 있지만 우리가 살림을 차리는 데 필요한 돈은 절대로 줄 수 없다고 못을 박았다. 남부러울 것없이 호사를 누리던 앙투안에겐 로잔과 레쟁을 오가는 데 필요한 자동차 한 대만 남았다.

나는 당장 일자리를 구하는 것이 급선무였다.

방세가 하루 십 프랑인 호텔 방은 중이층으로 되어 있었고, 엘리베이터가 없어서 공동 화장실이 있는 육층까지 걸어서 오르내려야 했다. 방을 구하자마자 나는 구인란을 샅샅이 뒤지기 시작했다. 그러곤 공중전화 박스에 매달려 수도 없이 사설학원 원장들에게 전화를 걸었다. 스무 차례나 이름과 경력을 반복한 후에야 나는 Z학원에 채용될 수 있었다. 시간당 육 프랑 사십 상팀이라는 쥐꼬리만 한 보수로.

나는 최저 임금을 받으며 아침 일곱 시부터 밤 열 시까지 연속해서 강의를 뛰어야 했다. 가방 속에 수업 도구들을 잔뜩 챙겨 넣고서 뚱뚱하고 우둔한 수강생들(대부분 독일계 스위스인들이었다)을 대상으로 본토 불어를 가르치게 된 거였다. 가방 안에는 연필과 자, 두꺼운 마분지, 색깔별로 만든 입방체 글자들이 하나 가득 들어 있었다. 나는 만물박사가 된 것처럼 그것들을 차례로 꺼내 들어 수강생들 앞에 내밀며 질문을 던졌다.

"이것이 무엇이죠? 마천루인가요? 아니요, 이건 마천루가 아니고 마분지입니다……. 이것은 무엇이죠? 기린인가요? 아니요, 이건 기린이 아니고 연필입니다……. 이것은 무엇이죠? 탁자인가요? 아니요, 이건 탁자가 아니고 자입니다……."

희극 배우 흉내를 내기도 하고 찡그린 표정을 짓기도 하면서 나는 수강생들에게서 정답을 끌어내야 했다. 수업 중엔 독어나 영어를 써선 안 되었고, 학생들은 내가 내미는 것만 보고 어휘와 문법을 익혀야 했다…….

　하루 종일 마분지와 씨름하다가 호텔 방으로 돌아오면 나는 침대에 대자로 뻗어 앙투안의 전화를 기다렸다. 때마침 전화한 그가 "그게 뭐지?"란 말로 얘기를 꺼내면 "내가 죽는 꼴 보고 싶어!"라고 발끈할 정도로 교육 지옥으로 떨어진 기분이었다. 걸을 땐 졸음이 밀려와 비틀거렸고, 가방을 엎어서 안에 든 수업 도구들이 모조리 쏟아진 날도 있었다. 이따금 그런 나 자신이 한심하고 서글펐지만 애써 우울해지지 않으려고 노력했다.

　점심시간이 되면 다시 전단지를 뒤적거리며 부동산 정보란을 집중 공략했다. 의심이 갈 만한 곳은 빼고 관리인이나 집주인들을 가려내 전화를 걸어, 보증금은 얼마인지 풀 옵션인지를 일일이 확인하다가 마침내 적합한 스튜디오 하나를 찾았다. 실용적이며 청결한, 이십 평방미터의 건물. 나는 곧바로 그 스튜디오에 가보았다. 기막힌 눈속임이었다. 현관에 들어섰을 때는 방이 텅 빈 줄 알았는데, 손잡이를 당기자 침대, 탁자, 선반, 작은 책상이 튀어나왔다……. 아담한 사이즈의 정사각형 욕조와 접이식 비데가 있었고, 주방은 벽장 안에 숨어 있었다. 그 스튜디오를 보자 '내 집'이란 생각이 들었다……. 이제 중이층 호텔방을 떠나 언제든 화장실로 직행할 수 있게 되었다.

　앙투안은 수업을 몰아서 들을 수가 없어 주말에만 로잔으로 왔다. 그래서 나는 평일엔 고기야채 수프를 두 손에 받쳐 들고 텔레비전이나 보면서 혼자 저녁 시간을 보내는 신세가 되었다…….

머릿속으로 그리던 러브 스토리는 고약한 멜로드라마로 변하고 말았고, 요정들이 등장하는 신비한 동화는 마분지-연필-잠자기라는 단순 반복적인 일상으로 바뀌었다. 내가 위안을 얻을 거라곤 고칼로리의 포도당뿐이었다. 일상을 보상이라도 받으려는 듯 나는 초콜릿, 브리오슈, 크루아상, 케이크 같은 음식들을 마구 먹어대기 시작했다. 식탐을 부린 결과는 뻔했다. 배와 목에 살이 붙더니 옷을 입을 때면 단추가 채워지지 않았다. 그리고 우울증을 향해 한 발씩 다가가고 있었다. 혼자이면서 그렇다고 전적으로 혼자인 것도 아닌 내 처지가 여러 감정들을 불러일으켜 애정결핍증에 이방인의 쓸쓸함, 게다가 소비사회에 착취당하는 기분마저 느꼈다.

학원 원장도 나와 증세가 비슷했다. 그는 겉으로만 보면 매사에 정직하고 정확한 사람이었지만 늘 존재론적인 의문에 시달리고 있었다. 나는 누구지? 어디로 가고 있지? 무얼 하고 있는 걸까? 과연 잘하고 있는 걸까? 원장은 침울하게 중얼거리는 버릇도 있었다. 결혼생활에 회의가 든다든가, 이혼할지도 모른다든가, 다람쥐처럼 쳇바퀴 도는 일상이 지겹다든가, 다문화 속에서의 운명적인 만남을 꿈꾼다든가……. 신세를 한탄하는 원장이 가엾어 열심히 고개를 끄덕여주기도 했지만 언젠가 테이블 아래로 무릎 위에 손이 올라온 다음부터는 냉정하게 대하기로 했다. 물론 원장에게 잘 보여야 좋은 평가를 얻고 내 위치도 빨리 올라갈 수 있기 때문에, 단호히 물리칠 수는 없었다. 그래서 나는 우회적으로 내 의사를 전달했다. "제가 원장님 좋아하는 거 알죠?"라고 말하곤 배웅할 때는 코앞에서 문을 쾅 닫아버리는 식으로.

게다가 수강생들까지! 특히 개별 교습을 받는 수강생들은 더 심해서 수업료가 비싸다는 이유로 내게 추파를 던져도 괜찮다고 착각하는 것 같았다. 드러내놓고 윙크를 하는가 하면 더욱 교묘한 방식으로 유혹의 미끼를 던지는 자들도 있었는데, 수강생들 중에 혈색이 붉고 뚱뚱한 초콜릿 공장 간부는 수업이 시작되면 서류 가방에 넣어온 초콜릿을 내 입속에 살짝 넣어주었다. 매번 그가 준 초콜릿을 삼키긴 했지만, 그와 영양가도 없는 침을 섞는 일은 한사코 거부했다.

그렇게 지방의 무허가 학원에서 꿀꿀한 나날들을 보내고 있던 나는 그런 기분을 떨쳐내려고 혼자 공상의 나래를 펴곤 했다. 연재소설에 나올 법한, 갑부 아들을 꾀어 돈을 펑펑 쓰고 다니는 꿈을 꾸거나…… 환상 속의 독자들을 대상으로, 나는 이런 사랑을 했답니다, 라는 식의 멋진 연애 소설을 구상하면서. 그러나 다시 현실로 돌아오면 초라하기 짝이 없는 내 상황과 맞닥뜨렸고 좌절감은 오히려 극으로 치닫는 기분이었다.

다행히도 앙투안과 보내는 주말이 돌아왔다. 오랜만에 만난 그는 매력이 넘쳤다. 앙투안은 스튜디오를 죽 둘러보곤 우리 둘만의 공간이 생겼다면서 좋아했다. 벽장 속에 숨은 조리대 위에서 소고기가 끓는 걸 보고도 기뻐했고, 유난히 반짝거리는 욕조 타일을 보고도 감탄을 늘어놓았다……. 앙투안은 나와 떨어져서 보낸 일주일간의 일들을 시시콜콜 들려주었다. 교수들의 생김새는 어떻고 친구들끼리의 파티는 어떻고……. 그러곤 나를 꼭 끌어안더니 무척 보고 싶었다고 고백했다.

우리는 다시 한스와 그레텔이 되어 외출을 했다. 가볍게 식사를 마치곤 구불구불한 골목길을 따라 산책을 했다. 오랜만에 느껴보는 행복감이었다. 나는 이런 생활에 지치지 않도록 용기를 가져야겠다고 마음먹었고, 앙투안이 품고 있는 우리 둘의 꿋꿋한 사랑을 닮아가겠다고 다짐했다. 무엇보다 앙투안을 실망시키고 싶지 않았다……

비탈진 언덕길을 오르면서 앙투안은 니콘 카메라로 내 사진을 찍어주었고, 우리는 백조 모양의 페달 보트를 보며 에망탈 치즈를 실컷 먹었다. 그사이 나는 비싸지 않으면서 칼로리가 높은 치즈와 과자를 주로 먹어서 부쩍 살이 쪄 있었다. 어쩔 수 없이 펑퍼짐한 치마와 헐렁한 티셔츠를 입어야 했고 브래지어도 큰 사이즈로 바꾸었다. 앙투안은 풍만해진 내 가슴을 만지는 걸 좋아했다.

앙투안의 어깨에 기댄 채 나는 팍팍하게 보낸 일주일 동안의 일들을 말끔히 잊었다. 그는 내게 말했다.

"앞으론 돈 문제 때문에 힘들지 않을 거야. 언젠가 레스토랑에도 실컷 가고 영화도 맘껏 보고, 음반이나 책들도 마음대로 사 볼 날이 오겠지."

그 말에 감동한 나는 그런 날이 꼭 올 거라고 굳게 믿었다.

월요일에 앙투안은 다시 떠났다. 그리고 나는 수업 도구 가방을 챙겨 들고 집을 나섰다. 아파트 건물에는 외국인과 학생들이 많이 살고 있어 만남과 이별이 잦았는데, 그런 가운데서도 우정이 싹트고 행복을 찾아 연애하는 사람들이 있었다.

언젠가 나와 같은 층에 사는 프랑스 남자와 계단에서 마주친 적이 있었는데 서로 먼저 내려가려고 잠시 실랑이가 벌어졌다. 그런데 저녁 무렵 난데없이 그가 벨을 눌렀다. 마마보이처럼 보이는 그 남자는 문을 열자마자 대뜸 물었다.

"혹시 전동 마사지 받아보지 않을래요?"

"아뇨."

나는 두 번도 생각하지 않고 냉큼 문을 닫았다.

바람을 피운다는 건 내가 열망하는 마지막 행복이 될 것이다. 나는 앙투안을 사랑하고 그에게 지조를 지키려는 마음에서 한 발짝도 물러서지 않았다. 한마디로 다른 남자와 뒹굴고 싶은 욕망은 추호도 없었다. 사랑하는 사람을 배신한다는 건 타락한 자들이나 하는 끔찍한 행위로 여겨졌기 때문이었다.

그러나…….

앙투안을 배신하진 않았지만, 점차 나를 둘러싼 열정의 손길들을 그냥 내버려두기 시작했다. 이따금 일상의 권태와 외로움을 달래기 위해 그 열정들을 이용할 때도 있었다.

미국인 수강생 켄과는 자주 산책을 하는 사이가 되었다. 눈이 가늘게 찢어지고 얼굴은 여드름투성이지만 그는 내가 가르치는 수강생들 중에서 영리한 편에 속했다. 켄은 내 손을 꼭 잡고 『호밀밭의 파수꾼』[24]을 읽어주었고, 참나무 몸통에다 '아이 러브 유'라는 글자를 새겨 넣기도 했다……. 원장과는 여전히 저녁을 먹으며 넋두리를 들어주는 사이였고, 마찬가지로 해고당할까봐 따귀 한 번 날리지 못했다. 또 다른 사십대의 미국인은 수시로 내게 꽃다발 세례를 하였다. 짧은 스포츠형 머리를 하고 폼 나는 방수 모직 코트를 입고 다니던 그는 자신의 직장인 IBM 얘기를 하다가 뜬금없이 나를 향한 사랑의 열정을 장황하게 늘어놓았다.

이런 플라토닉하고 순정적인 구애를 받을 때면, 나를 사랑해주는 사람들이 많다는 사실을 새삼 실감하곤 했다. 그들로 인해서 나라는 존재가 증명되는 것 같았다.

하지만 그런 사랑들이 종종 나를 난처하게 만들기도 했다. 어느 날 켄은 참나무 아래로 나를 몰아세웠고, 스포츠형 머리의 사십대 미국인은 한밤중에 내가 사는 아파트로 찾아와 벨을 누르기도 했다…….

그들이 나를 쓰러트리길 갈망하지는 않았다. 그저 나에 대한 사랑 고백을 계속 해주기만을 원했다. 그런데 막상 고백을 듣고 나면 도무지 어떻게 수습해야 할지 몰랐고, 나를 헤픈 여자 취급할 때는 손사래를 치며 앙투안에 대한 내 사랑을 확인시키곤 했다. 그들에게 결정적으로 노, 라고 하면 더 이상 사랑 고백을 못 듣게 되고, 반대로 예스, 라고 하면 너무나 많은 것들을 요구하게 만드는 셈이었다…….

24) 1951년 출간된 J.D. 샐린저의 소설.

무례하게 치근덕대는 남자들을 얼씬도 못하게 하는 여자들은 내 경외의 대상이 되었다. 흡사 해적선을 타고 적들을 소탕하는 영웅처럼 보였다. 나도 속으론 그녀들의 대담성을 꿈꾸었지만, 스스로도 알 수 없는 의지에 사로잡혀 언제나 예스, 라고 말하고 있었다. 그럴 때면 죄의식이 일어 나 자신이 가엾은 바보처럼 느껴졌다. 이렇듯 나는 자가당착에 자기 비하를 하느라 모든 에너지를 쏟아붓고 있었다…….

이런 내 방황을 앙투안은 알지 못했다. 다만 '나에게 반한' 아무개가 있다는 식으로 둘러대었고, 그 편이 그가 듣기에도 썩 기분 나쁘지 않을 거라고 생각했다. 구애에 시달림으로써 남자들이 내게 보이는 애정을 확인하고 있다는 말은 굳이 하지 않았다.

주말에만 만나는 앙투안이 내 유일한 행복이었다. 나는 앙투안의 품에만 안기고 그의 입술만을 허락했다. 하지만 도덕적으로 유혹에 빠지기 쉬운 상황에 있다는 것도, 허덕이는 생활이 힘에 부치다는 것도 앙투안은 짐작하지 못했다. 일주일의 생활은 그야말로 꿀꿀했다…….

스물두 살의 나는 이방의 낯선 도시에 와서 살만 찌고 있었다. 그 어떤 특별한 일도 경험하지 못한 채.

나는 갈수록 분노에 찬 짐승이 되고 있었다.

주말을 앙투안과 보내는 것만으론 내 분노를 잠재울 수 없었다. Z 학원에서 겪는 부조리한 일들이 나를 화나게 했고, 궁색한 살림에 지갑은 언제나 텅 비어 월말이면 궁지에 몰렸다. 이 곤란한 상황이 언제 끝날지도 알 수 없었다. 무일푼의 생활이 우리의 사랑을 갉아먹는 기분이었다. 돈은 없는데 지불할 고지서들은 줄기차게 날아들었고, 그럼에도 우리는 여전히 사랑하고 있었다. 또 경제적으로 시달리면서도 물질에 집착하지 않으려고 애썼다.

하지만 결국 파국적인 상황에 이르고야 말았다. 무엇보다도 내가 견디기 힘들었다. 스위스까지 와서 무일푼으로 산다는 건 끊임없는 형벌 같았다. 돈은 어느 곳에서나 득의양양하게 승리를 외치며 존경의 대상이 되었다. 자동차 정비공장에서도 돈을 지불해야 하고, 집세도 내야 하고, 새로 만든 차양의 비용과 교통위반 범칙금도 내야 했다……. 어딜 가도 내 안에서 종달새가 찌르르찌르르 울었다. 나는 누구에게라도 크게 소리치고 싶었다. "그만 좀 하세요! 난 이곳의 게임 규칙도 모른다구요. 조금만 숨통이 트이게 해달란 말이에요……."

하지만 법이 어디 호락호락한가. 언제 어디서나 돈으로 환산해서 적용하는 게 바로 법이란 거였다.

결국 Z학원의 수업 시간을 늘려야 했다……. 기본 수업 외에 별도로 수강생을 받아서 토요일에는 기초 말하기를, 일요일에는 문법과 철자를 가르쳤다. 하지만 그렇게 해도 가중되는 궁핍만을 재확인할 뿐이었다. 앙투안과 나는 굶으면서도 최대한 상황을 견디려고 애썼다. 뱃속에선 꼬르륵 소리가 나도 고개를 꼿꼿이 든 채 침묵을 지켰다. 양파와 석포도주를 넣은 소고기찜 요리가 먹고 싶다는 말이

목끝까지 치밀어 올라도 결코 입 밖에 내지 않았다. 하지만 꾹꾹 참다 보니 속으로 원망이 싹트고 있었는지도 모른다.

앙투안은 이런 경제적 박탈감을 나보다 잘 참고 견디었다. 워낙 관념적인 성향이라 난생 처음 돈 없이 살아간다는 걸 거의 흥미롭게 받아들이고 있었다. 그에게는 인생살이의 고된 견습 기간인 셈이었다. 황금 전설에 빛나는 조부의 인생 역정에 직접 가담해보는 기분도 들었을 것이다……. 하지만 나는 그렇지 않았다.

대형 슈퍼마켓 까르푸로 쇼핑을 간 날이었다. 진열대의 네스카페 통을 바라보면서 나는 군침을 삼키고 있었다. 큰 커피 한 통만 있으면 수업을 마치고 돌아온 내가 한겨울을 따뜻하게 보낼 수 있을 것 같았다. 뜨거운 커피 잔을 양손으로 움켜쥐고 한 모금씩 마시면서 몸을 녹일 생각을 하니 진열대 앞에서 발걸음이 떨어지지 않았다. 그윽한 커피 향을 단지 비싸다는 이유로 우리는 오랫동안 잊고 지낸 거였다.

나는 갑자기 인내의 한계에 부딪히고 말았다. 진심으로 그 네스카페 한 통을 원하고 있었다. 수레들이 가득한 통로에 선 채 나는 홀린 듯이 커피 통에서 눈길을 떼지 못했다. 그러자 앙투안은 내 눈을 현혹시킨 물건을 곧바로 알아채곤 의견을 묵살해버렸다.

"이건 안 돼. 비싸서 살 수 없다구……."

"뭐가 비싸다는 거지? 식용유하고 비누와 감자를 빼면 되잖아……."

"그건 말도 안 돼. 커피는 우리한테 사치라고. 커피는 안 마셔도 살 수 있어……."

굶주린 짐승처럼 뱃속에서 분노가 부글부글 끓어올랐다. 갑자기 앙투안이 미워지기 시작했다. 급기야 내 분노는 화산처럼 폭발하고 말았다. 토요일 오후 수레가 미어터지도록 물건들을 채워 넣는 주부들이 빤히 보는 앞에서.

앙투안은 내 손을 끌고 차 쪽으로 갔다. 결국 나는 꾹꾹 참았던 감정을 터트렸고, 그를 비꼬기 위한 온갖 호칭들을 동원하여 울분을 쏟아내었다.

"쪼잔한 좀생이, 사내다운 구석은 눈곱만큼도 없고, 그깟 네스카페 하나 못 사주는 무능력자에 남자로서 자격도 없어……."

그런 말을 내뱉으며 은행에 가서 돈을 인출할 수도 없고 은행을 털 수도 없는 나의 무력감이 동시에 끓어올랐다.

앙투안은 침착함을 유지하며 동요하지 않는 모습이었다. 내가 내뱉는 욕설 따윈 들은 척도 하지 않았다. 그의 냉정하고 무심한 태도에 분노와 슬픔이 두 배로 커졌다. 눈물이 펑펑 쏟아져 길거리가 온통 부옇게 보였다. 나는 하지 말았어야 할 모욕적인 말을 기어이 그에게 하고 말았다.

"너 같은 남자와 살려고 여기에 오는 게 아니었어. 훌륭한 할아버지를 뒀을지는 몰라도 넌 불쌍하기 짝이 없는 남자야……. 속 빈 강정이라구."

그날 앙투안은 아파트 건물 앞에다 까르푸에서 산 물건들과 나를 내팽개쳐둔 채 차 문을 쾅 닫고 사라져버렸다.

날 이대로 두고 떠나다니. 세상에 나만 혼자 남은 기분이었다. 기대어 마음을 달랠 사람도 눈물을 받아줄 아무도 없었다. 코딱지만 한 스튜디오 안에 싸움의 불씨가 된 식품들을 내려놓고 카펫에 주저 앉았다. 눈물밖에 나오질 않았다.

그렇게 엉엉 울다 보니 내 사랑에 대해 많은 것들을 생각하게 되었다……. 이번 싸움의 이유를 굳이 따지자면, 우리는 가난한데 그의 부모님은 우리를 도와주려 하지 않는다는 것이다. 그리고 그는 공부를 계속해갈 수밖에 없기 때문에 이런 상황에선 네스카페조차 마음 놓고 사줄 수 없다는 게 이유의 전부였다. 앙투안……. 나는 그의 이름을 부르며 오열했다. 오히려 나 자신에게 화가 났다.

지금 이 유령 같은 스튜디오에서 살고 있는 것도, 앙투안과 함께 살기로 결심했기 때문이 아닌가. 앙투안이 없다면 스위스에서의 생활은 아무런 의미가 없었다. Z학원에서 일하는 것도, 마분지를 들고 학생들에게 불어를 가르치는 것도, 레스토랑의 근사한 요리 대신 크루아상으로 끼니를 때우는 것도, 단벌 숙녀처럼 셰틀랜드 스웨터만 입는 것도, 다 그를 사랑하기 때문이었다. 내가 숨을 쉬기 위해선 그가 필요했고, 그의 쉐브르푀이유 바디샴푸 냄새만 맡으면 모든 감정들이 누그러들었다……. 왜 그런 문제들에 나는 좀 더 의연하게 대처하지 못한 걸까?

마음속 어딘가에 앙투안에게 맡긴 내 운명을 투정하는 누군가가 있었다. 그러니 잘못이 있다면 앙투안을 향한 내 사랑이 아니라 바로 나 자신이었다……. 내면의 행복을 추구하는 가브리엘 할머니였다면, 설사 네스카페가 없다 해도 행복을 느끼는 놀라운 능력을 발휘했을 것이다…….

문득 파트릭과 함께 했을 때의 내 불안감들이 떠올랐다. 그의 찢어진 속옷을 보면서 화가 나고 행복감을 느낄 수 없었던 게 다른 무엇도 아닌 바로 나 자신 때문이었다면? 그리고 행복이란 남자와 함께 구색이 맞춰지는 마법의 선물이 아니라, 조각 쌓기처럼 내 스스로 구축해가는 것이라면?

머릿속이 온통 부옜다. 더 이상 무언가를 이해할 자신이 없었다. 그렇게 눈물로 범벅이 되어 나는 잠이 들어버렸다.

앙투안은 이튿날도 돌아오지 않았다. 그 다음 날도.

일주일 동안 그를 기다렸다. 대학에 전화를 걸어보고 속달 편지와 긴급 우편도 보내봤지만 허사였다. 우리의 사랑이 흔적도 없이 종적을 감춘 것만 같았다. 크루아상엔 손도 대지 않고 나는 Z학원의 복도를 유령처럼 걷기만 했다……. 강의 도중에 나도 모르게 영어가 튀어나왔고, 그새 군살로 불어난 몸무게마저 줄어들었다.

인생이 더 계속되어야 할 가치가 없는 것처럼 느껴졌다. 마음 붙일 곳도 없었고 조용히 나이를 먹어갈 수도 없었다. 아침에 깨어나는 게 악몽 같았고, 잠이 들려면 수면제가 필요했다. 발소리만 살짝 들려도 내 귀는 복도로 향했고, 십 분마다 깨면서 토막잠을 잤다. 허깨비처럼 거리를 오가고 호숫가를 어슬렁거리고만 있었다.

그렇게 내 신경이 균열을 일으키기 시작하던 즈음, 저녁이 되자 습관처럼 앙투안의 대학에 전화를 걸었다. 그런데 이번에는 누군가 대꾸하고 있었다.

"끊지 마세요. 바꿔줄게요."

하마터면 나는 수화기를 내려놓을 뻔했다. 무슨 말을 해야 할지 머릿속이 까맸다. 침묵 속에서 온몸이 굳어버린 것 같았다.

"앙투안?"

"소피?"

"앙투안……."

"소피, 널 죽을 만큼 사랑해……."

"나도 그래……."

"곧 너한테 갈게……."

"그래주겠어……!"

앙투안은 한 시간 후에 도착해서 벨을 눌렀다. 내가 문을 열자 그는 지옥을 헤매다 온 사람처럼 나를 끌어안았다. 그러곤 내 눈을 똑바로 쳐다보면서 말했다.

"널 배신했어."

나는 그 말을 듣는 순간 세상이 무너져 내리는 것 같았다.

앙투안은 다른 여자와 잤다…….

　이런 일에 어떻게 대처해야 하는지도 모르는 내게 그는 불쑥 그 말을 내뱉곤 죽도록 사랑한다는 말만 되풀이하고 있었다…….

　숨이 막힐 정도로 나를 끌어안고 있는 앙투안에게 무슨 말을 해야 할까. 그는 나를 안고 지난 일주일 동안의 일들을 얘기했지만, 내 귀에는 아무 소리도 들리지 않았다. 머릿속에선 계속 이 말만 반복되었다. "배신했어." "다른 여자와." "잤어." 그러자 어떤 장면들이 떠올랐다. 다른 여자를 향해 그의 입술이 다가가고, 옷을 벗겨 여자를 흥분시키면서, 그녀의 가슴과 다리와 성기에 밀착되어 있는 그의 모습이…….

　그런 장면이 떠오르자 더는 견딜 수가 없었다. 내가 밀어내면 그는 또다시 나를 끌어안았다. 여전히 내 머릿속에선 그런 생각들이 떠나지 않았고, 오르가슴에 이르렀을 때의 모습까지 세세하게 그려졌다. 턱이 일그러지면서 눈빛이 흐려지고, 허리를 곧추세워 쾌감에 온통 집중하다가, 갑자기 몸 전체의 움직임이 정지되면서, 신음 소리를 작게 내지르며 고꾸라지는 앙투안의 모습이. 다른 여자와도 그런 식으로 했을까? 그건 말도 안 된다…….

머릿속에 떠오르는 장면들을 지워내면 또다시 떠올랐다. 게다가 서두 부분도 끼워 넣었다. 그가 술집에서 여자와 얘기를 나누다, 내 가슴을 그토록 설레게 했던 보조개 패인 미소를 지으며 여자의 어깨에 팔을 두르고 얼굴이 닿을 때까지 다가가는 모습을……. 이제 나는 도저히 참을 수가 없었다.

나는 앙투안을 쳐다보았다. 그는 진심으로 자신이 한 행동을 후회하는 것 같았다. 앙투안은 거짓말은 하고 싶지 않았다고 했다.

"앞으로도 절대로 거짓말은 안 할 거야. 나는 그러지 못해. 네 환심을 사려거나 조금이라도 마음을 가볍게 하려고 고백한 게 아냐. 모든 걸 말하지 않고선 견딜 수 없을 것 같았어."

정말 잘났군. 내 마음이 찢어지는 것도 모르고. 내 마음은 무지하게 아프다고.

앙투안을 만나기 전에는 누군가 나를 배신했어도 이런 기분은 들지 않았다. 어떤 일들이 있었을 거라고 의심하면 상대는 언제나 나를 안심시켰다. "그렇지 않아, 이 바보야……. 봐, 나는 너만 사랑해. 너도 잘 알잖아." 그 말을 완전히 믿지는 않았지만 그래도 위안은 되었다. 파트릭도 분명 다른 여자와 잤을 게 뻔했지만, 그때도 이런 처참한 기분은 안 들었다.

오늘에서야 나는 깨달았다. 앙투안이 내 견고한 장벽을 와르르 무너트리고 아름다운 이미지를 박살내버렸다는 사실을. 한스는 그레텔을 배신하지 않는다. 앙투안이 "널 배신했어"라고 말했을 때 나는 전혀 납득할 수 없었다. 그런 식으로 말해선 안 되었다. 오히려 그 사실을 숨겼어야만 했다.

사방에 구멍이 뚫려 콸콸콸 물이 새는 것 같았다.

우리는 오래도록 아무 말도 하지 않은 채 죽은 듯이 누워 있었다.

망연자실해진 나는 마음이 돌아선 것처럼 그에게 등을 돌리고 누웠다. 그러다 깜박 잠이 들었는데 한밤중에 악몽을 꾸었다. 자정마다 꾸던 악몽이 또다시 시작된 거였다. 나도 모르게 울음이 왈칵 터졌다……. 밀려갔다 밀려오는 파도처럼 코를 훌쩍거리며 소리를 질러댔다. 그에 대한 나쁜 장면들을 모조리 쓸어내리는 듯이 주먹을 움켜쥔 채로 나는 한 시간 동안이나 울고 또 울었다…….

앙투안은 등 뒤에서 나를 끌어안고 나지막한 목소리로 되풀이해서 말했다.

"사랑해, 자기가 이러는 걸 보고 싶지 않아. 내가 여기 있잖아. 제발 울지 마……."

차분하고도 부드럽게, 그리고 다정하게 그는 나를 진정시켰다……. 앙투안의 쉐브르푀이유의 향기가 목 뒤에서 전해져 왔다. 이 향기를 맡으려고 얼마나 그의 귓불에 대고 코를 킁킁대었던가……. 신기하게도 쉐브르푀이유 냄새를 맡자 마음이 누그러들었다. 나는 피난처를 찾듯이 그의 품에 안겨들어 서서히 눈물을 그쳐가고 있었다……. 이제 내 정체성은 사라지고 없었고, 세상은 완전히 붕괴되어버렸다.

어쩌면 나는 앙투안이 살아가는 방식에 매달려 존재하는 작은 덩어리일지도 모른다는 생각이 들었다.

그리고 그는 나를 배신하면서 내 존재를 부정했다.

이제 더 이상 내가 누구인지 모르겠다. 그의 품 안에서 무너지는 존재일지도.

다음 날 Z학원의 수업을 모조리 취소했다……. 수업 도구들을 들고서 수강생들 앞에 나서기엔 내 몰골이 너무 흉측했다. 어젯밤 나에 관한 지표들을 모두 잃어버린 기분이었다…….

앙투안은 커피를 만들어주며(그는 오는 길에 부리나케 네스카페 통을 사갖고 왔다), 나를 붙들고서 자기 얘기를 들어달라고 애걸했다. 그는 사과하길 원치 않았지만, 나는 뒤늦게 깨달았다. 까르푸에서 내가 히스테리를 부리고 극단적인 말까지 했던 게 일의 발단이었다는 걸.

앙투안이 화가 많이 났을 때 취하는 방법은 침묵이었다. 까르푸에서 돌아오면서 그는 굳게 입을 다물고 아무 말도 하지 않았고, 혼자 있어야 할 필요성을 절실히 느끼곤 호수를 한 바퀴 돌았다. 그러면서 방금 전 일을 되짚어보았다. 앙투안을 소름끼치게 만들었던 건, 커피 한 통 때문에 자신에게 보였던 내 반응이었다. 그때 그는 이런 생각이 들었다고 했다. 이렇듯 격하게 반응할 만큼 내가 억눌려 있었고 불행했던 거라고. 예전에도 내가 그런 우스꽝스런 일을 벌인 적이 있던가? 작은 것에 만족하겠다고 우기던 때는 언제였나? 하고 더듬어보게 되었다. 그러니까 정신적인 면에서, 우리 둘의 행복은 진실된 것이 아니었다고 그는 생각했다…….

의심할 여지 없이 사랑이 실패했다는 사실을 깨닫고 앙투안은 당황스러웠다. 그래서 대학 쪽으로 차를 몰았고 거기서 친구 스티브를 만났다. 엿새 동안 그들은 파티를 벌이며 맥주를 마시고 디스코장에도 갔다. 그러다 어느 날 저녁 진을 입은 여자 하나를 점찍었고 앙투안은 그녀와 자고 싶다는 충동이 일었다……. 나에 대한 기억을 떨쳐버리려고 그 여자와 밤을 보낸 거였다.

그런 다음 날 내게서 전화가 걸려 왔던 것이다.

"바보야, 널 정말로 사랑한다구."

결국 나는 그 사실을 받아들이며 그의 품에 안겼다.

그렇듯 쉽게 인정해버리고 나자, 곧바로 앙투안에 대한 죄책감이 일었다. 그가 슬퍼하며 차를 돌려서 떠난 것도 나 때문이었고, 우리 사이에 있었던 일을 잊으려고 술을 마신 것도 나 때문이었다. 그러니까 이 모든 일이 내 잘못된 행동 때문에 벌어진 거였다. 슈퍼마켓에서 변덕스럽게 모진 말을 내뱉지만 않았더라면, 앙투안은 일주일 동안 나를 기억하며 잠들었을 것이다…….

그날 아침 우리는 긴 고행을 마치고 회개하여 돌아온 사람들처럼 사랑을 나누었다. 나는 그의 손에 깍지를 끼었고, 앙투안은 내 몸 구석구석을 오래도록 애무했다. 구명 튜브에 매달려 있기라도 한 것처럼 나는 그의 성기 주위를 맴돌았다. 그리고 거기에 진짜 내 행복이 있다는 걸 다시금 확인하려고, 균형을 잡고 그의 몸에 깊이 닿을 내렸다. 내 행복은 앙투안에게 속해 있다는 걸 새삼 깨닫고 있었다. 앙투안이 내 몸을 더듬는 순간 나는 전율을 느끼며 활처럼 굽어졌다. 감정이 고조되면서 내가 잃어버렸다고 여겼던 것이 내게로 돌아오고 있었다. 앙투안을 되찾으면서 나도 본래의 내 자리로 돌아온 기분이었다.

며칠 후 라모나로부터 편지를 받았다.

지난번 보내온 편지에서 그녀는 고대 인물들의 행적을 찾아 배회하느라 많은 시간을 보냈다고 했다. 그리고 내가 겪은 불행한 일들을 써 보내자, 라모나는 이집트적인 사고로 답장을 주었다.

여긴 모든 게 낯설어. 하지만 나는 뿌리로 돌아간 기분이야. 머지않아 이 나라 곳곳을 돌아다닐 시간을 갖겠지만, 지금은 마을과 호숫가를 돌며 좀 더 폭넓게 알아가려고 해.

마을 사람들은 나일 강을 따라서 그 풍토에 순응하면서 살아가고 있어. 붕대를 감고 누운 호화로운 파라오들보다 이 지역이 더욱 신성하다고 느끼기 때문이야.

난 여기 살고 있는 농부들과 똑같은 집에서 지내. 벽돌을 쌓아 진흙으로 초벽을 해서 지은 집이야. 벽에 분홍색 칠을 하니까 사람들이 기웃대며 들어와보고 싶어들 해. 집 앞에는 작은 의자와 물 항아리를 갖다놓았어. 가끔 목이 마르고 다리에 힘이 빠질 때가 있거든. 단칸방에 돗자리를 놓고 구석에는 몸을 씻기 위해 타일을 깔았어. 집 뒤에는 종려나무가 무성한 작은 정원도 있단다. 거기서 낮잠을 청하곤 하지.

아직 피라미드는 근처에도 가보지 못했어. 또 열정을 쏟을 만한 사랑도 찾지 못했단다. 하지만 여기서 그런 사랑을 만나리란 걸 느껴. 어제 산책을 하다 나일 강을 보면서 그런 계시를 받았지…….

또 소식 전할게.

라모나로부터.

라모나가 이집트의 농부들과 똑같은 집에서 지낸다는 말에 서둘러 도서관으로 가서 아틀라스 산맥에 대해 찾아보았다. 열대에서 생활하는 그녀를 생각하자, 반복된 일상과 쥐꼬리만 한 수업료와 네스카페 때문에 앙투안과 충돌을 일으킨 내 자신이 부끄러웠다…….

라모나가 대단해 보였다. 그녀처럼 살 수 없다는 걸 잘 알면서도 그녀의 삶이 부러웠다.

그녀는 편지에서 고대 이집트 전설을 원본 그대로 얘기해주었다.

내가 좋아하는 오시리스의 생애를 알려줄게. 그는 신들 중에서도 남달랐다고 해. 많은 신들이 권좌에 올라 백성들의 운명을 개선시키려고 했지만 번번이 실패하였고 그 후에 오시리스가 즉위하게 되었어.

선하고 잘생긴 그에게는 열정적으로 사랑하는 아내 이지스와 행실이 나쁜 동생 세트가 있었어. 대인이었던 오시리스는 오랜 세월 평온하게 나라를 다스렸지. 사람들에게 밀과 목화와 보리를 심어 밭 일구는 법을 가르쳤고, 쟁기와 괭이와 멍에를 손수 그려서 그것들을 어떻게 사용하는지, 보습의 날로 어떻게 땅을 가는지도 알려주었어.

몇 년간 이집트는 초록으로 넘실거렸어. 그런데 동생 세트는 격분했어. 신의 동생인 자신에게도 거주할 땅과 행해야 할 일들이 있는데, 형이 도맡아서 나라를 통치하고 있었으니까 말이야! 어느 날 밤 신들의 향연을 끝낸 후 세트는 교묘히 왕궁으로 들어갔어. 그리고 오시리스가 있는 곳을 불시에 습격해 그의 등에 칼을 꽂았지. 오시리스는 서류 위에 고꾸라졌고, 세트는 오시리스의 시체를 토막 내 나일 강에 던졌어.

아내 이지스는 누가 이런 끔찍한 일을 저질렀는지 다 알고 있었어. 그녀는 죽은 남편의 토막 난 몸을 찾으러 떠났지. 어부들을 시켜 그물을 던지게 하고 잠수를 해서 강 깊숙이까지 샅샅이 뒤지게 했어……. 결국 몸 조각들을 하나씩 찾아내어 가방에 담아서 돌아왔대. 그러곤 눈과 왼쪽 뺨만 제외하곤, 사랑하던 이의 잘린 몸뚱이를 모두 맞추어 붕대로 복원할 수 있었어.(여기서 미라의 전통이 유래한 거래.) 이지스는 짜 맞춘 시체에 입을 맞추곤, 잘려나간 축축한 성기를 손으로 따뜻하게 덥혔어. 남편 오시리스가 복수를 돕도록 지상으로 돌아와주길 간절히 기도하면서.

몸에 수많은 상처들이 있었지만 오시리스의 입가에는 반쯤 미소가 떠올랐어. 그는 예전처럼 단단한 형태를 되찾을 수 있도록 자신의 성기 위로 이지스의 머리를 끌어당겼어. 그리고 자신의 복수는 아들이 이어받게 될 거라고 믿었어. 순간 오시리스의 성기가 다시 팽팽하게 발기했고 수태할 수 있는 적기에 이지스의 몸을 관통했어.

이지스는 감사하는 마음으로 오시리스를 새로운 안식처인 죽음으로 돌려보내고 사랑의 결실을 키우기 위해 먼 사막으로 떠났대. 그렇게 이지스와 오시리스 사이에서 태어난 아기가 호루스야. 호루스는 야비한 세트의 심장을 도려내고 아버지의 원수를 갚았지…….

라모나는 경이로운 전설을 알고 있는 데 그치지 않고 전설대로 살고 있는 것 같았다.

난 여전히 말랐지만 머리가 많이 길었단다. 그리고 미라의 분가루로 얼굴에 분칠을 하고 다녀……. 룩소르에서 사원을 지키는 여인이 아메르 호수에 사는 아들을 정기적으로 방문하는데, 그 아들 편에 분가루를 가져다주곤 해.

사원을 지키는 여인은 사십 년 된 늙은 타조 깃털로 분가루를 모아서 목에 매달고 다니는 작은 금삽으로 쓸어 담곤 해. 미라의 분가루를 얼굴에 칠하면 평생 주름도 없고 부스럼도 안 생기는 젊은 피부를 유지할 수가 있대. 물론 신들에게 큰 경외심을 갖고 분칠을 한다는 전제 조건에서만 가능한 일이지. 티끌만큼이라도 나쁜 생각이나 저속한 말을 하면 분칠이 역효과를 내서 삶이 끝나는 날까지 얼굴에 주름과 부스럼투성이가 된다는 거야…….

라모나는 그곳에서 이방인으로 살아가는 게 너무나도 편안해 보였다. 그녀가 어떻게 아우구스티누스 수녀회 여학교에서 성장기를 보내고, 시끌벅적한 파리의 댄스파티에서 엉덩이에 손을 얹고 춤을 추었는지 의구심이 들 정도였다. 라모나의 인생은 EDF(프랑스 전력공사)나 TSF(무선전신) 때문이 아니라, 오시리스와 미라의 분가루와 나일 강으로 인해 기적적으로 변한 것 같았다.

라모나가 마음 깊숙이 권태롭게 보였던 것도 놀랄 일은 아니다. 사춘기 때부터 그녀는 끊임없이 다른 곳을 열망하며 언젠가는 그곳에 가리라 마음먹지 않았나.

Z학원에서 우울한 날들을 보내던 어느 날 에두아르도가 등장했다.

얼굴은 준수한 편이었고, 치아 사이로 금니가 보였다. 머리숱은 적었지만 전체적으로 정돈된 인상을 주었다. 끝이 뾰족한 가죽 구두를 신고 베이지색 와이셔츠에 밤색 체크무늬 상의를 입은 그는 입담 좋은 이탈리아인답게 쾌활한 미소를 짓고 있었다.

선생님이나 학생이나 분발해서 공부하자는 생각으로 수업을 시작해서 학습 도구들을 사용하는 단계를 거치기 마련이었다. 작은 마분지를 이용한 수업은 불어로 대화하기 위해 언어를 다듬고 연마해가는 과정이었다. 그런데 에두아르도는 오래전 그 단계를 거쳐서 이미 상당한 수준에 이르러 있었다. 그는 조르주 상드라든가 외젠느 쉬[25]의 책들도 많이 읽은 데다 불어로 어색하지 않게 대화를 나눌 수도

---

25) Eugène Sue, 1804-1857. 『파리의 신비』와 『방랑하는 유태인』으로 잘 알려진 프랑스 작가.

있었다.

그와 수업을 하면서 차츰 선생님과 학생의 입장이 뒤바뀌는 상황이 되었다. 에두아르도가 내게 설명해주면, 나는 잊지 않으려고 기억해두는 식이었다. 여하튼 그가 들어온 다음부터 학원을 향할 때마다 약간의 공상이 끼어들기 시작했다.

처음에 우리는 서로를 생뚱하게 바라보았다. 에두아르도는 내가 가방 안에 넣어 온 것들로 어떻게 가르치는지 궁금하다는 듯이 쳐다보았고, 나로선 땡땡이를 치고 싶을 만큼 햇살이 눈부신 날에도 수업에 빠지지 않고 들어오는 그가 이해되지 않았다…….

또한 서로에게 조심스러웠다. 그는 입가를 살짝 들어 올린 채 숱없는 머리를 쓸어 올리며 감정사 같은 눈초리로 나를 쳐다보곤 했다. 눈은 밤색이고 눈 밑이 약간 처져 있었으며, 두 뺨에는 영원히 축제가 계속될 것 같은 인생의 지표가 새겨져 있었다. 한마디로 그에게서는 물질적인 부족함 없이 살아왔을 법한 여유로움이 엿보였다. 재킷이나 와이셔츠, 가죽신에 붙은 고급 라벨을 봐도 그랬다. 그는 시크한 부류의 사람 같았다.

수업 종료 벨이 울리자 에두아르도 바빌 드 바빌론(원장 비서 마리-로자가 약간 흘림체로 써놓은 그의 이름이었다)이 자리에서 일어섰다. 그러곤 "안녕히 계세요. 감사합니다. 또 만나요"라는 말을 남기곤 사라졌다. 또 만나요, 라면 내일이겠군. 수강생 기록 카드에서 그의 직업이 고급 기성복 디자이너라고 적혀 있는 걸 보았다……. 호모일까?

그래서 뭐 어떻다는 거지? 지금 내가 무슨 생각을 하는 거야? 아무튼 나보다는 잘나가는 사람이로군. 내 호기심이 또 발동하고 있었다…….

이어 다른 학생과의 수업이 진행되었다. 독재자 같은 인상을 가진 독일 사람이었다. 그와 수업을 하면서 나는 내일을 기다리고 있었다. 샴푸를 하고 볼륨을 살리는 제품으로 머리를 헹궈야겠단 생각을 하면서, 매니큐어를 하고 눈화장을 할 생각까지 했다.

다음 날 강의실에 들어온 에두아르도 바빌 드 바빌론은 앉지도 않은 채 내게 말했다.

"원장한테 승낙을 얻었어요. 이제부터 맞은편 카페에서 수업을 받기로요. 이 학원 분위기가 아주 썰렁하다고 이유를 갖다댔죠."

나는 학원에서 정해준 스케줄표를 보면서 그에게 두 시간 정도 내 줄 수 있다고 말했다. 수업 도구 없이 두 시간 동안 꿈에 대해서 말해볼까. 잠시 그런 생각이 들었다.

단둘이서 나오는 게 어지간히 어색했던지 어떻게 강의실에서부터 엘리베이터를 거쳐 학원을 빠져나와 길 건너 식당 테이블에 앉게 되었는지 하나도 기억나질 않았다.

"배고픈가요?"

에두아르도가 물었다.

"아! 네……."

아침도 먹었고 아직 아홉 시인데도 불구하고 나는 몹시 배고픈 표정을 지었다.

"뭘로 들겠어요?"

이상한 일이었다. 직감적으로 내가 감자튀김 비프스테이크를 시켜야만 그가 당연하게 여길 거라고 생각했다.

"감자튀김 비프스테이크요. 알맞게 구워서요."

"감자튀김을 많이 주시고, 소스도 듬뿍 뿌려주세요."

에두아르도가 주문을 받으러 온 종업원에게 상세히 말하자, 종업원은 시계를 흘깃 보며 '지금 이 시간에' 라는 표정을 지었다.

직감이 맞아떨어졌다는 안도감에 나는 미소를 지었다. 에두아르도도 내게 슬쩍 윙크를 보냈다. 그와 함께 있는 게 나쁘지 않았다. 오래전부터 잘 알고 지내온 사이처럼.

첫 번째 야외 수업은 전적으로 내 영양 보충으로 메우고 말았다. 스위스에 와서 처음 먹어보는 스테이크 요리였다.

에두아르도는 안주머니에서 시거를 꺼내 음미하듯 피웠다. 내가 스테이크를 다 먹자, 그는 훈제 연어와 생크림, 초콜릿을 얹은 슈크림, 럼주에 적신 스펀지 케이크를 더 주문했다. 나는 테이블과 긴 의자 사이에 끼어 앉은 채 열기구처럼 점점 부풀어 오르는 느낌이 들었다. 문득 인생이 너무나 아름답게 여겨졌다.

"내가 스위스에 머무는 동안 오늘처럼 매일 아침 당신의 시간을 빼앗아도 폐가 안 될까요?"

에두아르도가 물었다.

"하지만 오늘처럼 먹어대면 난 뚱보가 되겠는데요!"

"오늘처럼 배가 고프지 않은 날도 있겠죠······."

그가 내 사정을 알기나 할까…….

"근데 정확히 무얼 원하시는 거죠? 불어를 배우려는 건가요, 스위스 요리와 메뉴에 대해 배우려는 건가요?"

"당신이 좀 더 행복해하는 걸 보고 싶어요. 당신을 많이 웃게 만들고 싶군요."

"좋아요. 원하시는 대로 하세요. 하지만 비용이 꽤 들 텐데요. Z학원은…… 자선 사업하는 곳은 아니거든요."

"그건 걱정 안 해도 돼요. 다만 당신이 머릿속으로 생각하고 있는 걸 또박또박 말해줬으면 좋겠어요. 어때요?"

"그러죠."

그렇게 두 시간이 후딱 지나갔다. 음식을 스펀지처럼 빨아들인 나머지 내 배는 불룩해져 있었다. 그의 유머도 사탕처럼 녹아들어, 그와 마주 앉아 있는 동안 나는 한껏 들떠서 꿈속으로 증발하는 기분이었다. 인생이 마법처럼 여겨졌고 모두를 사랑할 수 있을 것 같았다.

에두아르도 바빌 드 바빌론, 내일 봐요.

주말이 돌아와 앙투안과 다시 만났다. 나는 조금 특별했던 에두아르도와의 만남을 얘기했다.

"식당에서 처음 감자튀김 스테이크를 먹은 이후로 아침마다 만나고 있어. 그는 남의 말을 주의 깊게 잘 들어주는 사람 같아."

앙투안은 꼬치꼬치 캐어물으며 질투하는 기색을 보였다. 그런 그에게 에두아르도의 애정 어린 말투나 표현 방식을 있는 그대로 받아들이게 하기란 쉽지 않았다. 물론 앙투안은 내 말을 믿지 않았다. 그는 다분히 악의적인 말투로 내가 만난 아름다운 사람을 마구 짓밟고 있었다.

"척 보면 알아. 그자는 너와 자고 싶은 거야."

역시나였다. 그런 게 아니라고 반박해봤자 소용없을 것이다. 앙투안은 내 말을 믿지 않을 테니까.

"조만간 알게 될 거야. 어느 날 그자가 술집에서 너를 쓰러트리곤 꺼지지 않을 불꽃처럼 영원히 사랑할 거라고 떠들어댈 테니까. 너 진짜 순진하다……."

앙투안은 내 꿈을 앗아가고 있었다. 쓸쓸하고 우울한 스위스 생활에서 처음으로 이야기 상대가 될 만한 사람을 만난 것인데, 앙투안은 그의 존재 자체를 뿌리째 뽑아내려 하고 있었다.

에두아르도에 대한 얘기는 더 이상 하지 않았다. 그 때문에 우리 사이에는 어정쩡한 침묵의 공간이 생겼다. 이탈리아에서 온 왕자 얘기를 꺼내면 앙투안이 예민하게 반응할 게 뻔했다. 그래서 그가 의심을 품지 않도록 나는 두 배의 친절을 베풀고 주의를 기울여야 했다. 그리고 섹스를 할 때는 더욱 교태스러워졌다. 말하자면 새 친구가 생긴 걸 용서해달라는 뜻이자 내가 누리는 큰 기쁨을 묵인해달라는 요청이기도 했다.

네스카페 사건 이후로 우리는 다시 미친 듯한 사랑을 나누게 되었다. 간혹 악몽 속에서 다른 여자를 끌어안고 있는 앙투안의 모습이 나타날 때도 있어 소스라치듯이 놀라 잠에서 깨어났다. 그러고 나면 있는 힘껏 앙투안을 끌어안고 그런 생각을 지워내려 서둘러 잠을 청하곤 했다.

앙투안은 세탁소 체인점을 운영하며 포르쉐 자동차를 굴리는 부유한 미국인의 가정교사 일을 맡게 되었다. 그에게는 스위스인 약혼녀가 있었는데, 사람들한테 양키라고 불리는 걸 원치 않아 불어를 배우게 되었다고 했다.

오후 무렵 앙투안이 밝은 얼굴로 집에 들어섰다. 이제부터 수업을 몰아서 듣게 되어 낮이건 밤이건 내 곁에 있을 수 있다면서 좋아했다.

다음 날 우리는 차를 몰고 로잔 시내 중심가를 지나 테라스가 보이는 근사한 아파트 앞에 멈추었다. 전망이 탁 트여 있을 것 같은 테라스였다.

앙투안은 나를 데리고 팔층까지 올라갔다. 층계참에 이르자 그는 나를 번쩍 들어 안더니, 문을 지나칠 때는 큰 소리로 말했다.

"자, 여기가 우리 집이야."

높은 천장은 맞배 모양으로 되어 있었고, 유리창 너머로 호수가 보이는 방 두 개짜리 아파트였다. 벽장 문을 열고 요리를 하는 그런 부엌이 아니라, 완벽하게 시설이 갖춰진 부엌과 널따란 욕실도 있었다. 나는 가슴이 너무 벅차올라 손뼉을 치고 발을 구르면서 앙투안에게 달려가 입을 맞추었다.

"이게 뭐야? 우리가 살 집이야? 혹시 은행이라도 털었어? 아니면 돈 많은 여자를 꼬시기라도 한 거야? 그것도 아니면 돈벼락을 맞은 거야?"

"대단한 것도 아닌데 뭐. 우리가 살던 스튜디오보다 조금 비쌀 뿐이야. 내가 가르치는 라보마틱이 수업료를 배로 올려주었어……."

나는 기뻐서 방 안을 빙빙 돌며 춤을 추었다. 그러다가 우리 둘의 스위트 홈을 어떻게 꾸밀까 궁리하며 방 구석구석 치수를 재느라 바빴다. 여기엔 뭘 놓고, 저기엔 뭘 놓고……. 이제 우리 집이 생겼으니 나는 살림을 하고 앙투안은 못질을 하겠지. 소박하고 단란한 공간을 꾸밀 생각에 행복감에 젖은 나는 앙투안 곁에 서서 확고한 결심을 했다.

"앞으론 나보다 자기를 더 생각하고, 또 아이도 가질게."

앙투안은 씨익 웃더니, 앞으로 태어날 아이들의 이름을 지어놓았다고 했다.

"첫째는 아들이면 좋겠어. 이름은 게이로드가 어떨까. 둘째는 딸이었으면 해. 카롤린, 괜찮지? 어쩌면 나이 들어서 신경통을 앓게 될지도 모르니까, 우리의 노년을 위해 난롯가에서 재롱 피울 셋째도 낳자."

앙투안은 아파트를 나오기 전에 전면이 유리로 된 홀 앞에 멈춰 섰다. 거기에 비친 우리 둘의 모습을 손가락으로 가리키며 그가 말했다.

"봐, 우리 모습이 얼마나 아름다운지……."

나는 고개를 들고 유리에 비친 우리 두 사람의 모습을 쳐다보았다. 잡지에서 흔히 보는 환상적인 커플의 이미지와 닮아 있었다. 남자는 훤칠하고 든든한 보호자 같았고, 긴 금발머리의 여자는 남자 곁에 바짝 붙어 조금은 연약한 듯 보였다. 남자에게는 창창한 앞날이 기다리고 있으며, 그들은 멋진 커플이 되어 근사한 아파트에서 살게 될 것이다. 왠지 유리에 비친 그 아름다운 이미지가 손상돼선 안 될 것만 같았다.

다음 달 우리는 이사를 했다. 짐을 옮겨놓곤 침대 매트와 의자, 테이블을 싸게 사려고 구세군과 엠마우스 판매점들을 돌아다녔다. 나머지는 앙투안이 직접 만들기로 했다.

Z학원의 수업을 마치고 집에 돌아오니 앙투안이 먼저 들어와 있었다. 그는 나를 보자마자 융단이 깔린 바닥에 눕히더니 진이 빠지도록 껴안고 사방을 굴렀다. 내가 욕조에 물을 받아 몸을 담그고 있는 동안, 그는 변기에 앉아 미래 과학에 대해 열변을 토했다. 발코니 너머로 보이는 에비앙 시의 야경을 손으로 가리키며 저 불빛들은 왜 반짝이는지, 내연기관들은 어떻게 작동하는지 열심히 설명하다가…… 그가 방귀를 뀌는 바람에 우리는 웃음을 터트렸고 서로 물을 뿌리며 장난을 쳤다. 새로운 보금자리에서 둘만의 행복한 삶이 시작된 것만 같았다.

앙투안은 방에서 샐린저의 단편집을 갖고 와 「바나나 피쉬에 가장 어울리는 날」을 다 읽어주곤 이런 결론을 내렸다. 실제로 바나나 피쉬를 위한 날은 없었다고.[26] 탁해진 욕조물 속에 앉아 있던 나는 도취된 듯 앙투안을 바라보았다. 언제까지나 그가 걷고, 웃고, 떠들고,

생각에 잠기고, 뚝딱거리며 망치질하는 모습을 보았으면 좋겠다고 생각했다.

연인들이 그러하듯 나도 벽마다 우리 둘의 사진을 붙여놓았다. 사진 속의 앙투안은 빼놓을 수 없는 주인공처럼 보였고, 나는 그 곁에 핀으로 단단히 고정되어 있었다.

외형상으로 보면 나는 행복했지만 내면적으론 만족하지 못했다. 설레는 마음으로 집 안을 정돈하고 나자, 이 모든 장식들이 정말 내 마음에 드는지 의문이 들었다. 신경 써서 꾸며놓은 작은 아파트는 전적으로 내 취향이 아니라, 아담하고 편안한 것을 고심한 예비 주부의 손길을 거쳤음이 역력했다. 문득 이 작은 공간이 답답하게 느껴졌다. 앙투안은 잘 꾸며놓았다고 나를 치켜세웠지만 으쓱한 기분은 들지 않았다. 하지만 나는 만족스러운 척했다.

어렸을 때 이미 그런 척하는 눈속임을 배웠는지 모른다. 모든 게 잘돼가고 있어, 나만 믿어, 내가 알아서 할게, 라고 말하곤 했으니까. '강하고 영리한' 아이로 불린 다음부터 그게 제 2의 천성이 되어 버렸다.

일곱 살 때였다. 클레르몽 페랑에 사는 이모가 왔을 때 엄마는 필리프와 나를 데리고 백화점에 갔다. 엄마는 사고 싶은 치마를 입어보겠다며 내게 지갑을 맡겼다. 나는 한 손으로 필리프의 손을 잡

---

26) 「바나나 피쉬에 가장 어울리는 날」은 샐린저의 독특한 개성이 잘 드러난 『아홉 편의 이야기』 가운데 제일 먼저 쓴 단편으로, '바나나'라는 미끼에 빠져 결국 죽고 마는 물고기의 이야기이다.

고 다른 손으로는 엄마가 건넨 지갑을 꼭 쥐고 있었다. 그런데 백화점에 사람들이 밀려들면서 엄마가 들어간 탈의실과 점점 멀어지게 되었다. 껑충한 어른들의 다리 사이에 낀 나는 덜컥 겁이 났고, 걸음을 옮길 때마다 지갑을 든 손과 동생을 잡은 손에 진땀이 배어났다. 나는 용기를 방패막이 삼아 전진하듯이 걸으며, 회색 복장에 Bic이라는 마크가 새겨진 남자 직원 쪽으로 다가가 어린아이답지 않은 침착한 목소리로 말했다. "길을 잃어버렸어요." 직원은 곧바로 스피커로 엄마의 이름을 불렀고, 조금 있다가 엄마가 필기류 매장 코너로 울면서 달려왔다. 그때 엄마는 다소 과장된 직원의 말을 듣고 깜짝 놀랐다. "어린 따님이 너무나 침착하더군요."

그날부터 나는 용감한 소피, 혼자 모든 걸 알아서 하는 소피가 되었다. 낯선 사람한테 붙잡혀 가거나 끌려가는 일도 없었다. 그야말로 잔느 아셰트[27]와 같은 부류로 취급되었다……. 엄마 무릎에 앉아 이유 없이 엉엉 울고 싶은 일곱 살짜리에게 그런 묵직한 별명을 붙여주다니.

초등학교 입학식 날이나 공동생활을 처음 시작했을 때 죽을 만큼 겁이 났는데도, 내 별명에 꽁꽁 묶인 채 입을 커다랗게 벌리고 있는 유약함을 남들에게 들킬까봐 짐짓 그러지 않은 척 속임수를 써야만 했다. 넌 잔느 아셰트야, 뇌까리면서. 그렇게 나는 당차고 오만한 아

---

27) Jeanne Hachette, 15세기 둘로 나뉜 프랑스에서 부르고뉴 샤를 공작의 북부 침입을 물리치기 위해 저항을 이끈 상징적인 인물.

이로 커갔다. 겉으론 아무렇지도 않게 웃어넘겼지만 심장에선 피가 뚝뚝 흘러내렸다……

이런 모든 기억들이 결국 내 에너지를 고갈시키고, 우유부단하게 만들고, 본래 내가 어떤 사람이었는지도 헷갈리게 했다. 나는 억지스럽게 꾸민 행복 속에서 도무지 내가 누군지 알 수 없었다.

에두아르도는 그런 나를 첫눈에 알아본 사람이었다. 눈속임으로 두려움을 무장하고 있던 어린 병정을, 그는 꿰뚫어 보았다. 그러니까 에두아르도는 내 감춰진 얼굴을 본 것이었고, 자신만의 방식으로 나를 도와주고 싶어 했다. 육체적인 사심 없이 두 손을 주머니에 찔러 넣은 채, 나라는 인간을 있는 그대로 좋아해주었다.

어쩌다 보니 그와는 네스카페 사건에서부터 하고 싶지 않은 와이셔츠 다림질까지 시시콜콜한 얘기도 털어놓는 사이가 되었다. 절망은 언제나 사소한 것에서 폭발하곤 했다. 그 즈음 나는 이상하게 잘 토라졌다. 수시로 눈물이 나왔고, 뿌루퉁해지고 투덜대면서 감정을 억누르기 일쑤였다. 과연 내가 쓸모 있는 인간인지 끊임없이 회의가 찾아들었다. 앞뒤가 꽉 막힌 것 같은 나 자신에게 불만스러웠다.

가장 힘든 건 저녁때였다. 평소에 나는 여섯 시에 일어났고, 앙투안도 학교에 가느라 일찍 잠자리에 들었다. 한 침대에서 같은 남자와 같은 시간에 잠을 자고, 똑같은 체위로 기계적인 섹스를 하고, 매일 똑같은 밤 인사를 나누는 이 단순 반복적인 일상이 나를 절망케 했다. 나는 밤마다 몸을 뒤척이며 이런 생각을 되풀이했다. 말도 안 돼. 무슨 일이 일어나지 않으면 매일 똑같은 일상만 반복하다가 인생이 끝나버리겠어…….

하지만 날이 가고 밤이 갈수록 그런 문제는 더더욱 해결되지 않을 것처럼 보였다. 그래서 일상에 순응하면서 받아들이기로 했다. 앙투안에게 욕망을 느끼지 못한다거나 그를 견딜 수 없어서가 아니었다. 어쩔 수 없다는 사실이 나를 의기소침하게 만들었다. 왜 이웃 남자 집에서 잠을 자면 안 되지? 하룻밤만이라도 이 리듬을 깨면 안 되나…….

정상적인 부부 사이에서 그런 일은 관습상 허용되지 않는다는 걸 잘 알고 있었다. 하지만 혼란스러워하면서도 나는 반항하고 있었다. 가슴에 시지프스의 바위를 얹고 숨 막히는 일상에 응전하듯이. 방 안을 뱅뱅 맴돌고 밖으로 나가 동네를 무작정 돌아다녀도 숨통이 트이긴커녕 절망감만 차곡차곡 쌓여갔다. 언젠가 자갈이 깔린 해변에서 파트릭이 내 뒤를 쫓아왔을 때처럼.

밤마다 이런 위기감을 느낀다는 걸 앙투안에게는 말하지 않았다. 처음 이 아파트로 이사와 유리에 비친 우리 둘의 모습을 바라보면서 아름답다고 여겼을 때와는 다른 감정들이 일고 있다는 걸. 그가 잠에서 깨어나기라도 하면, 나는 천식 환자처럼 호흡 곤란을 일으키는 시늉이라도 하고 싶다는 걸…….

하지만 에두아르도에게는 이 모든 얘기를 했다.

내 안의 욕망과 생각들, 또 비겁한 내 행동들을. 그가 어떻게 생각할지 눈치 보지 않고 나는 거리낌 없이 얘기했다. 나의 이런 이중적

인 모습을 그는 꿰뚫어 보고 있었다. 내가 대범한 여자처럼 굴면 그
는 이렇게 말했다.

"다신 그런 행동 하지 않기로 약속해요. 나는 당신이 당신 자신이
길 원해요. 스스로를 단죄하는 일은 그만둬요. 치사하고 비열해지고
싶다면 그렇게 해요. 못되게 굴고 싶으면 못되게 행동하고, 아름답
고 싶으면 아름답게 행동하세요. 당신 마음이 이끄는 대로 내버려두
세요……."

처음에는 그가 무슨 말을 하는지 이해가 되지 않았다. 그래서 나
는 내 식대로 쉽게 받아들일 수 있는 일만 했다. 그가 고급 향수와
화장품을 파는 게를랭이나 미용실에 데려가면 선선히 따라가면서.

어느 날 아침 에두아르도가 전화했다.

"당신이 가장 비밀스럽게 갈망하는 게 뭐죠? 예를 들어 가장 받기
힘든 선물 같은 거 말이에요……."

"글쎄요……. 발뒤꿈치까지 닿는 아르헨티나산 여우 코트 같은
거? 근데 그건 왜 물어요?"

"제네바에 가서 사주려고요."

하마터면 "아니에요, 그런 걸 왜 에두아르도가 사줘요. 그런 선물
을 받으면 거북할 거예요……"라고 말할 뻔했다. 하지만 그렇게 사
양하면 그의 마음을 상하게 할 것 같았다. 또 내가 거짓말을 한다고
그가 버럭 화를 낼지도 몰랐다.

우리는 함께 제네바로 갔다. 결국 오십 벌에 가까운 코트를 입어
보고 가장 따뜻하고 기막힌 은빛깔의 털 코트를 골랐다. 옷값이 가

히 마법적인 숫자여서 나는 공주라도 된 기분이었다.

하지만 에두아르도가 내게 선사한 진짜 값비싼 선물은 그게 아니었다. 그는 내면을 읽는 법을 알려주었고 더 넓은 시각에서 상상력을 펼치도록 이끌어주었다.

"무슨 일이 일어나기만 무턱대고 기다리지 말아요. 당신이 만난 남자들이 원하는 대로 살지도 말고요. 엄마한테서나 아우구스티누스 여학교에서 배워온 교육 방식에 따라 자신을 판단하지도 말아요. 어느 날 문득 당신을 놀라게 할 사람은 바로 당신 자신이에요……"

에두아르도는 Z학원을 비난하면서, 거기서 시키는 대로 마분지를 들고 수업을 하는 나를 나무랐다. 솔직히 다른 걸 할 능력이 없는 것 같다고 변명을 늘어놓자, 그는 불같이 화를 내며 호통쳤다.

"다른 걸 하려고 시도는 해봤어요?"

"아뇨. 해봤자 안 될 게 뻔하니까요……"

"시도해보세요. 꼬박꼬박 월급을 주는 다른 곳을 찾아보라구요."

어떻게든 그를 기쁘게 해주고 싶어서 다른 사설 학원 원장들에게 전화를 걸어보았다. 물론 그의 조언대로 내가 가진 문화적 소양과 학위를 꼼꼼히 따져보고서. 운 좋게 나는 곧바로 채용되었다. 스위스 부촌에 있는 사립학교에서 기초 라틴어와 불어를 가르치면서 계몽 군주였으나 과대망상의 야심가였던 루이 14세를 재조명하는 수업을 맡기로 했다. 그리고 내 급료는 두 배로 늘어났다!

내 능력을 십분 발휘하자 에두아르도는 스칼라 극장에서 기립 박수를 치듯이 환호해주었다. 물론 앙투안도 자상한 아버지처럼 내게 축하한다고 말해주었지만…….

앙투안에게는 에두아르도와 사적으로 만난다는 얘기를 하지 않았다. 그와의 깊이 있는 교분에 대해선 거짓말을 할 수밖에 없었다. 그래서 내가 입은 여우털 코트는 엄마와 가브리엘 할머니가 크리스마스 선물로 사준 것이 되었고, 미용사가 만져준 머리는 "연수생이 해줘서 비싸지 않다"고 둘러대었고, 부츠는 '바겐세일 급처분'으로 산 것이 되었다…….

앙투안은 에두아르도를 좋아하지 않았다. 언젠가 주체할 수 없는 욕망으로 나를 덮칠 남자쯤으로만 여겼다. 또 그는 질투심이 너무 많아서 내 마음이 어떤지 그에게 설명하려는 시도조차 할 수 없었다. 에두아르도 편에선 앙투안이 나를 이해하기엔 아직 어리다고 여겼다. 한마디로 두 남자는 서로 마주치고 싶어 하지 않았다. 하지만 에두아르도에 대한 내 태도는 분명했다. 나는 그를 친구 이상으로 생각지 않았다. 에두아르도 역시 외설적인 마음을 보이거나 음탕하게 내 몸을 더듬는 일은 없었다. 게다가 나는 에두아르도에게 아무런 욕망도 일지 않았다…….

에두아르도와 앙투안을 오가면서 나는 만족했다. 앙투안의 품에서 잠들며 그와 미래를 계획하고 약혼식에 대한 내 의견을 말했다……. 하지만 에두아르도와 함께 있을 때는 꿈을 꾸고, 나 자신에게 놀라움을 느끼며 내 자질들을 키웠다.

한 사람은 자기 품속에서 나를 세게 끌어안으려고 했다. 그리고 다른 한 사람은 올가미들을 하나씩 풀어주면서 억압된 것들로부터 벗어나게 해주었다.

　이제야 나는 더듬거리며 자아를 탐색해나가고 있었다. 반면 오래
전 정체성을 찾은 라모나는 세상의 반대편에서 또 다른 혼란을 겪고
있었다.

　그녀는 아메르 호숫가 오두막에 은거하고 있었지만, 마을 사람들
과는 유대감을 갖고 지내었다. 옆집 사는 여인은 하루 종일 뜨개질
을 하면서 어부인 남편이 돌아오길 기다렸다. 여인의 남편은 마을
족장이자 흰 수염을 기른 백 세의 노인이었다. 노인은 라모나에게
이런 얘기를 들려주었다. 나세르 대통령이 건립한 거대한 아스완 댐
이 어떻게 호수의 물을 교란시켜 방향 감각을 잃은 물고기들을 떠나
게 했는지, 그리고 스스로 신성을 가졌다고 자처한 소년 세티가 머
리에 종이 왕관을 쓰자 얼마나 후광이 발했는지를. 노인이 얘기하는
동안 바람이 거세게 불어 귀가 먹먹할 정도로 유리창이 덜컹댔고,
라모나는 그가 한 얘기의 반밖에 알아듣지 못했다. 그녀는 전체적으
로 납득되지 않는 부분들을 혼자서 완성시켜야 했다.

　아침 무렵 누군가 그녀를 깨우러 왔다. 이스마일리아의 우편물을
실은 정크선이 지평선 너머로 막 모습을 드러냈다는 거였다. 작은
마을 샤루파에서 우편물은 매우 드물었기 때문에, 정크선이 왔다는
건 희소식이나 다름없었다. 라모나는 겨우 눈가만 씻고 이집트 전통
복장을 걸쳐 입곤 마을 사람들과 함께 정크선을 맞으러 갔다.

　바람이 잔잔해서 노를 저을 때 찰랑거리는 물소리만이 귓전에 맴

돌았다. 이윽고 돛이 팽팽하게 부풀더니 배가 부두에 다다랐다. 그때 굵고도 억센 목소리로 라모나의 이름을 부르는 사람이 있었다. 라모나는 주위의 시선을 받으며 앞으로 나아가 정크선을 몰고 온 남자를 향해 눈을 들어 올렸다.

순간 그녀는 소금인형이 된 것처럼 꼼짝할 수 없었다. 그에게 한 팔을 뻗은 채 그녀의 눈빛이 반짝거렸고 입가에는 알 수 없는 미소가 떠올랐다……. 불확실했던 파리 생활에서 그녀가 그토록 기다려왔던 사람을 드디어 만난 거였다. 왜 세상과 동떨어진 이 아메르 호숫가의 외딴 마을로 오게 되었는지를 불현듯 깨달았다. 그녀의 여행은 종착지에 다다른 거였다.

긴 다리에 흰색 아마포 바지를 입은 남자는 웃통을 벗고 있었다. 그는 어디선가 본 듯한 익숙한 미소를 띠고서 그녀 앞에 있었다. 바로 이 사람이라고, 라모나는 확신했다.

남자가 스위스에서 온 편지를 내밀었을 때 잠시 그의 손가락과 스쳤다. 그녀는 전기가 도는 찌릿함을 느꼈고 몸을 움직일 수 없었다. 본래 있던 자리로 되돌아가 움츠러든 몸을 진정시키려는 자세도 취할 수 없었다. 그녀는 비행기와 배를 오가며 너덜너덜해진 편지를 움켜쥔 채 바보가 된 것만 같았다. 단 한 번의 스침과 눈길만으로 모든 게 명확해지는 기분이었다.

남자는 오랜 세월을 거치면서도 아름다움을 그대로 간직하고 있었다. 성대한 제전을 올릴 때의 침착함도 잃지 않았다. 숱 많은 밤색 머리에 수염을 기른 그는 태양과 물보라로 인해 두 뺨이 움푹 패이고 수척한 모습이었다. 상체에는 털이 많았고, 코는 파라오처럼 곧았으며, 날카롭고 예리한 눈은 누군가를 응시할 때면 상대의 모든 걸 낱낱이 까발릴 것만 같았다. 남자는 거인처럼 장신이었지만 수문 아래를 지나갈 때 몸을 수그리거나 하지 않았으며, 두 손을 들어 바람을 멈추게 했다.

라모나는 그를 익히 알고 있었다. 잠시 두 사람의 눈길이 마주치면서 시선이 엉켰다. 라모나는 돌차기 판에 천국 대신 그의 머리를, 지옥 대신 그의 죽음을 그려 넣었던 기억을 떠올렸다. 종이 귀퉁이에 그의 반듯한 코를 끼적거린 적도 있었다. 불면의 밤마다 그의 긴 다리가 그녀를 내리눌렀고, 꿈속에서는 그의 손이 그녀를 옭죄어 눈을 번쩍 뜨게 만들었다.

그대로 시간이 멈추어버린 느낌이었다. 정지된 화면처럼 마을 사람들 모두가 숨을 죽이고 있는 것 같았다. 북극성이 창공에 떠올랐고, 소년 세티가 신성한 손가락으로 그녀를 가리키고 있었다.

이윽고 라모나는 정신이 들었다. 겨우 몸을 움직여 농부들이 서 있는 무리에 끼어들 수 있었다.

금 장식물들과 끈끈한 이끼와 양치식물들과 색색의 유리 파편들이 박힌 정크선 주위로 사람들이 몰려들었다. 여인들이 나눠주는 동그란 빵을 라모나는 삼킬 수 없었다. 마침내 그녀가 만나게 된 사랑을 먼발치서 기다리고만 있었다. 땅바닥에 발이 들러붙은 것처럼 그녀는 오후 내내 장승이 되어 서 있었다.

그런 그녀를 남자는 눈을 떼지 않고 쳐다보았다. 마을 사람들은 그에게 궁금한 것들을 물었다. 도시는 어떻게 돌아가고 있는지, 악어가 있던 호수는 어떤지, 가로수 길의 키 큰 나무들은 여전히 그림자를 길게 드리우고 있는지, 화단에 핀 꽃들은 잘 자라는지, 낡고 호화스런 별장들은 아직도 있는지, 여기저기서 얘기해달라고 졸랐고 질문은 끊이질 않았다. 운하를 파자고 했던 그 특출 난 페르디낭 드 레셉스[28]의 별장은 여전한가요? 묘비들이 있던 정원은 어떤가요?

남자는 사람들이 질문할 때마다 귀찮게 여기지 않고 자세하게 답해주었다. 멀리 나무 그늘 아래에 흰옷을 입고 서 있는 여인의 자태에서 눈을 떼지 않고서, 남자는 계속 말했다. 오래된 낡은 별장은 현관문이 삐걱거려 칠을 다시 했고, 정원의 묘비들은 풀을 뽑아주었고, 꽃이 만발한 거리의 참나무들은 가지를 쳐주었다고. 또 이런 얘기도 들려주었다. 부랑자들이 덤불숲을 망가트려 늙은 정원사가 슬퍼하다가 죽었는데, 아직 그 정원사를 대신할 사람을 찾지 못했다고…….

마을 사람들은 고개를 끄덕이다가 화가 나서 분통을 터트리기도 했다. 그는 도시의 소식들을 하나씩 전해주었다. 혹한의 바람이 불고 생선을 잡을 수 없는 겨울을 나려면 사람들은 그런 소식을 알아둘 필요가 있었다.

저녁이 되자 남자는 원래의 자리로 돌아갈 수 있었다. 그는 흰색

---

28) Ferdinand de Lesseps, 1805~1894, 프랑스의 외교관이자 사업가로 수에즈 운하와 파나마 운하를 건설하여 널리 알려졌다.

아마포 바지를 입은 긴 다리로 배 위에 풀쩍 뛰어올랐다.

배를 띄우기 전에 남자는 나무들을 휘돌아 라모나에게로 왔다. 그러곤 그녀의 손을 잡아 배 위로 오르게 했다. 그녀도 이제 호수 위에 있었다. 라모나는 남자의 어깨 너머로 마을을 쳐다보지 않았다. 애정의 눈길로 바라보는 남자 앞에서 마을을 향해 가벼운 손짓을 했을 뿐이었다.

바람이 살살 불어오자 돛을 올린 정크선이 부두에서 멀어졌다. 라모나는 자리에 앉아 오래전부터 유령처럼 뇌리에 떠돌던 보헤미안을 따라갈 마음의 준비를 마쳤다.

아담한 집에 이르렀을 때는 한밤중이었다. 창문 유리는 무지개 빛으로 장식되어 있었고 넓은 현관은 나무 층계였다.

"내 집이에요……."

처음으로 남자가 입을 떼었다. 라모나는 용기를 주려고 미소 지었지만 그는 다시 입을 다물었다. 남자는 현관문을 열어 그녀가 지나가도록 비켜섰다가 이내 방 스위치를 켰다. 방은 꽤 넓었다. 현관 층계처럼 나무로 된 바닥에는 다다미를 깔았고, 커다란 쿠션 의자들과 듬성듬성 이파리가 빠진 종려나무들이 있었다. 남자는 찻주전자에 물을 넣어 그녀가 방문한 사실을 새삼 상기시켰다.

라모나는 쿠션 의자 주위를 한 바퀴 돌고는 종려나무들을 지나 욕실임직한 문을 열었다. 수반처럼 생긴 커다란 욕조가 바닥에 깊숙이 묻혀 있었고, 대나무로 장식된 거울이 욕실을 가득 메우고 있었다.

좁은 계단을 내려가자 지하방이 나왔다. 거기에는 거인에게 어울릴 법한 침대 하나가 놓여 있었는데, 세 사람은 족히 누울 만큼 컸다. 바로 술탄의 침대였다. 창문을 통해서 만화경 같은 빛들이 새어들어 방 전체를 환하게 비추었다. 하얀 시트 위에 빛이 반사된 광경을 보고 감동한 라모나는 침대 위에 눕고 말았다.

남자도 지하방으로 내려와 라모나에게 뜨거운 찻잔을 내밀었다. 찻잔에서 올라오는 김을 바라보면서 그녀는 수줍은 티를 내지 않으려고 했다. 차를 마시고 나자 남자가 손을 내밀었다. 남자는 그녀를 이끌고 좁은 계단을 지나 거대한 술탄의 침대로 데리고 가서 앉혔다.

라모나는 두 손을 무릎에 얹고 반듯이 앉아서 남자를 바라보았다. 그녀는 남자와 한 번도 잠을 자본 적이 없다. 그는 라모나의 머리와 뺨과 턱과 입술을 부드럽게 어루만지곤 가슴과 다리와 팔을 스치듯 더듬어갔다. 그녀가 겁먹지 않을 만큼 아주 부드러운 손길로. 라모나는 꼼짝하지 않았다. 남자는 무릎을 꿇고 앉아 그녀를 가슴속에 새기는 중이었다. 라모나는 손길이 격렬해지기를 기다렸다. 남자는 그녀를 침대 위에 눕히곤 흰옷의 단추를 조심스럽게 풀었다.

라모나는 벗은 몸으로 남자 앞에 누워 있었다.

남자의 손가락은 다시 기억을 더듬으며 그녀를 새롭게 알아가고 있었다. 남자의 눈을 응시한 채 라모나는 그가 어서 안아주길 원했다.

그들은 이제 몸을 맞대었다.

"돌아봐요."

라모나는 돌아누웠다. 남자의 손이 허리 아래를 더듬다가 다시 위

로 올라왔고, 목덜미 깊숙이 파고들다 다시 내려가는 걸 느꼈다. 그
녀는 온몸이 떨렸다.

"당신은 아름다워요."

대답을 원하지 않는 듯 남자는 말했다.

남자는 라모나를 다시 바로 눕혀 위에서부터 아래로 몸을 훑기 시
작했다. 젖가슴과 배와 허리와 엉덩이에 천천히 입을 맞추곤 코로
성기를 파고들었다. 그녀의 몸은 활처럼 휘었다. 그는 코와 혀와 이
로 샅샅이 파고들었고, 이어 손가락으로 그녀의 몸을 활짝 열었다.
라모나는 비명을 지르며 하늘을 향하듯 양팔을 뻗었다. 그때 남자가
그녀의 몸 위로 올라오며 말했다.

"난 당신을 만났어요. 당신은 내 거예요……."

라모나는 눈물을 흘리며 남자의 등을 쓸어내렸다. 옷을 벗은 그가
감미로움이 넘치도록 애정을 표현하고 있을 때는, 이대로 죽어도 좋
겠다는 생각이 들었다. 라모나는 완벽한 행복을 소유한 것 같았다.
남자는 천천히 그녀의 몸으로 들어가 영원히 반복될 것 같은 리듬으
로 오르내렸다. 곱슬한 털로 뒤덮인 거대한 성기로 그녀의 음부를
부비면서, 아기를 대하듯 그녀의 머리를 계속 쓰다듬었다…….

라모나는 완전히 기진맥진해서 정신을 잃었다. 몇 분 후 의식이
돌아왔을 때 그녀는 위에서 미소 짓고 있는 남자의 존재를 알아차렸
다. 라모나는 기념비처럼 거대하고 단단한 남자의 상체에 얼굴을 파
묻었다.

이제야 소피가 말하던 섹스의 전율이 무언지 알 것 같았다.

학원이 아니라 학교에서 새 일자리를 얻었다. 학습 상담을 하고, 받아쓰기를 시키고, 레크리에이션 시간도 갖는, 학생들이 소란을 피우는 진짜 학교 말이다…… . Z학원에서 일할 때와는 모든 것이 달랐다.

나는 오전 여덟 시부터 열두 시 반까지만 일했다. 일주일에 두 번은 자습시간 감독을 맡았기 때문에 학생들이 펼쳐놓은 노트를 코를 킁킁대며 살피곤 했다. 열한 살에서 열여덟 살까지의 학생들에게 수업을 빼먹거나, 노트를 베끼거나, 물건을 훔치거나 하는 일들은 삼가라고 미리 경고해두었다. 몇 년 전까지만 해도 나도 그들과 똑같은 입장이었기 때문에 그런 것쯤 속속들이 알고 있었다.

나이 차가 별로 나지 않는 선생님을 만나자 학생들은 쾌재를 불렀다. 대개의 머리 큰 남학생들이 그러하듯 선생님한테 상스런 말과 욕설을 날려도 나는 개의치 않았다. 아무튼 학생들과 끈끈한 유대감을 갖고 수업을 하면서 무리한 방과 후 학습은 시키지 않았다. 또 수업 시간에 시끄럽게 잡담을 나누거나 장난을 쳤다고 해서, 바레스[29]의 『영감의 언덕』[30]을 지나치게 서정적으로 비약시켜 학생들 비위를 맞추는 일도 하지 않았다.

스물세 살의 내가 건장한 더벅머리 남학생들 서른 명을 앞에 두고 가르친다는 게 실감나지 않았다. 가끔 꿈은 아닐까 허벅지를 꼬집어볼 때도 있었다. 하지만 나도 그들처럼 짧은 머리에 미지에 대한 그리움을 가졌고, 똑같은 언행을 일삼으며 청바지를 입고 다녔다. 교장은 학생들에게 좀 더 존중받으려면 점잖은 복장을 입고 다니라고 일렀지만 나는 경제적인 이유를 내세워 거절했다. 다른 스타일로 꾸밀 옷도 없다는 말에 교장의 잔소리도 쏙 들어갔다. 이후론 더 이상 내 옷차림에 대한 지적 같은 건 없었다.

학교에서 나는 맡겨진 역할에만 치중하지 않고 진솔함과 신뢰를 쌓아가는 훈련을 하기로 결심했다. 에두아르도는 그런 내게 더욱 더 박수를 보내주었고, 수업이 끝나면 날렵한 페라리로 나를 태워가곤 했다. 그 일은 학생들에게도 지대한 영향을 미쳤다. 그들이 나를 따르는 게 페라리 때문인지 내 학습 방식 때문인지 도무지 분간이 안

---

29) Maurice Barrès, 1862~1923, 프랑스의 작가·정치가로 극단적인 국가주의를 주장했고, 1906년 아카데미 프랑세즈 회원으로 선정되었다.

30) La Colline inspirée, 1913년 출간된 모리스 바레스의 역사소설로, 가톨릭 신앙과 국가주의의 통합을 주창하고 있다.

갈 정도로.

앙투안은 오후 무렵에야 로잔에 도착했기 때문에, 점심때는 마음 넓은 에두아르도와 식사할 때가 많았다. 그는 이제 정중한 불어를 구사할 줄 알았다. 예전에는 '그 녀석'이라고 하던 말을 '그분'으로 바꾸었고, '귀찮게 하네'라는 말을 '그러시면 제가 거북합니다'로 바꿔 말할 줄 알았다. 그는 더 이상 Z학원에 다닐 필요가 없었다……

에두아르도는 종종 백포도주를 가미한 치즈 파이를 먹으러 가자고 했다. 식당에서 지그재그로 그의 다리를 지나 테이블을 빠져나올 때도 그는 그걸 빌미로 허튼 행동 따위 하지 않았다. 그런 그가 가끔 괴짜처럼 여겨지기도 했다. 혹시 무슨 다른 의도를 갖고 있는 게 아닐까 묻고 싶기도 했지만, 우리 둘의 관계가 깨질까봐 감히 입 밖에 내지 못했다.

점심을 먹고 나서 우리는 호수로 갔다. 호숫가 주변을 거닐다가 에두아르도는 로마에 대한 얘기며 고향집, 노모, 사랑의 상처 때문에 부랑자가 된 형 얘기를 꺼냈다. 또 자신이 여행한 곳들과 모험담을 들려주며, 내게 엄마와 필리프와 아버지 자미에 대해서도 물었다. 우리는 서로에 대한 얘기를 하다가 그가 내게 사준 책들 얘기로 화제를 바꾸었다.

나는 에두아르도에게 말했다.

"당신은 날 꿈꾸게 만들어요……"

그가 대꾸했다.

"꿈꾸지 말고 당신 인생을 살아요. 난 신기루가 아니에요. 자, 만져봐요……."

그러곤 이렇게 덧붙였다.

"당신도 알다시피 난 목석이 아니에요. 언젠가 당신한테 영원한 사랑을 고백할지도 몰라요. 하지만 당장은 아니죠. 나한테 환상을 품고 있는 유령과 자고 싶진 않으니까……."

그 말을 듣는 순간 그가 가증스런 위선자가 아닐까라는 생각이 들었다.

"겉으론 안 그런 척하면서 젊은 아가씨를 유혹하려는 건가요……."

그는 숨이 끊어질 듯이 웃더니 돌연 표정을 바꾸어 고함치듯 말했다.

"사랑스런 아가씨, 그게 인생이라구요."

로큰롤 가사를 읊조리며 그는 눈물이 나도록 웃었다.

이탈리아에 매장을 두고 있는 에두아르도는 지사를 차리기 위해 스위스에 온 사업가였다. 어떻게 그의 신분을 잊을 수가 있었지? 어째서 그를 내 마음에 향기를 주려고 신이 보낸 사람이라고 여겼을까?

그는 보 리바주에 있는 그랜드 인터내셔널 호텔의 스위트룸에서 지내고 있었다. 그 호텔에는 세계 각지를 떠도는 요부들과 나비넥타이를 맨 색소폰 연주자들이 드나들었다. 방에는 세 대의 전화기가 있고, 라디오와 텔레비전이 있는 바겸 알루미늄 부스도 갖춰져 있었다. 저녁이 되면 호텔 식당에선 만찬이 열렸고 반쯤 벌거벗은 매력적인 여성들과 도시의 창녀들이 몰려들었다. 위스키 잔을 들고 담배를 피우며 경쟁사들과 의류 산업의 위기나 달러 폭락에 대해 지루하게 떠들어댈 그의 모습이 떠올랐다.

에두아르도가 그런 여자들과 잔다고 해서 질투심이 느껴지진 않았다. 한밤중에라도 전화를 걸면 그가 득달같이 달려올 거라는 걸 나는 알고 있었다. 난 왕위를 박탈할 수 없는 왕비로 군림하고 있었다. 금발머리나 꿀피부 따윈 필요치 않을지도. 그에게 나는 소비의 대상이 아니니까.

나는 잼 바른 파이와 바닐라 아이스크림 세 조각을 먹어치우곤 청바지 단추를 풀면서 말했다.

"있잖아요, 어젠 섹스를 하면서도 아무 느낌이 없었어요……."

나를 덮칠지도 모른다는 두려움도 없이, 아니 그와는 정반대의 느낌을 갖고 있다는 걸 그에게 알리기 위해 일부러 그런 말을 했는지 모른다……. 에두아르도에게는 가당치 않은 내 행동에 스스로 매혹되어서 아무 말이나 거침없이 했다. 그가 시가를 꺼내 물고 오만방자한 나를 바라보며 미소 짓는 동안, 나는 그를 철석같이 믿으며 자아를 성장시키고 있었다.

앙투안을 다시 만나자 기분이 좋아졌다. 그도 결국 에두아르도가 내게 많은 호의를 베풀고 있다는 걸 인정하게 되었다. 사실 에두아르도를 만나고 나서부터 내 인생은 한결 순조롭게 풀렸다. 더 이상 터질 듯한 분노 때문에 움츠러드는 일도 없었으니까.

오후 시간을 나는 앙투안과 보냈다. 우리는 극장에서 영화를 보고 집으로 돌아와 크로즈비, 스틸, 내쉬 앤 영의 음악을 들었다. 저녁엔 겉치레지만 친교를 나눌 필요성 때문에 그다지 흥미롭지도 않은 친구들을 만나 떠들었다. 집으로 돌아와서는 부정확한 문법을 구사하는 학생들의 문장 앞에서 나도 헷갈려하면서 시험 답안지를 채점했다.

불을 끄고 나는 앙투안을 끌어안았다. 오늘 하루를 그와 잘 보냈다는 생각이 들어 기꺼이 그의 품에 안기기로 했다. 하지만 아주 만족스러운 섹스는 아니었다. 앙투안은 갈수록 상투적이 되어 오르가슴의 순간을 기다리게 하는 떨림을 안겨주지 못했다.

이탈리아를 여행할 때 느꼈던 그 낯선 아름다움은 어디로 간 것일까. 호텔을 들를 때마다 나는 조마조마한 마음으로 기다렸고, 그가 나를 받아들여주었을 때는 시간이 멈추어버린 것 같았다. 포르토피노에서는 육체에서 불꽃이 튕겨져 나오지 않았던가.

그런데 지금의 앙투안은 네스카페 하나 때문에 쪼잔하게 굴고 월말이면 허덕거리며 힘겨워하는, 내게는 양말을 빨며 투덜거리는 일상 같은 존재가 되어버렸다.

나는 앙투안을 향해 멋지고 너그러운 타인이 되어달라는 주문을 걸었지만, 그 마법은 눈 녹듯 사라져버렸다. 그는 이제 손가락으로 건성건성 애무를 하고, 때론 강간범처럼 무심한 눈길을 던지는 목석이 되어버렸다. 우리는 잠들기 전에 작성해야 할 서류를 가뿐히 해치우듯 섹스를 하곤 했다. 그가 나를 어떤 식으로 안을지, 오르가슴에 몰입하기 전 흥분된 마음으로 기다리는 내 귀에 대고 무슨 말을 할지도 빤해졌다.

바로 나의 앙투안, 내 아름다운 사랑의 실체였다. 낯선 감각들 속에서 나를 다른 곳으로 데려다주던, 그 꿈같은 공간은 어디로 가버린 것일까. 앞으로의 생을 위해 그때의 기억들을 마음속에 깊이 각인시켜두었다. 이제는 저당 잡힌 담보물처럼 밋밋한 섹스를 할 뿐, 쾌락 때문에 고통을 느끼지 않아도 되었다. 욕망에 젖어 나를 안아 달라고 애걸할 필요도 없었다. 나를 흥분시키려고 애쓰지도 않으니 쾌락으로 무너져 내릴 일도 없었다.

우리는 일상에 너무나 익숙해졌다. 저녁이면 쓰러질 듯 피곤해서 미지의 여행은커녕 몸을 움찔거리기도 싫었다. 앙투안이 늦게 귀가해도 나는 알아차리지 못한 채 쿨쿨 잠을 잤다. 내가 아닌 다른 여자가 그를 흘끔거려도 심란하지 않았고, 그가 은밀한 표정을 지어도 더 이상 두근거리지 않았다…….

그런데도 그를 아주 많이 사랑하고 있었다.

"앙투안, 올 여름 우리 약혼할까?"
"정말 그러고 싶은 거야? 자신 있어?"
"그럼, 자신있고 말고…….'

동기는 간단했다. 공식적으로 인정받고 싶은 마음 때문이었다.

올 여름이면 쉐브르푀이유 바디 샴푸 냄새와 뜨거운 열기를 느끼며 앙투안과 잠을 잔 지 꼭 일 년이 된다. 나는 만인이 지켜보는 가운데 우리 사랑을 축복받고 싶었다. 로잔에서의 생활은 나무랄 데 없었고, 사랑도 견고해진 느낌이었다. 이제 식을 올리는 일만 남은 것 같았다. 이런 대화를 나누는 우리를 본다면 미지의 아들딸 게이로드와 카롤린도 깡충깡충 뛰며 좋아할 것이다.

학교 수업은 별 탈 없이 굴러갔고, 에두아르도와 점심 식사를 하며 나는 영혼에 탄력을 얻었다. 앙투안과 보내는 오후 시간은 편하고 좋았지만, 언제나 너와 나라는 선이 그어져 있는 상태였다. 그게 나를 맥 빠지게 했다. 제품 인증을 받듯이 우리가 함께라는 사실을 인정받고 싶었다. 앙투안은 약혼하자는 내 말에 동의했다.

에두아르도에게 이 놀라운 소식을 전하자 그는 코를 찡그리며 말했다.

"결혼하고 싶어요?"

"그럼요……."

갑자기 내 스스로가 진부한 속물이 된 기분이었다.

"아! 그렇군요……."

순간 자동차의 속도가 느려지면서 호수의 빛이 사라지고 백조들이 목을 움츠린 채 헤엄쳐 가는 것처럼 느껴졌다. 나는 실언을 하고 말았다. 무엇보다도 내게 용기를 북돋아주던 그에게 실망을 안겨준 게 아닐까 두려움이 일었다. 나는 어리광을 부리듯 그의 소매끝을 잡아당기며 말했다.

"에두아르도……."

"네……."

"무슨 생각 하는지 말해줘요."

"아무 생각도 안 해요. 그저 검정 넥타이를 맨 홀아비처럼 조금 슬플 뿐이에요……."

그는 엷게 미소 짓더니 운전에 집중했다. 침묵이 이어졌다. 그는 나 때문에 가슴이 아픈 거였다. 자동차는 다리 밑을 달렸고, 우리는 부랑자처럼 창밖의 호수를 쳐다보았다.

에두아르도는 차에서 내렸다. 우리는 말없이 걷기만 했다. 모피 코트 속으로 목을 파묻고 가는 부인에게도, 추위에 떠는 연인 한 쌍에게도 눈길을 돌리지 않았다. 그가 속으로 괴로워하고 있는 듯해서 내 마음도 덩달아 복잡해졌다.

침묵을 견디지 못한 내가 먼저 말을 꺼내었다.

"에두아르도, 난 앙투안을 사랑해요."

"사랑이 뭐라고 생각해요? 습관적으로 섹스하고, 저녁을 먹고 글자 맞추기를 하고, 사랑하는 사람의 친구들이 오면 스파게티를 만들어주는 거?"

"그래요, 하지만 난 그렇게 사는 게 행복해요. 또 언제나 똑같은 날만 있는 건 아니겠죠. 앙투안이 나를 미국으로 데려가면, 거기서 우리는 진짜 인생을 살 거예요."

"그렇군요. 아이를 낳고 매일 엄마—아빠—오줌—똥 그런 말만 되풀이하면서요……."

따지고 보면 에두아르도의 말이 옳았다. 지금 나는 또 하나의 안전한 베란다로 숨어들려는 것이다. 하지만 이번에는 내가 자발적으로 원해서였다. 인생을 보장받기 위해서이고, 더 나은 남자를 찾으리란 확신이 없기 때문이었다. 게다가 에두아르도가 내 마음을 사로잡은 것도 아니었다.

순간 그가 장갑 낀 손으로 내 얼굴을 어루만지더니 부드럽게 입을 맞추었다. 한 번도 내 입술을 훔친 적이 없던 그가. 우리가 만나온 시간들을 떠올리듯 에두아르도는 새틴처럼 보드라운 키스를 오래도록 하였다. 그의 입술이 너무나 따뜻하고 편안해서 나는 키스가 멈추지 않기를 바랐는지도 모르겠다.

에두아르도가 다시 말했다.

"소피, 흰 드레스를 입기 전에 다시 잘 생각해봐요. 앞으로 당신이 할 수 있는 모든 걸 생각해보라구요. 평온한 결혼생활로 숨어들기 위해서 일시적으로 마음이 소강된 상태를 이용하지는 말아요. 당신이 제일 그리워하는 게 뭔지 알아요? 바로 아버지란 존재예요……. 그걸 알아둬요. 부성애적인 위로를 얻으려고 어리석은 행동을 하진 말라구요. 난 당신 곁에 있어요, 언제나 당신을 위해서 있을 거라는 거 잘 알고 있죠. 그러니까 쉽게 결론을 내리진 말아요."

그가 두 번째로 내게 키스를 했다. 그의 입술 안에서 내 존재가 산산이 흩어지는 느낌이었다. 그러나 당혹스러움을 느낀 에두아르도는 나를 호숫가에 혼자 남겨둔 채 맥없는 얼굴로 가버렸다.

나무들 사이에 홀로 남겨진 내 가슴으로 슬픔이 관통하고 있었다. 에두아르도를 좋아하기 때문에 그를 실망시키고 싶지 않았다. 하지만 앙투안을 사랑하고 있지 않은가. 에두아르도가 말하는 행복은 나를 도취시키고 열광케 하지만, 어두운 밤엔 철저히 혼자가 된 나를 마주하게 될 것이다. 하지만 앙투안과 함께 그려보는 행복은 소박하면서 따뜻하고, 모성애가 깃든 삶이 되리라.

그렇지만 지금의 나를 만든 건 에두아르도였다. 그의 바람대로 나는 스스로에게 만족하면서 예전보다 나은 생활을 하고 있었다. Z학원에 남아 얼마 되지도 않는 보수를 받으며 수업 도구들을 들고 꾸역꾸역 일하고 있었다면 어땠을까……?

에두아르도는 내가 혼자서도 성장해갈 수 있다는 사실을 증명해주었다. 베란다 없이도 홀로 온갖 위험을 무릅쓰며 모험을 할 수 있다는 것을.

하지만 부성에의 그리움에 대한 그의 생각을 어떻게 받아들여야 할까?

무책임하게 바람을 피우던 아버지 자미. "소피, 내가 널 얼마나 사랑하는지 아니?" 아버진 그렇게 말했지만 나는 진심으로 받아들이진 않았다. 나를 웃게 만들었고, 내 목을 간질이며 자지러지게 만들었던 아버지. 하지만 엄마를 흐느껴 울게 만들던 아버지였다…….

자미는 파리로 돌아와 급여 명세서가 나오고 사회보장 혜택을 받을 수 있는 안정적인 일자리를 찾았다. 그는 매일 저녁 식사 시간에 맞춰 정확히 일곱 시면 집으로 돌아왔다. 아내 카미유에게 입을 맞추고 나면 그는 아이들과 말놀이를 하다가 저녁을 먹으러 식탁으로 향했다.

소피와 필리프가 잠자리에 드는 시간이 되면, 자미는 침대 발치에 무릎을 꿇고 앉아 기도를 올리고 나서 아이들에게 뽀뽀를 해주곤 외출을 했다. 카미유에겐 어디를 다녀오겠다는 말도 없이.

왜 그랬을까? 카미유는 자미가 끌어안거나 옷 속으로 손을 집어넣어도 거부한 적이 없었다. 아비뇽의 미녀로 불렸던 그녀는 여전히 아름다웠으며, 아침마다 장을 볼 때면 시장 상인들에게서 그런 눈빛을 읽곤 했다. 그녀 자신도 이 사실을 잘 알고 있었다.

자미는 집을 나가면 아주 늦게서야 돌아왔다. 카미유는 부엌에 있는 팔걸이 없는 의자에 주저앉아 흐느껴 울었다. 아이들이 깨어나지 않도록 소리를 죽여서.

그런데 어느 날 밤, 그녀를 쳐다보고 있는 소피를 발견하곤 카미유는 깜짝 놀랐다. 그녀는 엉엉 울음을 터트린 딸아이를 끌어안았다.

"울지 마, 아가야. 엄마가 널 얼마나 사랑하는데."

"어른들만 울면 불공평하잖아……."

카미유는 딸아이를 안심시켜야 했다. 그래서 집안일이 너무 많아서, 청소기를 돌리고 걸레질을 하느라 힘들었기 때문에 잠시 슬펐던 거라고 설명해주었다. 그 말을 하고 소피의 머리를 쓰다듬어주면서 그녀는 생각했다. 사랑하는 아이들이 그녀가 살아가는 단 하나의 이유라고.

그 이유만 아니었다면…….

카미유는 매일 실망만 거듭했다. 자미를 도무지 이해할 수 없었다. 그는 집 밖을 나가면 사려 깊고 친절한 남편처럼 굴었지만, 집

안에서는 우울해했다. 일요일에는 신문으로 도피했고 축구 경기 결과에만 귀를 기울였다. 아내가 무거운 빨래통을 들고 일주일치 빨랫감을 세탁할 때도 모른 척했다. 아내에게 관심을 보이며 곁에 다가앉는 일도 없어졌다. 그는 오로지 "오늘 저녁엔 뭘 먹지?"라는 말만 하곤 글자 맞추기에 빠져들었다.

그와 유쾌하게 브리지 게임을 하고, 모건 자동차를 몰고 먼 곳으로 떠나는 일탈을 했던 적이 언제였던가. 베니스에서 꿈을 말하고, 타타로에서 극진히 대해주던 남편의 모습은 어디에서도 찾아볼 수 없었다.

카미유는 순응하고 체념하면서 그를 받아들이기로 했다.

하지만 이따금 신경이 몹시 날카로워졌다. 하루는 빨랫감을 카펫 위에 올려놓곤 현관 옆에 주저앉아 그가 도와주러 오길 기다렸다. 하지만 자미는 꿈쩍도 하지 않았다. 빨랫감을 옆에 두고 그녀는 화를 꾹꾹 눌러야 했다.

그렇게 일요일마다 치미는 미움과 후회를 삭여야만 했다. 무신경하고 자기밖에 모르는 남편과 어쩌자고 결혼을 한 것일까. 카미유도 물론 다른 걸 하고 싶었다. 책도 읽고, 글도 쓰고, 마로니에 가로수길을 한가롭게 산책하고, 돌봐야 할 아이도 없이 다른 아무것도 생각하지 않고서 오로지 자신만을 생각하면서 말이다. 마치 인생의 막간처럼.

자미는 끝내 빨랫감을 들어주러 오지 않았다. 카미유는 방금 전 느낀 분노를 드러내듯 빨래 뭉텅이 하나를 현관에 놓아둔 채 욕실로 들어가버렸다…… 눈물이 그렁그렁 맺혔다. 어쩌다 인생이 이렇게 되어버렸는지 모르겠다는 서글픈 생각이 밀려들어 가슴이 찢어지는 것 같았다.

그때부터였다. 남편 자미를 미워하기 시작한 건. 그는 더 이상 카미유에게 꿈을 꾸게 해주지 못했고, 그녀가 품은 열망에 눈높이를 맞추려 하지도 않았다. 그녀의 친구 오딜은 가정부를 두고 남편과 브리지 게임을 하고, 시골 별장으로 놀러도 가는데…….

자미는 집에 오면 말을 하지 않았다. 그는 가장으로서의 역할에 최선을 다하긴 했지만 스스로는 적성에 맞지 않는다고 느꼈다.

가장으로서 행동하며 그 규칙을 따르기가 점점 더 어렵다고, 그런 척하기도 힘들다고 어떻게 아비뇽의 처녀에게 고백한단 말인가? 나라에서 세금의 삼분의 일을 먼저 떼가는 제도에 돈 벌 마음도 깡그리 없어져버렸다. 그는 사회보장 명세서만 봐도 제도가 부조리하다는 둥 떠들어대었다.

하지만 그는 한 집안의 가장이었고, 또 젠느빌리에르[31])에서 수출부서를 맡은 부서장이었다. 그는 새벽 여섯 시면 일어나야 했다……. 그런데 카미유는 구형 자동차 팡아르를 사길 꿈꾸었고, 세탁기와 텔레비전을 새로 바꾸고 싶어 했다. 그녀의 바람대로 하려면 그는 야근을 하고, 굵은 멜빵을 메고 이빨 사이에 골루아즈 담배를

---

31) 일 드 프랑스 지방의 행정구.

잘근잘근 씹고 다니는 상사 라마뉴 씨에게 아부도 해야 했다. 특별 수당을 받고 승진을 하려면 라마뉴 씨의 비위를 맞추지 않으면 안 되기 때문이었다. 카미유를 위해서, 그녀가 남편을 자랑스럽게 여기 도록 하기 위해서 말이다.

그는 이따금 아무런 사심 없이 자신을 좋아해주고, 그가 좋아하는 일에 고분고분 따라주는 여자들이 그리웠다. 플로라가 그랬다. 그녀 는 별로 예쁘진 않았지만 상냥하고 사랑스런 여자였다. 플로라는 물 질적이고 현실적인 잡다한 의무들로부터 자미를 해방시켜주었다. 그럴 때마다 잠자리에서의 카미유가 떠올랐고 그녀의, 미소도 어른 거렸다. 행복하게 해주면 목을 끌어안던 그녀의 통통한 팔도 떠올랐 다……. 물론 갈수록 안는 횟수가 뜸해지긴 했지만.

카미유의 친구 오딜로부터 저녁 식사 초대를 받았던 날, 아내는 그를 무시했고 무능한 남편으로 취급했다. 그를 허깨비 쳐다보듯 바 라볼 때면, 당장 집을 나와 다신 그녀 곁에서 잠들고 싶지 않았다. 둘 사이에는 침묵만 커져갔고, 한꺼번에 모든 게 폭발해버릴까봐 서 로에 대한 비난은 입 밖에 꺼낼 수조차 없었다. 결국 상대에게 신경 을 끄고 살게 되었다.

그는 좀 더 편하고 쉬운 여자들을 열망하며 외출했다. 일 년 동안 그는 벼락이 내리치듯 매력을 발산하며 여자들을 만났다. 하지만 아 내에게는 들키지 않았다. 그는 좋은 해결책을 찾아내기라도 한 것처 럼 꽃을 한 아름 안고 집에 돌아오곤 했다. "내일 야근을 해야 해. 점 심 때는 라마뉴 씨를 접대하면서 와이프 수술이 잘되었는지도 물어봐야겠어."

하지만 다음 날 업무시간 종료를 알리는 벨이 울리기가 무섭게 자미는 필기구를 정돈하곤 외투를 들고 나왔다. 라마뉴 씨가 볼세라 그의 사무실 앞을 재빨리 지나쳐서. 그는 집으로 돌아와 소피와 필리프가 잠든 걸 보고 나면 카미유와 눈을 마주치지 않으려고 줄행랑을 쳤다. 어디서 누굴 만나든 무슨 상관이냐는 듯. 카미유가 기다림에 지칠 줄 뻔히 알면서 말이다……

자미가 끝까지 놓지 않은 유일한 끈은 바로 딸이었다. 딸은 그가 두려움 없이 좋아하는 단 한 명의 여자였다. 딸아이는 부부 간의 애정이 파탄난 걸 이미 알고 있기라도 한 것처럼 아무것도 캐묻지 않았다. 그러니 딸아이한테 굳이 말할 필요는 없었다. 자미는 딸을 무릎에 앉히고 긴 머리채를 들어 올려 새털처럼 가벼운 딸아이의 열기를 느꼈다……

먼저 떠날 결심을 한 사람은 자미였다. 카미유가 카펫 위에서 하얗게 밤을 지새웠던 어느 날이었다. 더 이상 애정을 느낀다거나 질투심을 느낄 여력조차 남지 않은 그녀에게 자미는 말했다.

"카미유, 나 결심했어. 우리 이혼해……"

자미는 변호사를 선임했다. 카미유는 가족과 오랜 친분이 있는 사람에게 도움을 청했다. 아이들은 카미유가 돌보기로 합의했는데, 그건 전적으로 자미가 원한 일이었다.

그는 아파트를 처분한 비용의 반을 요구했고, 음반과 책과 의자와 침대와 카펫과 접시, 칼, 포크도 반반씩 나누자고 했다. 프로방스식 전통 가구는 전축과 맞바꾸었고, 현관에 있던 서가는 거실 테이블과 바꾸었다. 한 치의 양보도 없이 그들은 모든 걸 정확히 계산했다. 함께 보낸 아름다운 시간은 깡그리 잊어버린 사람들처럼.

계산을 하는 데 지나치게 몰두한 나머지, 그들은 서로를 쳐다보지도 않고 옷과 편지와 보석들을 기계적으로 골라내었다. 유감스럽게도 뒤에서 아이들이 지켜보고 있다는 사실도 알아채지 못했다. 소피와 필리프가 손을 꼭 잡고 절대로 부모처럼 되진 말자고 약속했다는 것도.

각자의 몫에 맞게 모든 분배가 끝나자, 자미는 아이들과 카미유와 차례로 포옹하곤 집을 떠났다. 세 식구는 자미가 남겨놓은 금속으로 된 긴 의자 위에 나란히 앉았다. 카미유는 아이들을 끌어안고 이제 큰소리 나는 일도 없을 테고, 분노에 차서 서로 말을 안 하는 일도 없을 거라고 안심시켰다. 카미유의 나이 서른이었고, 소피는 여덟 살, 필리프는 여섯 살 반이었다……. 달랑 세 식구만 남게 된 거였다. 현관에 부부 이름이 나란히 새겨진 문패도 사라질 것이고, 오락시간에 "아빠한테 말해볼게요"라고 대답하는 일도 없어질 것이다.

카미유는 일을 해야 할 것이다. 사실 그녀는 직장에 다녀본 적이 없었다. 하지만 앞으론 돈을 벌어서 아이들의 학비와 아파트 월세를 꼬박꼬박 내야 했다. 또 저녁에는 쓴 돈과 쓸 돈을 계산하고, 아끼고 절약을 하여 낭비 없이 한 푼 두 푼 돈을 모아야 할 것이다. 이제 눈높이를 낮추고 집안의 가장이 되어야 하는 것이다.

그뿐만이 아니었다. 모든 걸 그녀 혼자서 해나가야 했다. 큰 침대에서 혼자 잠들고, 학부모 모임에도 혼자 나가고, 얘기를 들어줄 사람도 의논할 상대도 없을 것이다.

여하튼 카미유는 초등학교 교사 자리를 얻었다. 오후 다섯 시면 칼같이 퇴근할 수 있었고, 방학과 주말을 통째로 아이들과 보낼 수 있었다. 그녀가 발령받은 곳은 학생들이 선생님에게 반말을 찍찍 하고, 코를 후비며 말대꾸하는, 더럽고 불량하기로 소문난 20구의 학교였다. 그녀는 아침이면 소피에게 동생을 깨워 분말 초콜릿을 타서 데워 먹으라고 이르곤 일찌감치 집을 나왔다. 그러곤 붐비는 지하철을 타고 학교로 향했다. 수당을 조금 더 벌어보려고 구내식당 감독도 맡았다. 그래서 낮잠 시간에는 아이들을 살폈고, 학교 안마당도 한 바퀴 둘러봐야 했다. 참을 수 없이 졸음이 밀려와 마흔두 명의 아이들 틈새에서 깜빡 잠이 들 때도 있었다. 저녁에 집으로 돌아오면, 그녀는 필리프를 샤워시키고 소피에게는 암기를 시켰다. 그러곤 비프스테이크를 구워 저녁을 먹은 다음 잠자리에 들었다.

잠자리에 누운 카미유는 꿈을 꾸는 대신 이달에 지불할 돈이나 지방세나 경비로 빠져나갈 돈을 떠올렸다. 문득문득 자미 생각도 했다. 베니스와 타타로에서 그녀 마음을 단번에 사로잡으려고 그가 떠벌렸던 말을 떠올리며 길게 한숨지었다. 그때 자미는 '결혼은 로또 당첨'이라고 했다.

카미유는 모든 에너지를 아이들에게 쏟아부었다. 그녀는 아이들에게 이렇게 가르쳤다. "두 손 놓고 있지 말고 스스로 알아서들 해"라고. 아이들은 학교에 들어가 공부하게 될 것이고 독립적이고 자유롭게 클 것이다. 그녀는 부족함 없이 아이들을 키우고 싶었다.

필리프는 성공한 사업가가 될 테고 소피는 근사한 결혼식을 올리겠지. 아마 은행가나 재계의 거물을 만나서 결혼할지도 몰라. 혹시 알아? 멋진 왕자를 만나게 될지? 어쨌든 새벽마다 지하철을 타면서 구질구질하게 보낸 세월을 나중에 보상받게 될 거야.

카미유는 자신의 아이들이 멋진 왕자와 공주가 되길 꿈꾸었다.

나는 약혼을 했다. 핸들을 쥐고 싸늘한 눈길을 던지던 에두아르도와 그의 부드럽고 편안한 입맞춤의 기억에도 불구하고.

약혼식은 내가 유년을 보낸 아파트에서 치러졌다. 내 편에선 아버지, 엄마, 필리프가, 앙투안 쪽으론 워싱턴에서 온 부모님이 참석했다. 호감형의 멋있는 앙투안의 아버지는 현관에 들어서면서 아들에게 불현듯 이런 말을 던졌다.

"정말 진지한 거냐? 아니면 여자를 기쁘게 해주려고 하는 거냐?"

영어로 말했지만 나는 그 말을 알아듣곤 내심 놀랐다. 앙투안 아버지의 친절한 태도에선 오랜 세월 여자들을 유혹해온 남자의 모습이 엿보이기도 했다. 그의 엄마는 아들이 더 좋은 혼처를 찾을 수도 있었다면서 훨씬 더 공격적으로 나왔다……. 그들과는 달리 엄마는 너무나 감격해 있었다. 제멋대로 굴던 딸에게 이런 날이 오리라곤 예상도 못한 것처럼. 그래서 엄마는 아무것도 준비하지 못하고 약혼식 상차림을 전문 요리회사에 맡겨버렸다…….

나는 양가의 불편한 대화가 어서 끝나고 허기진 배를 채울 수 있게 벨이 울리기만을 기다렸다. 아버지는 위스키만 연거푸 들이켜고 있었다. 엄마는 어색한 자리를 무마하려고 잘 알지도 못하는 뉴욕과 워싱턴을 비교하느라 열을 올렸고, 필리프는 지루해하는 티가 역력했다. 앙투안은 자기 엄마 손을 붙잡고 로잔에서의 우리 생활과 대학 얘기를 하고 있었다. 나만 속으로 애간장을 태웠다. 명색이 약혼식인데 너무 허술하게 준비한 건 아닌가 하고.

그럼에도 칠월의 약혼식 날 나는 도망가지 않고 당당하게 거기 서 있었다. 늘 소유하는 것이 더 현실적이고 남다른 것이 더 아름답다고 여겨온 내가 드디어 파티의 여주인공이 된 것이다. 앙투안과 약혼식을 올리며 증인들이 보는 앞에서 반지를 끼게 될 줄이야.

아페리티프를 마시는 사람들 앞에서 앙투안이 내게 반지를 끼워주었다. 아버지는 위스키 잔을 계속 들고 있었고, 요리 회사에서는 아직 음식이 도착하지 않았다. 그는 어릴 때 필리프와 내가 술래잡기하던 복도로 데려가서 다이아몬드와 에메랄드가 박힌 부케도 건네주었다. 앙투안의 부모님이 아침에 사 들고 온 부케에는 카르티에라는 마크가 붙어 있었다.

나는 감격해서 어쩔 줄을 몰랐다. 앙투안이 내게 반지를 끼워주곤 손등에 키스해주는 모습을 물끄러미 바라보았다. 그는 말했다. "소피, 당신을 평생 사랑할게."

마침내 엔진 가동이다! 엷은 색의 금발에 카샤렐 상표의 꽃무늬 드레스를 입은 내게 앙투안이 열정적인 사랑을 고백하고 있었다. 나는 장차 시골의 작은 성당에서 결혼식을 올리고, 게이로드와 카롤린의 엄마가 되겠지. 그 장본인이 바로 나인 것이다. 큼지막한 반지와 앙투안의 얼굴을 번갈아 보다 복도 거울에 비친 내 모습을 쳐다보았다. 진심으로 행복했다. 그리고 그 순간 나는 결정을 내렸다. 그와 결혼할 거라고.

축하 전보들이 속속 도착했다. 개중에는 내가 잘 모르는 사람도 있었고, 이모들이나 뿔뿔이 흩어진 친구들에게서 온 전보도 있었다. 내가 좋아하는 두 사람, 라모나와 에두아르도에게서만은 아무런 연락이 없었다.

벌써 두 시가 되었다. 요리는 깜깜무소식이었다.

그 틈을 이용해서 사람들은 사진을 찍었고 내 반지를 구경했다. 아버지가 또다시 위스키 잔에 술을 따르자 엄마가 눈살을 찌푸리더니 필리프에게 턱으로 술병을 가리키며 좀 말려보라고 했고, 동생은 자기가 어떻게 그러냐는 듯 어깨를 으쓱거리고 있었다.

음반을 틀어놓고 우리는 정치 얘기를 나누었다. 케네디와 닉슨과 드골과 나토(북대서양조약기구)와 베를린에 대해서……

두 시 반이 되어서야 요리가 도착했다. 배달 직원은 늦어서 죄송하다며 부리나케 테이블을 차렸고, 임시 파견 나온 사람에게 빨리 서두르라면서 되레 그를 윽박질렀다.

세 시에 사람들은 딱딱한 파이와 전기구이 닭과 완두콩과 당근과 치즈와 배로 만든 푸딩이 차려진 테이블 앞에 자리를 잡았다.

아버지는 여전히 술잔을 들고서 오트 피레네와 몽블랑 산맥을 암벽 등반 했을 당시의 얘기를 하고 있었다. 앙투안 부모님은 '암벽 등반'이란 말에 혹해서 아버지 말에 귀를 기울였다. 엄마는 대화 수준을 국제적으로 바꾸려고 애썼다. 요리 회사에서 임시 파견 나온 사람은 내가 쓰던 방에다 따로 식탁을 차려주었다. 방이 너무 비좁아 그는 '탁자 끄트머리'에서 엉거주춤 음식들을 나르고 있었다.

슬슬 짜증이 일기 시작했다. 약혼식을 진행하는 측에서 실수로 여주인공인 내 역할을 빼버렸고, 나는 모든 약혼녀들이 누리는 기쁨조차 경험하지 못하고 말았다. 다른 약혼녀들은 온통 꽃다발(아버지는 아네모네 꽃조차 들고 오지 않았다)에 둘러싸여 샴페인 세례를 받고 세련되게 음식 서비스를 받던데, 나는 뭔가. 요리는 늦게 도착하고 대화는 갈수록 칙칙해지면서 참석한 사람들은 거북한 표정만 짓고 있지 않은가?

약혼식의 모든 과정들이 내 예상과 어긋나고 말았다.

이날이 오기를 얼마나 기다렸는데 처참하게 실패한 기분이었다. 또 한 번 레고로 지은 집이 무너져 내리는 것 같았다. 나도 남들처럼 약혼식을 치르고 싶었지만 고작 흉내를 내는 데에만 그쳤다.

낭패감을 뇌리에서 지워버리고 싶었지만, 하루가 끝날 무렵이 되자 그야말로 비통해지고 말았다. 아버지는 제조 연도를 갈아치우며 여러 병의 술을 마시곤 거실 소파에서 뻗어버렸다. 아버지를 보고 경악한 앙투안의 부모님은 서둘러 작별 인사를 하고 떠났다. 상황이 이렇게 돌아가자 필리프는 화가 나서 나가버렸고, 엄마는 아버지에게 저주를 퍼부으며 슬픔으로 무너져 내렸다.

앙투안과 나만이 남아 마냥 서 있었다.

앙투안은 나를 끌어안았다. 격조 있는 약혼식을 꿈꾸며 사람들에게 인정받으려 했던 노력이 수포로 돌아가자 계속 눈물만 흘러나왔다. 약혼 반지는 똑똑 떨어지는 내 눈물 속에서 반짝거렸다.

라모나는 절정으로 환하게 빛나는 얼굴을 연인의 가슴에 묻었다. 침대에서 두 사람은 세상 밖으로 사라지고 다시 현실로 돌아오기를 반복했다. 그렇게 그들은 열흘 낮밤을 잠시도 떨어지지 않고 지내었다. 그리고 서로의 눈과 손과 입술을 탐닉했다. 향내를 맡을 때처럼 경건하게, 한자리를 계속 맴도는 이슬람 수도승처럼 열의를 기울여 사랑을 나누었다. 아침에 깨어나면 크게 기지개를 켜며 웃음 지었고 배가 고파 죽을 것 같다며 소리를 지르기도 했다. 점심을 먹고 나면 저녁을 들었고, 거기다 포만감을 느끼려고 야식도 챙겨 먹었다.

오만한 술탄은 말했다.

"국물에 손가락이 들어가는 걸 싫어하고, 손톱에 설탕이 묻어도 핥아먹지 않으려는 여자는 조심해야 해요……."

식사를 마친 그는 플루트를 꺼내어 연주를 시작했다.

"플루트는 떠도는 공기처럼 비물질적인 소리를 만들어내요. 이렇게 기름진 식사로 배를 채운 다음엔 언제나 플루트를 연주하죠."

라모나는 미소를 띤 채 연인의 말을 귀담아들었다. 그러곤 카이로의 삼촌에게서 물려받은 남자의 우체부 복장에 몸을 기대었다.

"가족들 중 남자들은 모두 우체부가 되고, 여자들은 매춘부가 돼요. 이게 바로 방탕한 맘루크 족[32]의 선조들로부터 내려온 관습이에요."

그는 덧붙였다.

"하지만 당신은 그런 관습을 따를 필요가 없어요. 나도 꼭 필요할 때만 우체부로 일하고 있으니까요……."

맘루크 족이라면……. 라모나는 역사책을 읽을 때마다 그녀를 혼란스럽게 했던 그 전사들의 이름을 떠올렸다. 그들은 이집트를 정복하기 위해 코카서스 대초원에서 말을 타고 온 모험가들이었다. 궁정에 잇따라 음모를 일으키며 독약을 타거나 목을 조르거나 소매에 감춘 단도로 찔러 이집트의 마흔일곱 군주들을 암살했다. 그 거인들은 가늘게 찢어진 눈에 거대한 성기를 지니고 있었다. 수염에는 아침마다 달걀 흰자위로 칠을 하였으며, 어렸을 때부터 처녀성을 잃은 화류계 여자들하고만 성교할 수 있었다.

그들은 향료를 실어올 정크선을 보냈고, 베니스 총독의 궁을 약탈했으며, 팔다리를 잃은 여인들의 몸을 감싸기 위해 금실로 짠 화려한 직물을 훔쳤다. 그뿐만이 아니었다. 이슬람 회당을 세웠고, 건물

---

32) Mamelouks, 12세기 십자군전쟁 때 터키계 노예들로 구성된 술탄의 호위 기병대로 1250년 맘루크 왕조를 세워 1517년까지 이어짐.

안에서 보면 영롱하게 빛나는 다채로운 유리 궁전을 지었다. 또 그들은 편견이나 관습이나 예의 따윈 아랑곳하지 않았다. 노예들이 주인으로 군림하기도 했고, 그 아내들이 주인을 남몰래 살해하도록 교사하기도 했다. 그리고 기독교 왕국을 침범해서 도시를 포위하고 포로들을 성벽 안에 산 채로 매장했다.

오랜 싸움 끝에 뱃가죽이 갈라진 말들이 여기저기 널브러져 있던 어느 오후였다. 맘루크 족은 터키 정복자들에게 통치권을 빼앗기고 지방으로 뿔뿔이 흩어졌는데, 그곳에서 그들은 왕, 혹은 잔인한 자들로 알려졌다. 저녁마다 너무나 따분하다는 이유로 칼싸움을 벌여 열 명에 한 명 꼴로 죽어나갔고, 여자들한테서 성병까지 옮아 종족들의 수는 점차 줄어들었다. 하지만 그들은 아시아 대초원에서 온 거인들의 키와 외형을 그대로 유지했다.

라모나는 그런 생각을 떠올리며 맘루크 족의 자손이 연주하는 플루트 소리에 귀를 기울였다. 남자의 눈은 가늘게 찢어지지도 않았고, 매끈하게 다듬어서 말아 올린 수염에선 오만함과 생기가 엿보였다.

라모나가 어린 시절 센 강이나 제르비에 드 종크 산맥[33]에 대해 배우고 있었을 때, 남자는 우체부로 고용될 날을 기다리며 정크선의 노 젓는 법을 익혔을 것이고, 엑토르 씨가 다림추를 들고 손가락으로 그녀의 몸을 더듬으며 척추를 교정하고 있었을 때, 남자는 매춘

---

33) 론 알프스 지방의 아르데슈 행정구역 내에 있는 산맥.

부인 엄마가 목욕할 때 쓸 향내 나는 쐐기풀을 찾아 호수의 갈대숲을 헤엄쳐 다녔을 것이다……. 또 그녀가 댄스파티에서 춤을 추며 치근덕거리는 애송이들을 밀쳐내고 있었을 때, 남자는 낡은 회랑 밑에서 단단한 성기 때문에 찢어지는 고통을 감내할 여인을 기다리고 있었을 것이다……. 그리고 마침내 맘루크 족의 자손과 아우구스티누스 수녀회를 다니던 여학생이 만난 거였다.

남자는 생각에 잠긴 라모나를 빙그레 웃으며 쳐다보았다. 그는 기름기 도는 입술을 쓱쓱 닦더니 접시에 남아 있던 고기 몇 점을 그녀의 손에 쥐어주었다.

날이 어둑해지고 있었다. 그들은 오늘이 몇 년 몇 월 며칠 몇 시인지도 알지 못했다. 라모나는 자리에서 일어나려다 현기증으로 잠시 비틀거렸다. 남자는 그녀를 번쩍 안아들곤 아기처럼 흔들어주었다.

육체의 향연을 마치고 막 잠이 들려던 찰나였다. 남자는 생각이 복잡한 얼굴로 그녀에게 물었다.

"우연히 만난 서양 아가씨, 이름이 뭐죠?"

"라모나요……. 당신은?"

"데니……. 맘루크 족 최후의 왕과 같은 이름이죠……."

그날 밤 라모나는 소피의 꿈을 꾸었다. 소피는 정크선에서 내려 그녀의 이름을 크게 부르며 달려오고 있었다. 라-아-모-오-나-아……. 한 자 한 자 소리칠 때마다 소피의 눈에서 으깨진 딸기 같은 붉은 눈물이 뚝뚝 흘러내렸다. 라모나는 꿈에서 깨어 벌떡 일어났다. 그러곤 거인의 침대를 둘러싼 어둠 속에서 고함을 내질렀다.

데니는 악몽을 꾼 그녀를 품에 안았다.

"라모나, 나쁜 꿈을 꾸었어요? 베개 밑에 있는 파리채로 악몽을 쫓아줄까요?"

"꿈에 나타난 건 내 친구 소피였어요. 소피한테 내가 필요한 게 분명해요. 하지만 나는 이렇게 멀리 떨어져 있는데……. 어떡하죠! 데니, 도와줘요……."

데니는 라모나의 턱을 쓰다듬었다. 그는 아기처럼 발그레한 피부와 실처럼 가는 머리카락을 가진 여인을 어루만지며 생각했다. 안락함에 대한 환상을 좇으며 하찮은 기계 문명 속에서 길을 잃은 이 가엾은 서양 여인을 어떻게 도울까 하고…….

데니는 해야 할 일을 생각하면 곧바로 파라오로 돌변했다.

"죽음의 계곡에 묻힌 나의 조상들을 찾아가서 물어봐요. 그들이 우리한테 현명한 조언을 해줄 거예요……."

태양이 뜨기도 전에 데니는 이웃에 사는 친구를 만나러 갔다. 친구는 챙이 없는 둥근 펠트 모자를 파는 상인이었다. 데니는 친구에게 돈을 꾸곤 여행에 축복을 빌어달라고 했다. 그리고 파라오들이 잠을 깨우는 것에 부디 노여움을 품지 않도록 기도해달라고 청했다.

데니와 라모나는 갈대숲에서 잠을 청하면서 몇 날 며칠 동안 노를 저었다. 그들은 수에즈 만과 홍해를 거슬러 갔고, 떼를 이룬 양서류의 동물들을 가로질러, 드디어 저녁 무렵 코세이르 마을에 당도했다. 데니는 낙타를 빌렸다. 그리고 왕들과 죽음의 신이 거처하는 계곡에 이르렀다.

데니가 말했다.

"공기를 폐 깊숙이까지 들이마셔요. 그래야만 조상들과 만났을 때 그들이 말하는 진실을 이해할 수 있어요. 하지만 표면적인 이해에 그친다면, 들뜬 여행객들이나 공기를 더럽히는 관광버스들, 신성을 모독하며 사진만 찍어대는 사람들만 보고 나오게 될 거예요. 그러니까 눈을 감고 크게 숨을 쉬면서 당신 친구 소피에 대해 아주 강렬하게 생각해요. 그러면 낙타가 알아서 우리에게 메시지를 전해줄 파라오의 무덤 앞에 멈춰 설 거예요……."

무덤을 가로지르고 있을 때 낙타는 졸음이 오는 멍청한 눈으로 갈팡질팡했다. 라모나는 데니의 말을 정말 믿어야 하는 건지 의문이 일었다. 낙타의 굽은 등에 올라앉은 데니는 평온한 눈길로 네 발 달린 짐승이 이끄는 대로 따라갈 것처럼 보였다.

그런데 갑자기 낙타가 멈춰 서서 꼼짝하지 않았다. 세티 1세의 무덤 앞에 멈추어 선 채, 낙타는 뻣뻣하게 사지를 뒤틀더니 불구가 된 것처럼 풀썩 무릎을 꺾었다. 데니는 라모나를 낙타에서 내리게 했다. 두 사람은 파라오들을 가까이서 볼 수 있는 길로 접어들었다. 긴 통로를 따라 정방형으로 된 여러 개의 홀과 네 개의 기둥이 있는 방 하나를 지나쳤다. 그러곤 돌계단을 내려가 제단 앞에 고개를 숙여 인사를 한 다음, 마침내 좁다란 입구에서 걸음을 멈추었다. 세기를 거듭해서 낙서가 새겨진 곳이었다.

"다른 메시지들 속에서 당신 친구를 위한 메시지가 나타날 때까지 기다려요. 내 조상들은 메시지를 전달할 때 이런 절차를 거쳐요. 글자가 적힌 몇 개의 석판들을 내보인 다음 그중 단 하나만 눈에 띄게 남겨두죠……."

그들은 안쪽 벽면을 마주하고 앉았다. 신의 메시지를 놓치지 않으려고 두 눈을 부릅 뜬 채로.

메시지를 먼저 본 사람은 라모나였다. 벽면에 글자들이 갈색으로 나타나더니 점점 커져서 서양 글자로 바뀌고 있었다. 그제서야 라모나는 그 말을 해독할 수 있었다.

너 자신이 되어라.

라모나는 그 말을 암송하듯이 읊곤 살갗에 새겨 넣었다. 그리고 그들은 무지한 인간들의 세상으로 나와 다시 정크선 위에 몸을 실었다…….

라모나와 데니는 왕들의 계곡을 여행하고 돌아와서 이틀 동안 잠을 잤다. 심하게 요동치며 불안정하게 흔들리는 낙타를 탔던 게 화근이었다.

데니는 아침에 깨어나더니 말했다.

"펠트 모자를 파는 친구의 돈을 갚아야겠어요. 혼자 있으면 슬프거나 쓸쓸하지 않겠어요?"

데니는 라모나를 걱정하면서 마르코 폴로가 쓴 『동방견문록』을 읽어보라고 권했고 연필과 파피루스도 건네주었다. 그가 언제 돌아올지는 알 수 없었다. 돈을 벌려면 힘겹게 일을 해야 할 테니까.

라모나는 이렌느 성녀만큼 정숙하리라 마음먹었다. 멀리 연을 날리듯이 인내심도 가질 것이며, 셔벗 아이스크림처럼 부드러운 여자가 되겠다고 약속했다. 그 말에 데니는 들고 있던 짐 보따리를 내려놓고 주저앉을 뻔했다. 하지만 그는 건장한 뒷모습을 보이며 좁은 길 위로 서서히 멀어져갔다. 그걸 바라보면서 라모나는 문득 버림당한 기분이 들었다.

그녀는 집으로 돌아와 차를 마시려고 물을 끓였다. 왠지 허전하고 가슴이 뻥 뚫린 것만 같았다. 우두커니 서 있던 그녀는 바닥에 깐 다다미 한 조각이 떨어져나간 걸 보았다. 언젠가 바다로 나간 남편을 기다리며 뜨개질하던 이웃집 여자를 떠올리며 그녀는 다다미 한 조각을 끼워 넣었다.

집 밖으로 나오자 종려나무마저 슬픔의 징표처럼 여겨졌지만, 그녀는 그 아래에서 마르코 폴로가 쓴 모험담을 읽었다……. 밤이 되어 더더욱 혼자가 된 기분을 느낀 라모나는 소피에게 편지를 쓰기로 했다. 파피루스와 연필을 꺼내어 침대 위에 웅크리고서 연필로 한 자 한 자 글을 써나갔다.

사랑하는 소피,

지금 나는 행복해……. 너무나 행복해서 반은 넋이 나가버렸지.

데니란 남자에 대해 어떻게 써야 할지 모르겠어. 그는 나와 이란성 쌍둥이 같단 기분이 들지만 나에 대해 뭐라고 말하기 힘든 것처럼, 그에 대해서도 마찬가지란다.

　기억하니? 네가 황망한 눈으로 내게 고백하러 왔던 날을 말이야. 너는 처음으로 섹스의 전율을 느끼곤 그걸 온몸이 마비되는 떨림이라고 표현했지. 그 떨림이 너를 완전히 무기력한 노예 상태처럼 만든다고 했어. 나는 이제야 그 섬광 같은 떨림이 무언지 알게 되었단다.

　데니와 처음 사랑을 나눈 날이었어. 우연이었을지 모르지만 그의 육체에 내가 단단히 뿌리를 내린 듯한 느낌이 들었지. 마치 단단히 매듭 짓는 것처럼. 그런 느낌을 발견하곤 그게 어디서부터 비롯되었는지 이유를 알아내려고 정말 골머리를 앓았단다.

　결국 알아낸 것 같아. 네가 시도했던 체위를 똑같이 해보고서야 난 깨달았어. 흔히 잡지에서 그런 걸 여성 상위라고 부르더군. 데니 위로 올라가서 그의 둔부를 움켜쥐고, 그의 성기 주위로 방향을 바꾸면서 몸을 움직이자 끝도 없는 쾌감이 만들어지면서 오르가슴을 느낄 수 있었어. 그렇게 내 몸 안에서 짜릿한 쾌감의 첫물을 탄생시킨 거야.

　육체의 떨림은 결코 신비로운 게 아니란 걸 네게 말하려는 거야. 쾌감은 체위에 따라서 기계적인 동작으로 얼마든지 만들어낼 수가 있어. 그런 사실이 슬프긴 하지만, 네가 섹스를 정말로 좋아한다면 단순한 육체적 쾌락을 너 스스로 승화시킬 수도 있을 거야.

　너를 노예로 만드는 쾌락이 아닌 자유롭고 독립적인 기쁨을 주는 쾌락을 느껴보렴. 남자에게 종속되지 않고도 네 육체는 전율을 만들어낼 힘을 갖고 있으니까……

　며칠 전 죽음의 계곡에서 나는 파라오가 너에게 전달하는 메시지를 보왔단다. 나중에 그걸 돌조각에 새겨서 보낼게. 너는 참된 행복의 비밀을 간직하게 될 거야. 마음의 균형을 이루길 바란다.

너를 사랑하는 라모나.

라모나는 편지 봉투 뒷면에 데니의 얼굴을 그리고 싶었지만 연필심이 부러지고 말았다⋯⋯.

데니는 팔 일이 지나서 돌아왔다.

라모나는 집 앞 계단에 책상다리를 하고 앉아 그를 기다렸다. 창백한 얼굴이 파리해져서 먹빛이 될 때까지. 집에 돌아온 데니는 자신을 기다리고 있는 라모나를 보고 너무 감격해서 그녀를 허공으로 번쩍 들어 올렸다. 어찌나 높이 던져 올렸던지 그녀는 지상에서 종적을 감추는 줄 알았다. 그는 늪지에서 거꾸로 뒤집어진 거대한 고대 동상을 가져왔고 르네 뤼시앙이라고 이름 붙인 말라깽이 고양이도 선물로 건네었다.

데니는 자신이 그녀와 하나로 엮인 것 같다며 미루어왔던 사랑 고백을 했다. 라모나는 그에게 안아달라고 간청했다. 그들은 잔디에 누워 부드럽게 서로를 끌어안았다. 고양이 르네 뤼시앙과 뒤집어진 동상이 두 사람을 지켜보는 앞에서⋯⋯.

십이월의 고요한 아침이었다. 눈을 돌릴 때마다 부연 햇살이 변화무쌍하게 빛깔을 바꾸고 있었다. 라모나는 둥글게 부풀어 오른 배를 데니에게 보여주었다. 두 사람 사이에 아기가 생긴 거였다.

데니는 아기가 태어나면 자유롭게 뛰놀 수 있기를 바라며 집 층수를 올려야겠다고 생각했다. 그는 대나무 그네와 이동식 요람을 그려서 라모나에게 보여주더니 그녀를 번쩍 안아서 곤돌라로 데려갔다. 데니는 그녀에게 하루 종일 여기서 꼼짝하지 말라고 일렀다. 얼마 후면 태어날 아기를 위해 소중한 숨결을 아껴두라면서.

하지만 라모나는 뱃속의 아기와 걷고 싶다면서 깡충거리며 다녔다. 데니가 화난 표정을 짓자 그제서야 라모나는 가만히 있겠다는 약속을 했다. 벌써 임신 구 개월째였다.

아기는 라모나가 잠들었을 때 태어났다. 붉고 미끌거리는 태반은 고양이 르네 뤼시앙이 싹싹 핥아서 닦아주었다. 데니는 아기의 목을 손으로 받쳐 들고 가서 부모님을 모시고 왔다. 데니가 직접 받은 아기였다. 그는 아기의 손가락을 움직여보더니, 또랑또랑한 눈망울을 보며 감탄했다. 곧바로 라모나를 깨워 이 행복한 순간을 공유하면서 아기를 보고 또 보았다. 곱슬거리는 젖은 머리카락과 검게 빛나는 커다란 눈. 젖을 빠는 시늉을 하는 아기 입술을 라모나는 조심스레 어루만졌다.

주름으로 뒤덮인 엉덩이만 보아선 아기의 성별을 알 수가 없었다. 데니의 부모님은 세상에 갓 나온 아기의 성별을 빨리 알려고 하는 건 무례한 짓이라며 막아 세웠다. 아들인지 딸인지도 모른 채 그들은 입맞춤을 하고 선물도 건네었다. 데니가 아기를 둥둥 얼러주며 얘기하면 아기는 초롱초롱한 눈망울로 귀 기울여 듣고 있었다. 그런 아기를 보자 데니는 참지 못하고 결국 아기의 두 다리 사이로 무례하게도 손가락을 집어넣었다. 그는 일직선으로 또렷이 균열이 가 있는 작은 성기를 부모님과 라모나에게 보여주었다.

성별을 알아내자마자 데니는 아기 이름을 짓자고 했다. 그는 귀엽고도 몽환적인 이름을 원했지만 아무리 생각해봐도 마땅한 이름이 떠오르지 않았다. 그는 라모나에게 네 개의 이름을 말해보라면서 종이에 또박또박 받아 적었다. 라모나는 이름을 말했다. 소피, 이피제니, 랩소디, 캐러멜……. 데니는 아기에게 종이 네 장을 하나씩 차례로 내밀었다. 그러자 아기는 깊은 생각에 잠긴 듯한 표정으로 종이들을 바라보더니 오른쪽에서 세 번째 것을 골랐다.

맘루크 족의 우체부와 파리에서 온 여자 사이에서 태어난 딸은 이피제니라는 이름으로 이스마일리아 호적에 오르게 되었다.

접대란 측면에서는 빵점에 가까웠지만 여하튼 나는 약혼식을 치렀다. 약지에 낀 반지를 본 사람들은 미소 지었고, 빵가게에 가면 반짝거리는 내 손가락을 향해 감탄사가 쏟아졌다. 학교에서도 낭만적인 학생들에게 나는 동경의 대상이 되었다. 나는 더 이상 내키는 대로 갈아치울 수 있는 동거녀가 아니라 책임감을 짊어지고서 현실에 한 발을 내디딘 거였다.

스위스의 방학 기간은 짧아서 나는 미국으로 떠난 앙투안보다 일찍 로잔에 돌아왔다. 그날 이웃집 남자가 벨을 눌렀을 때는 작은 아파트에 나 혼자뿐이었다. 문밖에 선 이웃집 남자는 스위스 군복을 입고 있었다. 그는 군 복무 중이었는데, 실제로 스위스 젊은이들은 국제 분쟁이 생길 경우를 대비해 일 년에 한 달간은 무기 다루는 교육을 받아야 했다.

"안녕하세요……."

핸섬한 남자였다. 국방색 군복을 입고 짧게 깎은 머리에 호리호리한 몸매였다. 짙은 눈썹과 새하얀 치아를 가진 그는 날렵하고도 예의바른 스타일이었지만, 어딘지 악동 같은 이미지를 풍겼다. 우리는 층계에서 몇 번 부딪친 적이 있었고, 마주칠 때마다 서로 수줍게 웃으며 "날씨 좋죠?" "덥죠?" "쌀쌀하죠?" 이런 말을 던지곤 했다. 한마디로, 무성영화에서처럼 눈짓으로 서로를 알아버린 느낌이었다.

"건물에서 대피 훈련 한다는 걸 알려주려고 왔어요. 지하실로 내려가야 해요."

스위스의 현대식 건물은 샤워실과 화장실, 비누와 비상식량이 들어 있는 상자와 담요, 문에 방탄 장치가 된 대피소를 갖추고 있었다. 아파트에 입주할 때 잠깐 들러본 적은 있지만 이렇게 연습에 동참하리라곤 상상도 못했다.

군복 입은 이웃집 남자의 뒤를 따라 지하실로 내려가보니 건물 주민들이 모두 모여 있었다. 그들은 폭탄이 머리 위에 떨어지기라도 한 것처럼 잔뜩 긴장하고 움츠린 얼굴들이었다. 이웃집 남자 말고도 군복 입은 남자들은 몇 명 더 있었다. 그들은 방독면 착용법과 독가스가 발생했을 때 반대 방향으로 바닥에 눕는 대처법들을 알려주었다.(그런 걸 내가 어떻게 알겠는가?) 그러곤 여자들과 주부들, 보통 남자들과 힘센 남자들로 나누어서 각자 어떤 일을 해야 하는지 역할 분담도 해주었다.

웃음이 나오는 것을 애써 참으면서 나는 곁눈으로 이웃집 남자를 보았다. 그는 자국의 이런 제도들을 신뢰하고 있고 본분에 매우 충실한 것처럼 보였다. 대피 훈련이 시작되었다. 사이렌이 울리자 여자들이 분주히 움직였고 남자들은 방탄 문부터 잠갔다. 모든 행동들이 과장되게 여겨졌지만 나는 그들이 시키는 대로 따라했다. 지금 해보지 않으면 나중에 멍청하게 굴지도 모르니까.

훈련을 모두 마치자 사람들은 민첩하게 대응했다며 서로 인사를 주고받았다. 대장인 양 지휘하던 이웃집 남자는 사람들에게 자신의 집으로 가서 맥주나 하자고 제안했다. 그의 스튜디오는 아파트에서 제일 작았지만 테라스는 꽝장히 넓었다. 그는 사람들 앞에서 프랑스에 경의를 표한다고 소리치며 샴페인을 땄다. 나는 얼굴이 새빨개져서 수줍게 감사의 말을 했다.

저녁 열 시쯤 되자 사람들은 모두 떠나고 그와 나 단둘이 남게 되었다. 거품이 이는 크뤼그 맥주를 마시며 얼굴이 붉어진 나는 쾌활하게 떠들었다. 보조개가 움푹 팬 그는 초록색의 그윽한 눈으로 나를 지그시 바라보았다. 날씨가 따뜻해서 우리는 테라스로 나갔다. 나는 그의 다리에 머리를 얹고 누워 여러 가지 얘기를 했다. 인생 얘기라든가 여럿이 있을 때 대화하기 힘들었던 얘기들을. 프랑스와 스위스의 생활비 차이와 스위스의 백포도주 맛과 프랑스의 적포도주 맛이 어떻게 다른지에 대해서도……

우리 둘은 끝도 없이 얘기했다. 이웃집 남자는 "우리 두 사람을 위해서 이까짓 거쯤이야"라며 병마개를 또 땄고, 술을 마시면서 어색한 감정이 사라지는 기분이었다. 나는 자칫 낯선 남자에게 빠져 길을 잃을지도 몰랐다. 샴페인 병마개를 터트리며 내 귀 뒤로 거품을 뿜어 올리던 그는 내 목을 살짝 혀로 핥으며, 이렇게 하면 행복을 가져다준다고 얘기했다. 그가 점점 더 멋져 보였다. 그를 만지고 키스하고 싶은 욕망이 일고 있을 때, 그가 먼저 내게 입을 맞추었다. 달콤하고 좋았다……. 그의 품에 안겨 '사랑스런 나의 대피소'라고 말하던 나는 위험 수위에 이르고 말았다. 남자는 미소 띤 얼굴로 또다시 입을 맞추더니 내 티셔츠 속에 손을 집어넣었다. 눈을 감은 채 나는 그의 손길과 입술을 음미하고 있었다.

이웃집 남자가 일어나 군복 단추를 풀고 내의를 벗을 때서야, 나는 퍼뜩 정신이 돌아왔다. 젠장, 난 약혼한 여자잖아! 앙투안이 아닌 다른 남자와 대체 뭘 하려는 거지? 끓어올랐던 욕망이 거품처럼 금세 사그라졌다. 손가락에 낀 지 얼마 되지도 않은 내 약혼반지조차 기억하지 못할 뻔했다. 발코니의 시멘트 바닥으로 나동그라지듯이 내려온 나는 더듬거리며 바보 같은 변명을 늘어놓았다.

"미안해요, 내가 약혼했다는 걸 깜박 잊었어요. 하지만 기분은 좋았어요."

이웃집 남자는 당황한 얼굴로 나를 쳐다보았다. 나는 그의 집을 빠져나와 옆에 있는 내 집으로 후다닥 뛰어 들어왔다.

젠장, 젠장 젠장! 나는 절대로 변하지 않을 거야. 정조를 오래 지키지 못할 거라구. 나 자신이 너무나 미웠다……. 그런 행동을 한 것이 너무나 후회되었다. 이웃집 남자와 낚시나 했더라면 좋았을걸. 아무 말 없이 조용히 앉아 낚싯대를 드리우고 있다가, 상대의 이름도 모른 채 입맞춤만 했더라면 좋았을걸.

나는 눈을 감고서 내 정체성을 깡그리 잊은 채, 이국의 남자가 내 위에서 몸을 흔드는 모습을 갈망했다. 내일이란 없다고 생각하며 쾌락을 즐기는 것, 열렬한 사랑에 대한 알리바이도 없고, 가족에 대한 생각도 하지 않고, 인생의 여담처럼 섹스를 즐기는 것을 그리고 있었다. 핸섬한 이웃집 남자 집에서 방금 뛰쳐나왔으니 그 모든 갈망들은 물 건너 가버렸다. 그런데도 마음이 부대끼고 있었다. 욕망이여, 멀리멀리 물러가렴…….

일주일이 흘렀다. 나는 이웃집 남자를 피해 다니며 학생들 과제물을 고쳐주느라 정신없었고, 앙투안에게는 열정에 가득 찬 장문의 편지를 썼다. 편지마다 사랑한다고 되풀이해서 적으며 그가 없으면 죽을 것 같다고 아우성쳤다. 하지만 이웃집 남자가 반투명 유리 칸막이 너머로 넘겨다보면, 옷을 홀홀 벗고 발코니에서 햇빛을 쬐곤 했다.

새 학기가 시작되면서 가르치는 학생들도 바뀌었다. 포도송이들이 한창 익어갈 즈음이었다. 구월의 어느 날 내 다이아몬드 반지를 붉게 물들이며 해가 지는 광경을 물끄러미 보고 있는데 전화벨이 울렸다.

"밀라노에서 온 전화입니다……."

안내하는 여자의 음성이 들렸다. 에두아르도……. 곧이어 그가 수화기에 대고 말했다.

"내일 알이탈리아항공 749편 비행기로 제네바에 가요. 공항에 나와줄 수 있어요?"

"물론이죠. 기꺼이 그렇게 하겠어요."

이튿날 나는 제네바—쿠앙트랑 공항에서 그를 기다렸다. 시간에 늦을까봐 일찌감치 도착했지만, 실은 공항을 어슬렁거리며 상점들도 구경하고 여행자들이 이별하고 재회하는 장면도 보고 싶었다. 공항을 서성거리며 나는 머릿속에 떠오르는 대로 소설을 구상하고 있었다. 사랑에 얽힌 얘기, 유산을 배분하고 화해한다는 얘기, 아랍 터번을 두르고 카르티에 007가방을 들고 있다거나 격렬하게 포옹하는 사람들을 보면서 첩보 얘기도 떠올렸다……

그러는 사이 에두아르도가 탑승한 비행기가 도착했다는 안내방송이 흘러나왔다. 나는 화장실로 달려가 옷매무새를 살폈다. 오는 동안 머리가 눌리진 않았는지 화장이 번지진 않았는지 꼼꼼히 확인하면서. 다 괜찮아. 나는 에두아르도가 못 알아보게 반지를 뒤로 돌려놓곤 고개를 흔들어 일부러 머리를 헝클어트린 다음 여행객들이 나오는 출구로 갔다.

저만치 에두아르도가 보였다. 잘생기진 않았지만 한눈에도 그는 이탈리아 사람다웠다. 눈 밑에 그늘이 져서 피곤해 보였고, 하관은 더 길고 뾰족해져 있었다. 미소 짓는 그의 입가로 살짝 금니가 엿보였는데, 숱 없는 머리가 휙 날리자 성가신 듯 손으로 쓸어 넘겼다.

그는 기다리고 있던 나를 바로 알아보았다. 이 남자만의 독특한 매력을 나는 새삼 눈여겨보았다. 그럴 때면 듬성듬성한 머리숱이라든가 치아 사이에 박힌 금니라든가 피곤한 얼굴 따윈 눈에 들어오지 않았다. 그가 내 가슴에 던지는 꿈만을 단단히 움켜쥘 뿐이었다.

"에두아르도……."

"소피……."

오랜만에 서로를 부둥켜안자 가슴이 먹먹했다. 그렇다고 눈물을 흘린다는 건 어불성설이다. 여하튼 육 주 동안 그는 나란 존재를 완전히 잊고 지냈을 것이다……. 그의 부드러운 입맞춤에도 불구하고 나는 약혼을 했다. 하지만 서로를 끌어안은 순간 모든 용서가 이루어진 셈이다.

"당신을 위한 좋은 소식이 있어요……. 자격이 되는지는 모르겠지만……."

에두아르도의 말에 담긴 뜻이 무엇인지 호기심이 일었다.

참지 못하고 나는 그의 팔에 매달려 물었다.

"그게 뭐죠? 뭐냐구요?"

"당신에게 어울리는 새 일자리를 찾았어요. 그야말로 판타스틱하다구요!"

"자꾸 애를 태우면 사람들 보는 앞에서 바닥을 데굴데굴 구를 거예요."

내가 협박했지만 그는 이렇게만 대꾸했다.

"서프라이즈……. 서프라이즈……."

그러곤 입을 다물었다.

조금 후에 에두아르도는 내 팔을 붙잡고 눈에 스파크를 일으키며 말했다.

"나를 따라올래요?"

"물론이죠."

언제나 에두아르도가 하라는 대로 따르지 않았던가.

그는 제네바 도심으로 향하는 길로 들어섰다. 약혼식은 어땠는지, 기분이 좋았는지는 한마디도 묻지 않았다. 그러곤 라 트리뷴 신문사 앞에 차를 세웠다. 스위스인들이 많이 구독하는 그 신문사에 에두아르도는 정확한 소식통의 정보들을 건네고 있었다.

"여기서 내려요."

그는 단도직입적으로 말했다.

"여긴 왜요? 신문사에서 뭐 공표할 일이라도 있나요?"

"농담 그만해요. 진지한 태도를 보이라구요. 이제 곧 새 직장 우두머리와 면담을 할 테니까. 이 신문사의 편집장 샤르동 씨와 말이죠."

"새로운 직장 우두머리라뇨? 난 이미 일자리가 있는 걸요! 전화로 내가 유서 깊은 학교에서 프랑스-라틴 역사를 가르치고 있다고 말했을 텐데요."

"변화를 갖고 싶지 않아요? 기자가 되는 거 말이에요."

"기자가 되고 싶은 꿈은 있었지만, 그럴 수 없다는 걸 잘 알잖아요."

"왜죠?"

"이런 데서 일하려면 사람들도 알아야 하고, 누군가의 소개를 받거나 뒤를 밀어주는 사람이 있어야 하니까요. 나는 그런 게 아무것도 없거든요……."

"어쨌든 그런 바람은 갖고 있죠?"

"그럴 수만 있다면 얼마나 좋겠어요. 한밤중에 공상을 할 때면 일간지 리포터가 된 나를 상상하곤 했어요. 니콘 카메라를 매고 특종 기사들을 쏟아내는 거목 리포터 말이죠……."

"한 가지는 확실해요. 처음부터 그런 리포터가 되진 못해요. 하지만 원한다면 라 트리뷴 신문사에서 일하도록 샤르동 편집장한테 소개시켜줄게요. 샤르동 씨하고 보름 전 밀라노에서 저녁 식사 할 기회가 있었는데, 그때 그러더군요. 리포터 연수생을 찾고 있다고요. 당신 얘길 했더니 한번 만나보자고 하더군요……."

나이가 오십쯤 된 샤르동 편집장은 담갈색 머리에 배가 튀어나와 있었다. 그는 수염을 기르고 안경을 쓰고 있어 프로라는 인상을 주었다. 의자에 기대앉아 배에 손을 얹은 샤르동 씨는 여유 있는 표정으로 나를 보고 있었다. 어색한 분위기 때문에 등줄기에서 땀이 났다. 온몸에 붉은 반점이 돋은 것처럼 벌겋게 상기된 채, 에두아르도가 나를 소개하길 기다렸다. 샤르동 씨는 안경 너머로 흘끔흘끔 나를 보면서 에두아르도의 얘기에 귀를 기울였다. 진땀을 흘리는 내 모습에서 내향적인 면을 발견했을 것이다.

에두아르도가 말을 마치자, 그는 언제부터 일을 할 수 있느냐고 내게 물었다. 인생에서 더없이 좋은 기회를 잡은 것 같다는 생각이 들어 나는 얼른 대답했다.

"삼 주 후, 시월 일일부터요."

(마음씨 좋은 편집장에게 내가 또 뭐라고 했었지?)

"시월 일일이라면 좋아요."

샤르동 씨가 고개를 끄덕였다. 인터뷰가 끝났다는 걸 의미했다. 나를 소개시켜준 에두아르도에게 고맙다는 생각이 들어 그의 손을 꼭 잡았다. 나는 라 트리뷴 신문사의 연수생으로 채용되었다. 내 운명이 왼쪽으로 반 바퀴를 돌아 새 인생으로 접어든 것만 같았다. 경황이 없었던 터라 성과급이 얼마인지, 출근 시간은 몇 시인지, 정확히 내가 무슨 일을 하는 건지도 묻지 못했다. 흥분된 상태에서 모든 일이 얼렁뚱땅 이뤄진 것만 같았다. 내게 무슨 일이 일어났는지도 실감나지 않았다. 에두아르도는 나를 진정시키려고 레스토랑으로 데려갔다. 긴장이 풀리자 나는 다시금 패닉 상태에 빠져들었다.

"근데 앙투안한테는 뭐라고 하죠?"

"마침내 마음에 드는 일을 직업으로 삼게 되었다고 하면 되죠."

"친절한 교장 선생님한테는 또 뭐라고 하구요?"

"같은 얘길 하면 돼요."

"그래요, 근데……."

"'그래요, 근데'란 말 좀 하지 말아요. 멋진 찬스가 온 거라구요, 난관에 부딪칠 일들만 생각하지 말고 그 찬스를 잡아요. 이런 근사한 기회가 왔는데, 계속 '그래요, 근데……'란 말만 되풀이하는 아가씨를 본다면, 당신은 뭐라고 할 건가요. 그 아가씨를 구제불능의 멍청이라고 여기지 않겠어요!"

"그래요, 근데……."

그 말을 한 순간 웃음이 터져 나왔다. 내 인생을 뒤죽박죽 만들면서 치명적인 매력으로 나를 옭아매는 에두아르도의 덫에 걸려들었음을 깨달은 것처럼.

"샤르동 편집장한테 어렸을 때 그런 일기를 썼다고 내가 감격해서 말했던 거 기억하죠? (엄마와 필리프와 함께 보낸 유년 시절을 떠올리면 주체할 수 없이 눈물이 흘러내렸다.) 여덟 살짜리 꼬마가 일기장에다 기자, 난 기자가 될 거야. 다른 건 되고 싶지 않아, 라고 썼어요. 우습지 않아요?"

"불안덩어리 아가씨, 당신이 할 일은 인생을 스스로 선택하고 결정할 수 있다고 생각하는 거예요. 마음씨 착한 희생자처럼 인생에 끌려다니거나, 억압된 사람들이 그렇듯이 몽상이나 하면서 살지 말라구요."

"에두아르도, 그만 비아냥거려요!"

"당신을 비아냥거리는 게 아니라, 사랑하는 거예요. 그건 다르죠."

그가 사랑이라고 명명한 순간 내 마음이 무너져 내렸다. 우리 두 사람의 관계를 그르칠 수도 있는 말을 에두아르도는 왜 꺼냈을까? 갑자기 머리가 복잡해지면서 대화의 맥이 끊겼다.

그날 저녁 나는 꽤 많은 술을 마셨다. 자축의 의미도 있었지만, 새로운 인생을 이끌어갈 수 있는 용기를 스스로에게 북돋아주고 싶었다. 게다가 엄청난 식욕으로 내 앞에 놓인 오리 요리를 다 먹어치우곤 에두아르도의 접시까지 깨끗이 비웠다. 에두아르도는 너그러운 눈길로 나를 지켜보기만 했다.

"어릴 적에 많은 것들이 부족했나요?"

"네! 그래요……. 아빠가 우리 곁을 떠나고 한때 궁핍한 시절을 보냈어요."

에두아르도에게 되도록 특별한 감정들을 드러내지 않으려고 나는 애썼다. 그의 접시에 남은 음식들을 게걸스럽게 먹어치우고, 디저트를 세 개나 주문했다. 에두아르도의 디저트까지 모두 해치우고 나서 나는 물었다.

"이제 뭘 할 거죠?"

"춤추러 갈까요?"

"아뇨, 너무 먹어서 몸이 무거운 걸요……."

"그럼 로잔으로 돌아가서 잘 거예요?"

"아뇨, 오늘같이 횡재한 날 그냥 집에 돌아가는 건……."

"그럼 내가 제안할까요? 차로 호수를 한 바퀴 돌면서 잠든 도시를 낭만적으로 감상해요. 그런 다음 집으로 돌아가는 거예요. 어때요?"

"좋은 생각이에요."

에두아르도의 페라리를 타고 우리는 호수 주변을 달렸다. 온화한 날씨였고 하늘에 별들이 총총히 떠 있었다. 그는 필하모니의 바이올린 곡을 틀어놓았다. 바이올린 선율을 들으니 가슴이 벅차올랐다. 에두아르도는 지나는 곳마다 그곳의 기념물과 성당 등을 알려주었다. 그러곤 달이 휘황한 호수 끝에서 차를 세웠다. 인생에 도취되는 기분이었다. 삶이란 지극히 개인적인 것인지도 모른다. 그래서 더 자극을 느끼는 것일지도.

지금까지는 가장 뜨겁고 화려하게 장식된 베란다만을 골라왔다.

하지만 더 이상 이 베란다 저 베란다로 옮겨 다니진 않을 것이다. 이젠 나만의 피난처를 만들어 쌓아올릴 것이다.

그 사실을 처음으로 일깨워준 에두아르도. 나는 그의 옆모습을 어둠 속에서 물끄러미 바라보았다. 너무나 고마워서 그에게 기대어 잠들 수도 있을 것 같았다. 에두아르도는 내게 날개를 달아주었고, 어두운 그림자를 드리우는 갈매기들을 쫓아주었다. 그는 내가 짚고 있던 목발을 빼앗아 홀로 서게 만들었다. 그런 남자 품에 아이처럼 숨어들고 싶은 마음이 왜 없겠는가.

기자라니. 그 직업은 실현 불가능한 것처럼 여겨져 아예 포기해버린 내 유년 시절의 꿈이었다. 그건 특별한 사람들에게만 허용되는 줄 알았다. 내가 그 특별한 부류에 끼리라곤 꿈에도 생각지 못했다. 오히려 스스로를 게으르고 하찮은 부류에 끼워 넣으려는 경향마저 있었다. Z학원에서 푼돈 받아가며 일하는 걸 당연하게 여기지 않았던가. 성공 신화를 이룬 여자들의 기사가 실리면 신문에 코를 박고 군침을 흘리며 읽었지만, 그런 일이 내게는 절대로 일어나지 않을 거라며 한숨짓곤 했다…….

스포츠카의 움푹 들어간 의자에 앉아 나는 기지개를 켰다. 내게도 이런 기회가 오는구나. 그런 생각이 들자 동화 속 요정 이야기를 꿈꾸던 내게서 뜻 모를 탄식이 흘러나왔다. 더더욱 내가 누구인지 혼란스러웠다. 앙투안의 온순하고 순종적인 약혼자인지, 에두아르도가 원하는 현실을 타파하려는 여자인지.

에두아르도가 원하는 여자를 닮고 싶은 마음이 점점 더 간절해지고 있었다. 온전히 나에 대한 가능성들로만 채워진 미래를 향해 문을 활짝 열어젖히고 싶었다. 왜 사람들은 어린아이들에게 모든 것이 가능하다고 가르치지 않는 걸까? 왜 금지된 것들과 혼란으로 가득한 세계 속에 아이들을 가둬두는 걸까? 왜 나는 샤르동 편집장의 사무실을 당당히 밀고 들어갈 만큼 똑똑하고 능력 있다는 생각을 단 한 번도 해보지 못한 걸까?

에두아르도는 내가 사는 아파트 앞에 나를 내려주었다. 하지만 그는 내게 장밋빛 키스도 하지 않았고, 사금파리처럼 반짝이는 내 눈동자도 쳐다보지 않고 실망스러우리만큼 나를 외면해버렸다.

"올라가서 자요. 그리고 내일 학교에 가서 교장한테 둘러댈 변명거리를 찾아봐요."

에두아르도는 지독한 현실주의자였다. 영원한 사랑에 대해 내가 언급할 만한 빌미를 주지 않았다. 내 안에서 미미하게 사랑이 움튼 걸 느끼고 있는데, 그는 차를 타고 가버렸다.

 교장에게 사임 의사를 밝혔다.

처음엔 그럴듯한 거짓말을 꾸며내려고 했다. 학기가 시작되자 마자 갑자기 학교를 그만두면 교장이 곤란한 상황에 놓이기 때문이었다. 하지만 생각을 바꿔서 사실대로 말하기로 했다. 더 나은 삶을 열망하려면 부딪쳐야 할 테고, 이번 기회에 나 자신을 단련해보고 싶었다.

그런데도 말을 꺼내기가 쉽지 않았다. 머뭇거리다 수업 시간을 다시 조정할 때까지 삼 주 동안 일하겠다고 제안했다. 기한은 촉박했다……. 하지만 내가 '유년 시절의 소명' 운운하며 명성 있는 신문사 이름을 내세우자, 듣고 있던 교장이 고개를 끄덕거렸다. 그는 생각을 곱씹듯 귀를 만지작거리며 중얼거렸다.

"그럼요……. 당연히 그런 마음이 들겠죠……".

교장으로서도 라 트리뷴 신문사의 기자 연수생이 교사란 직업보다 훨씬 매력적으로 여겨졌을지도 모른다. 어쩌면 그도 여덟 살 때 기자를 꿈꾸며 일기장에 나처럼 썼을지도……. 교장은 웃옷에 달린 동그란 고리를 계속 만지작거리다 이내 결심한 듯 말했다.

"좋아요. 떠나도록 하세요. 성공하길 빌게요."

면담을 마치고 나자 기분이 얼떨떨했다. 이렇게 일이 쉽게 풀릴 줄은 몰랐다. 에두아르도의 말이 옳았다. 진실을 말하고 자신에게 솔직해지면 인생이 술술 풀리지만, 요행을 바라면 다리에 추를 매단 것처럼 삶이 무거워진다는 걸 새삼 깨달았다.

생 프랑수아 광장의 카페로 가서 뜨거운 코코아를 시켰다. 오늘은 왠지 자신감에 충만해서 탁자에 앉은 사람들을 느긋하게 바라보았다……. 예전 같으면 길거리를 헤매다 카페로 숨어들어 담배를 피워 물거나 혼자 있는 게 쓸쓸해 보일까봐 괜히 친구를 기다리는 척했을 것이다.

나는 집으로 돌아와 텔레비전을 켜는 대신 오랜만에 책을 펼쳐들었다. 소파에 앉아 앙투안이 쓰던 담요를 두르고 에세이를 읽고 있자니 기분이 날아갈 것 같았다. 비록 불투명한 미래가 놓여 있긴 하지만, 결심은 확고했고 모처럼 내가 쓸모있는 사람처럼 여겨졌다.

혼자만의 시간을 행복하게 보내는 것도 드문 일이었다. 앙투안이 없는 동안은 늘 저녁 시간을 어떻게 보낼까 전전긍긍했는데. 막 불을 끄고 잠을 청하려던 찰나에 전화벨이 울렸다.

워싱턴에서 온 앙투안의 전화였다.

"여보세요, 소피?"

"앙투안……."

"나 내일 제네바에 도착해. 공항에 나와주겠어?"

"그럼! 물론이지……. 사랑해……."

"뭐라고?"

"자길 사랑한다고."

얼마나 기쁘고 승리감에 들뜬 하루를 보냈는지 수화기에 대고 소리치고 싶었다. 그래서 나온 말이 '사랑해'였다.

"나도 빨리 널 보고 싶어. 할 얘기가 너무 많아. 이제부터 우린 멋진 인생을 사는 거야……."

애들처럼 죽고 못 산다는 식의 사랑 표현을 하곤 우리는 전화를 끊었다. 앙투안이 미국에 가 있는 삼 주 동안 죽지 않고 잘 살고 있었으면서 말이다.

다음 날 제네바─쿠앙트랑 공항에서 차를 세웠다. 이틀 전 에두아르도를 보러 온 장소를 또다시 찾은 거였다. 비행기가 착륙할 때쯤 도착해서 나는 여행객들이 나오는 출구로 급히 달려갔다. 저만치 앙투안의 얼굴이 보였다. 일 년 전 그를 기다렸던 기억이 떠올랐다. 그때는 날 위해서 그가 비행기를 탄 사실도 알지 못했다.

앙투안은 구릿빛으로 그을려 있었다. 젠장! 무슨 남자가 저렇게 샤프하고 멋질까! 매끄러운 그의 피부를 보자 불현듯 그를 안고 싶었다. 세관원이나 공항에 있는 경찰들이 보건 말건 그의 옷을 벗기는 상상을 하고 말았다. 솟구치는 욕망을 느끼며 나는 그에게 손을 흔들었다.

"앙투안……"

그와 포옹하면서 쉐브르푀이유 향내를 음미했다. 우리는 오래도록 입을 맞추었다. 앙투안은 여행 가방을 떨어트리고 나는 그의 점퍼를 덥석 잡은 채로. 우리는 차 안에서도 키스를 했다. 입을 맞추다가 얼굴을 보며 얘기를 하다가 서로를 만난 기쁨에 어쩔 줄을 몰랐다.

"로잔까지 갈 것 없어. 내가 아는 호텔이 있거든……"

앙투안은 역 뒤에 있는 호텔로 갔다. 그를 쫓아서 방에 들어가자마자 우리는 침대로 돌진했다. 서로 기다렸다는 듯이 끌어안았다. 그가 내 안에 들어와 있는 동안 나는 그의 등을 세게 끌어당겼다. 성급히 절정에 오르고 싶진 않았지만, 나는 충분히 좋았다. "기다려, 아직 오르가슴에 오르지 않았어……"라고 말하면서 앙투안의 기력이 다할 때까지 계속하게 했다. 허리에서 힘이 빠지는 순간 나는 뼛속까지 쾌감을 느꼈다. 그 감정이 사라질까봐 꼼짝하지 않았다. 파르르 떨리는 눈꺼풀 사이로 상대를 살피며 쿵쾅거리는 심장 소리를 듣고 있었다. 우리는 눈빛으로 신호를 보낼 때까지 마지막 쾌락을 음미했다.

오르가슴으로부터 서서히 해방되면서 앙투안은 미간을 일그러트리며 내 위로 고꾸라졌다. 우리는 아무 말 없이 누워 있었다. 이렇게 강렬한 쾌감을 느끼려면 삼 주는 헤어져 있어야 하는 건가? 제네바 역 뒤에 있는 호텔에서 다시금 사랑을 발견한 것 같았다. 온전히 사랑에 집중해 있는 동안 머릿속의 잡념들이 말끔히 사라져버렸다…….

섹스를 끝내고 우리는 다시 얘기를 이어갔다. 앙투안은 우리의 앞날에 대해 말하고 있었다. 미국에 머무는 동안 그는 고국에서 할 일이 많다는 걸 깨달았다고 했다. 그의 아버지도 점점 아들의 필요성을 느꼈고 사업이 번창하면 많은 돈을 벌 수 있을 거라고 했다. 그러니까 머지않아 미국으로 갈 거라고…….

"뉴욕에 정착할 거야. 뉴욕은 워싱턴보다 훨씬 활기가 넘치거든. 여기서 마지막 학기를 마치고 십이월에 최종 시험을 치르면 곧바로 미국으로 가자……."

그는 나를 끌어안고 '야호' 하며 환호성을 질렀다…….

"가난한 생활을 청산하는 거야. 우리 앞으로 잘 살아보자……."

"그래, 근데…… 나는 거기 가서 뭘 하지?"

"자기? 자긴 우리가 살 아파트를 꾸미고, 영어도 배우고, 사람들도 사귀고, 얼마 있다가 게이로드든 카롤린이든 아이를 낳으면 되잖아."

"그래, 근데……."

"근데 뭐? 스위스를 떠나는 게 기쁘지 않아?"

"기뻐, 근데……. 저기, 나 말이야, 신문사에서 연수를 받게 되었어. 시월 일일부터 일을 해야 해……."

"잘됐네. 삼 개월 연수를 마치고 경험을 쌓은 다음에 떠나자. 거기서도 괜찮은 일을 찾을 수 있을 거야……."

"그래, 근데, 나는 신문에 글을 쓸 만큼 영어를 잘하지 못해……."

"'그래, 근데', 그 말 좀 그만해. 짜증난다. 상황을 두고 보자. 아무튼 연수를 마치고 그 다음에 다시 얘기해……."

홍분해서 말하던 앙투안은 금세 시들해진 표정이었다. 그의 말을 듣고 크게 기뻐하지 않는 나를 보고 조금 실망한 눈치였다. 새로운 계획을 한 아름 안고 돌아왔는데 스위스 신문사에 연수생으로 발탁되었다고 하니……. 그나 나나 서로의 마음을 충분히 이해하지 못하고 있는 것 같았다.

"앙투안. 연수는 내게 중요한 일이야. 기자는 어릴 적부터 내 꿈이었다구. 잘만 하면 기자가 될 수 있어. 신-문-사-기-자 말이야……."

"그래, 잘됐어. 나도 반대하지 않아. 하지만 여길 떠나서 뉴욕에 정착하는 걸 더 기뻐할 줄 알았어……."

"물론이야, 나도 기뻐. 하지만 이번 일로 내 인생을 조금 다른 각도에서 보게 됐어. 그걸 이해해줘……."

"다른 각도에서 보게 되다니, 무슨 뜻이야?"

"그러니까……. 처음으로 내가 좋아하고 적성에 맞는 직업을 찾았다는 뜻이야……."

"미국에서도 충분히 가능한 일이야……."

"그렇지 않아. 언어 때문에 그럴 수가 없어."

"소피, 우리 신경전은 벌이지 말자. 연수를 마치고 나서 그때 다시 생각하면 되잖아……."

방금 전의 달콤했던 감정들은 산산조각 나버렸다. 우리가 얼마나 짜릿한 섹스를 했는지, 다시 만나서 얼마나 행복해했는지도 까맣게 잊고 말았다. 처음으로 우리는 삶의 조준점을 똑같이 맞추지 못하고 있었다. 그러니까 나는 그와 같은 방향을 바라보고 있지 않았다. 내 마음은 냉정하게 돌아서고 있었다.

돌아선 내 마음은 다시 돌아오지 않았다.

라 트리뷴 신문사의 연수가 시작되었다. 꼼꼼히 조사한 내용들을 토대로 공문을 쓰고, 초고를 수없이 썼다가 지우고, 현장 보도를 위해 뛰어다니고, 전 세계 기사들을 다루는 편집회의에도 참석해야 했다. 저녁이면 넓은 편집실에 앉아 어렴풋이 뭔가 알 것 같은 기분도 들었다. 남들로부터 주목받는 일을 하는 건 아니었다. 나는 네스 호수의 괴물[34]이나 가스 자살 사건 같은 사회면 기사를 담당하고 있었지만, 어둠 속에서 뭔가를 더듬어 찾고 있는 기분이었다.

기자들은 철두철미해서 실수도 범하지 않는 사람들처럼 보였다. 내게는 거의 신과도 같은 존재들인 그들은 인류를 뜯어고치고, 혁명을 묵살하고, 대통령에게 충고를 던지고, 화폐의 가치를 결정하는 일도 했다. 박학다식하고 명성 있는 기자들은 키신저나 말론 브란도 같은 유명 인사들과 친구처럼 말을 트기도 했다. 그런 기자들에게 나는 무한한 존경과 애정을 품으면서 영감을 얻곤 했다. 꼭 백일몽

---

34) 스코틀랜드 하일랜드에 위치한 네스 호수에 나타난다는 전설적인 괴물. 보통 네시라고 불리며, 바닷뱀이나 커다란 공룡으로 묘사된다.

을 꾸는 것 같았다.

나는 내가 사는 모파스 거리 가판대로 가서 《라 트리뷴》지를 사곤
했다. 제일 먼저 일반 보도 기사와 토막 기사들이 실린 면을 펼쳐 들
었다. 내 이름은 나와 있지 않았지만 분명 내가 쓴 기사들이었다. 그
기사들을 수없이 읽었고, 나중엔 그것들을 오려서 엄마와 필리프와
라모나와 가브리엘 할머니에게 보냈다. 물론 앙투안이나 에두아르
도에게도 기사를 보여주며 신이 나서 홍얼거렸다. "난 이렇게 신문
에 글을 쓰고 있다구요."《라 트리뷴》지를 매일 여덟 부나 사 보는
사람은 스위스에서 나 한 사람뿐일 거라는 생각도 들었다.

내 일과도 변했다. 발코니를 어슬렁대거나 욕조에서 시간을 죽이
는 일도 아까웠다. 나는 아침 일찍·일어나 제네바로 가는 기차를 탔
고, 신문사에서 온종일 연수로 시간을 보냈다. 브베이 초등학교 식
중독 사건이나 몽트뢰 소매치기 사건은 서른 번도 넘게 고쳐 썼다.
국어 선생님을 열렬히 짝사랑하는 여학생처럼 내 필력이 닿는 데까
지 언어를 고르고 고르면서 열의를 다했다.

그 기쁨을 무엇에 비할까. 아침 일찍 기차를 타는 일도, 초고를 과
감히 찢어버리는 일도, 얄팍한 월급도 대수롭지 않았다. 일을 시작
한 게 후회된다거나 따분하다는 느낌은 눈곱만큼도 들지 않았다. 오
히려 나를 성장시키고 내 안의 무언가를 끄집어내는 느낌이었다. 바
로 나 자신이 된 느낌. 지금은 사장되어버린 제철소나 신출귀몰하는
고래들에 대한 기사를 필사한다 해도 상관없었다. 나는 가능한 저녁
늦게까지 신문사에 남아 있었다. 기차를 타서도 이튿날 할 일들을

생각했고, 집에 돌아와 앙투안과 마주하고 있을 때도 그 세계에서 쉽게 빠져나오지 못했다.

앙투안은 처음엔 내가 이 일을 시작한 것을 자랑스러워하며 관심을 보였다. 내가 열정적으로 떠들면 관심 있게 들어주었고, 토막 기사들을 읽곤 용기도 북돋아주었다. 그러나 시간이 조금 흐르자 그는 내가 예전보다 자신과 보내는 시간이 줄었다고 여겼다.

뉴욕으로 떠난다는 얘기는 삼갔지만, 그의 눈에는 점차 내가 세계 어디로든 비행기를 타고 떠날 꿈을 놓치지 않을 것처럼 비쳐졌을 게 분명했다…….

기차를 타고 다니는 일도 피곤했지만, 신문 만드는 데 열의를 다해야 직성이 풀렸기 때문에 집에만 돌아오면 난 녹초가 되어 잠들곤 했다. 일찍 잠을 자야 좋은 컨디션을 유지할 수 있어서 나는 섹스도 건성으로 끝내버리곤 쾌감을 느끼는 척했다. 초반부만 잠깐 그러는 게 아니라 섹스 하는 내내 그랬다. 첫 신음 소리를 낼 때부터 음부를 조이는 마지막 순간까지. 앙투안은 자신의 육체 아래서 오 막 연극이 펼쳐지고 있다는 것도 몰랐다. 그가 온갖 장난기 섞인 기교를 부리는 동안, 내 머릿속에서는 윤전기가 돌아가고 신문들이 찍혔다. 섹스하는 동안 나는 부재중인 셈이었다. 아파트 관리인이 층계에 와서 문을 두드리면, "소포를 현관 문 앞에 놓고 가세요. 금방 나갈게요"라고 말하듯이.

비겁하게도 나는 앙투안에게 진실을 말하지 않았다. 나를 철저히 제어할 줄 알았다면 문제는 달라졌을 것이다. 그런데 나는 그런 척했고, 그 방법이 모두를 위해 바람직하다고 여겼다. 앙투안을 위하고 또 나를 위해서.

실제로 그가 사정하자마자 나는 곧바로 비데로 달려갔다. 얼른 침대로 돌아와 그에게 잘 자라고 입 맞추곤 또다시 인쇄기 돌아가는 생각에 빠졌다. 앙투안은 아무것도 모른 채 만족해했다. 그가 쉽게 행복해하자 나는 어미가 새끼를 보듬듯 서서히 고조되는 과정을 과감히 생략해버렸다. 때문에 탐욕스런 리비도에 시달리지도 않았고 그의 품에 안겨 일찌감치 잠들 수 있었다.

내 충동은 보다 창의적인 것들로 치달았다. 이제 머릿속에는 고래라든가 자살자에 대한 생각들로 가득했다. 삼단 기사를 쓰는 것만으로도 내 몸은 팽팽하게 긴장되었다. 볼펜 끝을 물고 있다 나도 모르게 탄성이 흘러나왔고, 인쇄된 내 문장들을 보면 짜릿한 쾌감을 느꼈다……

유일하게 한 사람만이 내가 변신해가는 과정을 노련하게 지켜보고 있었다. 에두아르도였다. 그는 나를 보려고 종종 제네바에 들르곤 했다. 우리는 함께 점심 식사를 했고, 그는 내 얘기를 묵묵히 들어주었다. 에두아르도는 내 변신을 흡족해하는 것 같았다. 그는 내 앞으로 사과 케이크를 밀어주고 샹베르탱 적포도주를 조금씩 따라주었다. 예전처럼 엉망으로 접시를 비우지 않는 나를 보고 놀라는 눈치였다. 그가 선생님처럼 이것저것 지적하며 잔소리를 했지만, 나는 일하는 게 너무 즐겁다고 연신 떠들기만 했다.

그날 저녁 막차를 타고 집으로 돌아왔을 때, 앙투안이 할 얘기가 있는 눈빛으로 나를 기다리고 있었다. 한 손에 파피루스 편지를 든 채로.

"라모나한테서 온 거야?"

"그런 거 같아……."

그의 얼굴에는 불만스런 표정이 역력했다. 비뚜름히 앉아 늦은 내 귀가 시간을 추궁하려는 게 분명했다. 나는 배가 고파 죽겠다는 핑계를 둘러대곤, 냄비에 담긴 파테와 라모나 편지를 앞에 두고 식탁에 앉았다.

라모나가 섹스의 전율에 대해 쓴 글을 읽고 또 읽었다. 한 구절이 자꾸 눈에 밟혔다. "네가 파트릭의 베란다로 서둘러 숨어들려고 했던 것도 천상에 맞닿은 것 같은 그 쾌감 때문이 아니었을까?" 나 스스로 쾌감을 만들어내서 한 마리 나비가 될 수도 있다는 말에는 맞아, 라고 맞장구칠 뻔했다…….

순간 내 앞에 놓인 파테도, 늦은 귀가 시간도, 화가 난 앙투안도, 사회면 기사들도 잊고 말았다……. 모종의 사기 행각에 걸려든 기분이었다. 엉덩이춤을 추듯 규칙적으로 아랫배를 흔들며 느꼈던 그 육체적 떨림이 마법을 모조리 잃어버린 것만 같았다. 그 신비감이 내게서 사라져버린 거였다.

앙투안은 여전히 뚱한 표정이었다. 나는 그를 침대로 끌고 가 섹스에 대한 내 상식을 깬 라모나의 말이 사실인지 아닌지 한번 실험해보고 싶었다.

모처럼 내가 먼저 손을 내밀자, 앙투안은 놀라는 듯했다. 그는 내가 하는 대로 자신을 내맡겼다. 나는 천천히 그의 옷을 벗겼다. 그에게 키스를 하고 입술을 핥다가, 혀로 목덜미와 가슴과 성기를 서서히 훑어 내려갔다. 그러곤 성기를 느리고도 부드럽게 빨았다. 그는 신음 소리를 내며 고개를 뒤로 젖히고 쾌감을 느끼더니 잠시 나를 저지시켰다가 다시 계속하게 했다. 순간 나는 섹스의 강렬함에 사로잡혔다. 직접 성교하는 게 아니라 구강 섹스를 하고 있는데도. 갑자기 낯선 침묵이 찾아들었다. 성행위 책자에 나와 있듯이 과학을 응용해서 성교를 하는 셈이었다……

최고의 섹스녀라는 명예를 얻으려면, 책자에서처럼 그의 성기에서 정액이 뿜어져 나오게 해야 했다. 나는 칼을 입안에 감춘 것처럼 남자의 성기를 먹는 노련한 섹스녀가 되어 있었다.

앙투안이 놀란 얼굴로 내 어깨를 움켜쥐었다.

"귀여운 창녀, 이제 내가 해줄게."

그 말이 나를 더욱 흥분시켰다. 성기에서 입을 떼곤 그가 내 깊숙이 들어오게 했다. 나는 음경 위에서 천천히 몸을 돌렸다. 그의 엉덩이를 양손으로 붙들고 수직으로 몸을 흔들면서 그의 음모에 내 성기를 파묻었다. 그는 위아래로 움직였고, 나는 집요한 여전사처럼 흔드는 걸 멈추지 않았다. 의식이 명료해지는 기분이었다. 괄약근을 조이면 앙투안은 곧바로 오르가슴을 느끼고 무너져 내릴 거라는 걸 알고 있었지만, 나는 예전에 느꼈던 그 전율에 이르고 싶었다.

이제 우리 사이에 사랑이란 없었다. 각자 자기편에서 상대는 아랑곳하지 않은 채 성교를 하며 서로 힘겨루기 하는 두 적군이 있을 뿐이었다. 침묵으로 맞선 이 상황에서 얼마 전부터 내색하지 않던 온갖 감정들이 수면 위로 떠오르는 기분이었다. 내 몸을 더듬고 문지르며 쾌감이 솟구치길 기다리던 찰나, 포르토피노의 벽에서 앙투안의 허리를 바짝 조였을 때의 그 쾌감이 어렴풋 느껴졌다. 그처럼 오르가슴은 회오리를 일으키듯 나선형을 그리며 정점에 이르리라는 걸 알고 있었다. 불도저처럼 휘몰아치는 가운데 무너져 내리면서, 나란 존재는 깡그리 부인되고 망각되는 것이다.

급기야 나는 소리를 내질렀다. 내 안 깊숙한 데서 전해지는 쾌감이 나를 멀리, 아주 멀리 실어 보내고 있었다. 다음엔 앙투안의 차례였다. 그도 나처럼 소리를 지르고 공중분해되면서 무너져 내렸다……. 오! 슬픔이 밀려들었다. 라모나가 한 말을 확인하려고 시도했던 이 섹스가 너무나 슬프게 느껴졌다…….

그 육체의 떨림은 마음에 작은 선율도 남기지 않았고, 너무나 기계적이어서 쾌감이 뱃속을 관통하지도 정신을 매혹시키지도 못했다. 우리는 예전처럼 천둥이 내리치듯 격렬한 섹스를 했지만, 내게는 쓰디쓴 환멸을 안겨주는 섹스 사용법만을 깨닫게 해주었을 뿐이다. 앞으로 나는 어떤 남자와도 오르가슴에 이를 테지만……. 더 이상 설레임과 기대에 부푼 섹스는 경험하지 못할 것이다.

어쩌면 나는 섹스를 무척 좋아하고 섹스에 노련한 여자가 된 것일지도 모른다. 그러나 섹스의 신비한 주술은 잃어버렸다.

성탄이 다가왔다. 앙투안과 나는 이번 성탄절을 가장 기억에 남을 추억으로 만들자고 별렀다. 앙투안은 소나무 트리 장식을 맡았고, 나는 거기에 매달아놓을 선물 꾸러미를 사기로 했다.

내가 일을 마친 시각은 정확히 다섯 시였다. 너무 일찍 퇴근하는 게 아닐까 염려되어 샤르동 편집장한테 물어보러 갔다. 그는 수염이 덥수룩한 턱을 만지더니 뭔가 생각났다는 듯 나를 쳐다보았다. 배 위에 손을 얹고 그는 진지한 투로 말을 꺼내었다.

"신문사에 들어온 지 벌써 삼 개월이 다 되어가네요……."

"네……."

나는 침을 꼴깍 삼켰다. 삼 개월이면 나를 테스트하는 기간도 끝나가는 것이다.

"계속 일해볼 마음이 있어요?"

"그, 그럼요! 물론이죠……."

감격할 때면 나는 얼굴이 금세 빨개지고 말까지 더듬었다. 자신이 없어 위축되면 나는 지레 바보가 되고 만다.

"좋아요, 계속 일할지는 좀 더 생각해볼게요……. 어느 부서에 배치할지도 말이에요. 업무가 끝날 때 들르세요……."

편집장이 업무를 끝내는 시간이 언제일까?

"일곱 시경이요?"

"그래요. 일곱 시나 여덟 시에 와요."

일곱 시면 앙투안이 집에서 기다리고 있을 텐데……. 아홉 시 반까지 기차를 타지 못하면 열한 시 안에 집에 들어가기는 글렀다! 다른 날도 아닌 성탄절에!

그럼에도 내게는 일이 중요했다…….

남은 두 시간 동안 나는 쇼핑을 했다. 집에 늦게 들어가는 걸 용서받으려면 앙투안에게 선물 공세를 해야 할 것 같아 악어 혁대와 옥스퍼드 와이셔츠와 오 쏘바주 향수와 몽블랑 만년필을 사느라 돈을 모두 써버리고 말았다.

그러곤 앙투안에게 전화를 걸었다.

"여보세요? 앙투안? 나 소피야……."

"지금 몇 신 줄 알아?"

광장에 있는 커다란 시계는 일곱 시를 가리키고 있었다.

"그런데 아직 제네바야……."

'아직'이란 말을 하지 말았어야 했다.

"아직이라고! 지금 제정신이야?"

"지금 막 쇼핑을 끝냈어……."

"대체 몇 시에 올 건데?"

"음…… 글쎄! 근데…… 조금 있다가 편집장을 보러 가야 돼."

"뭐?"

앙투안은 전화기에 대고 버럭 소리를 질렀다.

"지금 다시 신문사로 간다는 거야?"

"내 얘길 들어봐. 앙투안, 이건 중대한 일이야. 편집장이 내가 연수 받은 것에 대해 얘기할 거라고 했어. 곧 연수 기간이 끝나가는 거 자기도 알잖아……."

"연수 받은 걸로 뭘 어쩌겠다는 거야! 보름 후면 우린 뉴욕으로 떠나잖아."

또 한 번 나는 양보하고 말았다.

"자기, 알았어. 하지만 편집장이 내 연수 기간에 대해 어떻게 생각하는지 듣고 싶어. 내 말 들어봐……. 가능한 빨리 돌아가도록 할게. 약속해……. 그리고 자기한테 주려고 선물을 많이 샀어……."

"난 선물 따윈 관심 없어."

앙투안은 전화를 툭 끊어버렸다.

공중전화 박스 안에서 수화기를 든 채, 나는 눈 내리는 제네바를 바라보았다. 이런 식으로 계속 상황을 피해갈 수만은 없었다. 어떤 결정이든 내려야만 했다. 앙투안은 내가 자신과 함께 떠날 거라고 굳게 믿고 있었다. 나로선 샤르동 편집장의 판단만을 기다릴 뿐이었다.

사실 선택한다는 것은 끔찍한 일이다. 작은 콩 두 개를 놓고 선택하라면, 두 개를 모두 삼켜버리거나 두 개 다 접시 가장자리에 밀어놓을 수밖에 없다. 하지만 이번 경우는 달랐다. 앙투안은 나와 결혼해서 인생의 동반자로 나를 뉴욕에 데려가려는 것이다. 센트럴 파크에 있는 아파트와 안정된 미래가 기다리는 곳으로. 그런데 다른 한편에 또 다른 선택의 길이 있다. 내 팔에 날개를 달아주고 나만의 직업을 가질 수 있는 길. 그러니까 나는 둘 중에 하나를 선택해야 하는 기로에 선 것이다. 계속 갈팡질팡하는 삶을 택할 것인가, 아니면 당나귀처럼 무거운 짐을 짊어진 길을 택할 것인가. 우유부단한 생활을 택할 것인가, 자기 만족감을 택할 것인가.

일곱 시 사십오 분에 나는 샤르동 편집장의 사무실 문을 열었다. 뱃속에 커다란 구멍이 뚫린 것처럼 떨렸다.

"포르자 양……."

네, 바로 접니다, 그런데 좀 빨리 얘기해주세요, 쓰러질 것 같다구요.

"포르자 양과 함께 일한 동료들과 얘기해봤어요……. 나도 포르자 양이 연수하는 동안 줄곧 유심히 지켜봤죠. 삼단짜리 작은 기사들만 맡겼는데, 그간 수고 많았어요. 이 말은 꼭 해야겠는데, 포르자 양은 생각을 좀 더 간결하고 명료하게 표현할 필요가 있더군요……."

그는 숨을 들이쉬었다. 이젠 끝났군. 난 여기서 쫓겨난 거야. 앙투안과 떠나는 수밖에.

"게다가, 포르자 양이 기자 정신을 갖추는 데 대학 교육은 별 소용이 없었더군요. 또 너무 오랫동안 문장을 해석하는 데만 치우쳐온 그런 흠이 있어요⋯⋯. 기자들은 학위를 어디다 갖다 두는지 알고 있어요?"

"아뇨⋯⋯."

그런 걸 내가 알게 뭐람. 나는 완전히 해고감이로군. 센트럴 파크에 있는 아파트를 새로 도배하고 게이로드를 낳아 젖이나 물려야겠어⋯⋯.

"그걸 모르고 있었군요! 우리 같은 기자들은 학위를 스포츠 부서에 갖다 두죠. 포르자 양, 학위로 할 수 있는 건 그게 전부이기 때문이죠⋯⋯."

그럼 날더러 스포츠 부서에 가란 말인가⋯⋯. 차라리 앙투안 부서에 가는 게 낫겠어.

나로선 잘된 일인지도 모른다. 자유로운 비상을 시도했지만 아무 것도 잃지 않으려다 결국 실패한 것이다. 몸을 사리고 날개를 펼쳤으니 허공을 맴돌다 곤두박질치는 수밖에.

앙투안이 영원히 나를 지켜주길 바라며 사놓은 선물들을 모조리 그에게 안겨줄 준비가 되어 있었다. 나는 잠시 꿈을 꾼 거였다. 어릴 때의 멋진 꿈을⋯⋯.

"포르자 양, 어떻게 기자가 되는지 알고 있나요?"

오! 슬슬 편집장이 하는 말에 짜증이 나려고 한다⋯⋯.

"아뇨……."

알고 싶은 마음도 없었다. 너무나 우울했다. 내 오랜 꿈을 이루려고 무엇이든 배우고 싶었는데, 그 열망이 꺾였다는 사실에 몹시 슬펐다. 나만의 베란다를 갖게 해줬다면 얼마나 좋았을까…….

"이런! 그걸 모르고 있었군요! 그럼 내가 가르쳐주죠. 포르자 양을 라 트리뷴 신문사에 채용해서 그걸 배울 기회를 줄게요. 개별적으로 내가 책임지고 가르치겠어요. 어떤 식으로 기사를 쓰고, 말은 어떻게 해야 하는지 말이죠. 포르자 양이 대학 때부터 길들여온 장황하고 고상한 글쓰기 방식을 완전히 고쳐주겠어요……. 자, 이제 돌아가서 가족들과 성탄을 보내도록 해요. 그리고 일월 초에 다시 오세요, 알겠죠?"

녹음기가 있었다면, 샤르동 편집장이 마지막으로 한 말을 녹음해 두었다 듣고 또 들었을 것이다…….

나는 더듬거리며 아, 알겠습니다, 라고 말하곤 편집장을 향해 세 번 큰 절을 올리고 방을 나왔다. 복도로 나오자마자 편집장 방에 선물을 깜빡 두고 나온 걸 알아채곤 다시 들어갔다. 그에게 또 한 번 고맙습니다, 라고 말하고 뒤돌아 나오다가 문에 쾅하고 부딪치는 바람에 죄송합니다, 하고 웅얼거리고는 겨우 그의 방에서 빠져나올 수 있었다. 밖으로 나와 기댈 곳을 찾느라 두리번거렸다. 그제야 나는 정신이 들었다. 침을 삼키며 방금 있었던 일을 떠올리자 마치 뜬구름 위에 걸터앉은 기분이었다. '어서 역으로 가야 해' 라는 생각만 머릿속에서 뱅뱅 맴도는 채로.

로잔으로 향하는 기차에서 나는 슈퍼우먼이라도 된 것처럼 의기양양했다. 노망든 할머니가 손자들을 보고 기뻐하듯이 혼자 실실 웃으며 중얼거리기까지 했다……. 문득 파라마운트사의 영화 장면이 떠오르면서, 권투 선수가 글러브 낀 손을 거머쥐듯이 두 손을 불끈 쥐었다. 이제 나는 내 길을 찾았다. 그리고 앙투안과 부딪칠 준비가 되어 있었다.

하지만 아파트에 도착해서 열쇠를 문에 끼워 넣는 순간 이미 내 마음은 삐걱대고 있었다. 집 안으로 들어가자 앙투안은 불 밝힌 소나무 트리 아래서 책을 읽고 있었다. 나는 선물들을 탁자에 내려놓곤 속으로 하나, 둘, 셋을 세며 마음을 다잡았다. 모든 걸 잊고 쾌활해지자……. 불끈 쥐었던 내 권투 글러브는 벌써부터 오그라들었고 왠지 모르게 다리가 후들거렸다.

"앙투안, 나 왔어……."

앙투안은 투덜거리듯 대꾸했다.

"그래?"

"우리 지금 저녁을 먹을까, 아니면 자정이 될 때까지 기다릴까?"

"배 안 고파……."

"그럼 자정까지 기다리지 뭐."

저녁 메뉴를 뭘로 해야 할지도 난감했다. 오늘 저녁 식사를 내가 맡기로 한 사실조차 까맣게 잊고 있었다. 선물을 살 생각만 했지 칠면조 살 생각은 하지도 못했다.

"앙투안? 저녁거리로 뭐 사둔 거 있어?"

"아니. 왜? 장 보는 걸 잊은 거야?"

"응……."

단 둘이 오붓하게 따뜻한 크리스마스를 맞으려고 했는데, 먹을거리조차도 없으니 영락없는 귀신들의 축제가 되어버렸다.

"완벽하군."

그는 이를 앙다물면서 휘파람을 휘익 불었다.

"집에 있는 거라곤 고등어 통조림하고 마이제나[35]뿐이라구……."

악의에 차서 말하는 앙투안을 보자, 해결책을 찾으려 했던 마음은 사라지고 나는 자제력을 잃고 말았다.

"앙투안, 자기도 그 생각을 했어야지, 왜 나만 칠면조와 금종이를 사야 하는 거지? 오늘 내가 일한다는 거, 알고 있었잖아……."

"왜냐구? 저녁을 맡기로 한 건 자기니까. 나는 소나무 트리 장식을 하기로 했고. 케이크니 뭐니 사기로 했던 거 기억 안 나?"

"내가 하루 종일 일한 시간은? 그런 걸 생각이나 했어?"

"그래, 그런 얘기만 지금까지 줄곧 들어왔어. 일이니 연수니 샤르동 편집장이니 토막 기사니 인쇄니, 그린 얘기들만 귀가 아프게 들어왔다고……. 아주 지겹도록. 도대체 뭘 어쩌자는 거야? 잘 알잖아. 보름 후면 스위스를 떠날 건데, 이 멍청아, 신문사에서 계속 광대짓이나 할 거야!"

---

35) 옥수수 전분 가루.

이건 해도 너무했다. 부당하게 모욕을 받은 나는 글러브 낀 손을 치켜들고 나도 모르게 말을 내뱉었다.

"아니, 난 안 떠나……."

"안 떠난다니 무슨 말이야?"

"난 여기 머무를 거라구. 신문사에 말이야. 샤르동 편집장이 날 채용하겠다고 말했어. 난 스위스에 남아 있을 거야."

"나와 함께 가지 않겠다는 뜻이야? 그럼, 내 곁을 떠난다는 거야?"

"그래."

"소피, 진심으로 하는 말이야?"

"응."

정말 그렇게 할 것이다. 좀 더 용기를 가지고 오래전에 그 말을 했어야 했다.

앙투안은 화가 나 붉으락푸르락해진 얼굴로 나를 뚫어지게 쳐다보았다. 그러곤 점퍼를 걸쳐 입곤 문을 쾅 닫고 나가버렸다. 방금 말한 것처럼 앙투안 혼자서 떠나는 게 나을 것이다. 잘해보려는 내 의지는 부러진 잔가지들처럼 완전히 꺾이고 말았다. 앙투안이 장식한 소나무 트리는 우스운 꼴이 되었다. 나는 욕실로 가서 물이 넘치도록 받았다.

욕조에 들어앉은 나는 태아처럼 몸을 잔뜩 웅크렸다. 더 이상 저항하고 싶지 않았다. 오늘 밤 그가 돌아와 "미안해, 화가 나서 자기 마음을 아프게 했어"라고 말할까봐 겁이 났다. 퀴퀴한 냄새가 나는

복도에서 느꼈던 벅찬 감정들과, 샤르동 편집장이 멜빵 밖으로 튀어
나온 배에 손을 얹고 함께 일하자고 말했을 때의 날아갈 것 같던 기
분을 떠올렸다. 나는 다시 정신을 차렸다. 일을 그만둔다는 건 내 정
신이 죽은 것이다.

　앙투안은 새벽 두 시가 되어서 돌아왔다. 침대에 누워 있던 나는
마음이 누그러져서 그의 품에 안겼다.

　"앙투안……."

　"소피, 아까 했던 말 사실이 아니라고 말해줘, 나와 함께 떠날 거
라고 말이야……. 나는 평생 자기와 함께 할 거라고 생각했
어……."

　"앙투안, 내가 함께 가지 않으려는 건 자기 때문이 아니야. 자기가
원하는 인생 때문이야……."

　"그 인생이 잘못된 거야?"

　"그 인생에서 내가 할 일은 아무것도 없어."

　"게이로드와 카롤린이 있잖아. 아이를 낳는 일을 자기가 하잖아."

　"아니, 그건 내가 하는 일이 아니야. 난, 전적으로 나만이 할 수 있
는 일을 원해, 이해하겠어? 남편이나 아이들을 통해 존재하고 싶진
않아. 앙투안, 내 나이 겨우 스물셋이야……. 지금 내가 선택할 수
있는 건 바로 라 트리뷴 신문사에 남는 거야."

　앙투안에게 상처를 주지 않으려고 되도록 말을 골라서 했다.

　"왜 미국에서 일할 수 있다는 생각은 안 하는 거야?"

　"이미 말했잖아, 언어 때문에 안 된다고. 불어로 토막 기사를 쓰는

것도 충분히 힘들어, 영어로는 어떨지 상상이 되지!"

우리는 다시 원점으로 돌아왔다. 앙투안에게 어떻게든 내 생각을 설명하고 싶었지만, 모든 게 혼란스럽기만 했다. 내가 아는 단 한 가지 사실은 여길 떠나고 싶지 않다는 거였다.

앙투안은 다시 물고 늘어졌다.

"이해가 안 돼. 자긴 언제나 자기 자신으로 살아왔어. 자기가 원하는 남자들을 사랑했고, 여행도 했고, 공부도 하고, 일도 해왔잖아……."

"그래, 하지만 그 모든 걸 선택했던 건 내가 아니야. 내가 사랑하던 사람들도 왜 좋아하게 되었는지 알지 못했어. 공부도 엄마가 시켰으니까 했던 거야. 여행도 사람들이 날 데려갔으니 따라간 거고, 스코틀랜드 스커트도 유행했기 때문에 입은 거야……. 그 모든 건 내가 결정했던 게 아니야. 그런데 선택할 기회가 왔어. 나를 예쁘다고 여기는 남자가 나타나, 나와 자고 싶어 한다는 걸 깨달았고, 반은 호기심에 반은 날아갈 것 같은 기분에 그 남자를 받아들였어. 그리고 한 차례 시련을 겪었지. 그런 다음에 자길 만났어. 그런 기회가 온 걸 얼마나 감사했는지 몰라. 자기가 잘생기고 남들과 다르다고 여겼기 때문에 여기까지 따라온 거였어. 이제까지 나는 누군가에게 매달려서 살아왔어. 하지만 마음이 편치는 않았어. 내가 왜 네스카페 하나 때문에 그런 난리를 피우고, 밤이면 숨이 막혔는 줄 알아? 마음속 깊이 행복하지 않았기 때문이야. 내가 행복한 줄 알았겠지만 겉으로만 그래 보였던 거야……."

나는 과거, 현재 할 것 없이 속에 있던 말들을 쏟아내었다. 찌꺼기로 남아 있던 일들을 모조리 청산하기로 마음먹은 것처럼. 하지만 내가 한 말들은 너무나 모순되고 비논리적이었다. 내 말을 들은 앙투안은 한 가지 사실을 고집했다. 내가 불행한 건 사실이지만, 그게 자기 탓은 아니라고.

나는 앙투안에게 이렇게 말했어야 했다. 내가 행복하지 않고 내 안에 무력감과 욕구 불만이 있다면 그에게도 부분적으로 책임이 있다고. 앙투안이 그런 생각을 갖고 있는 한 나는 앞으로 나아가지 못할 것이다. 그는 변하지 않을 테고, 언제까지나 나를 자신의 베란다에 가두고 지켜볼 테니까. 나는 게이로드나 카롤린도 바라지 않았고, 광택이 나는 아파트나 근사한 꽃다발도 바라지 않았다. 더 이상 허상을 원치 않았다. 하지만 앙투안의 부드러움에는 저항할 길이 없었다.

우리는 둘 다 피로했고 망연자실한 상태였다. 결국 나는 용기를 내서 말했다. "나는 여기 남아 있겠어." 앙투안은 혼자 보잉기를 타게 될 것이다. 앙투안은 나를 안고 입을 맞추었다. 섹스를 하고 싶은 마음은 생기지 않았다. 선물 꾸러미를 풀고 고등어 통조림을 딸 생각도 들지 않았다. 우리는 부둥켜안고 눈물을 흘리다가 잠을 청했다. 앙투안은 내 귀에 대고 중얼거렸다.

"언젠가 꼭 보러 올게……. 그땐 자기를 데려갈 거야. 그럼 언제나 내 곁에 있을 거지……."

나는 씁쓸한 미소를 지었다. 아마 그런 날은 오지 않을 것이다. 그때는 우리 둘 다 많이 변해 있을 테니까.

다음 날 나는 낯선 남자 곁에서 낯선 기분으로 깨어났다. 우리는 여전히 앙투안이고 소피지만 예전의 우리들과는 더 이상 아무런 공통점이 없었다.

잠에서 깨어나는 건 느리고도 우울했다. 온갖 안 좋은 추억들이 기억 속으로 비집고 들어와 서로의 얼굴도 쳐다보지 못했다. 시간을 벌기 위해 잠자는 척하면서 미적지근한 잠기운으로 숨어들고 있었다. 따뜻하고도 안전하게, 우리는 이불 속에 웅크린 채로 불안감을 꾹꾹 누르고 있었다.

잠시 후 앙투안은 한 팔을 뻗어 나를 가슴께로 끌어당겼다. 뜨겁고 부드러운 그의 몸이 좋았다. 나는 숨을 길게 내쉬며 털이 무성한 그의 가슴을 손가락으로 쓸어내렸다. 그러곤 우리가 결코 갖지 못할 아이 게이로드를 생각했다. 가질 수만 있다면 그 아이도 아버지처럼 자지러지게 웃고 열정적으로 나를 사랑해주었을 텐데. 순간 그런 생각마저 부질없게 여겨졌다. 뇌리를 스쳐 지나가는 게이로드가 나를 완전히 무기력하게 만들었다.

앙투안이 내 귀에 대고 계속 속삭였다.

"소피, 소피, 널 사랑해, 널 사랑해."

내 마음이 흔들렸다. 그 말이 계속 귓가를 맴도는 걸 원치 않았다.

"커피 마시겠어?"

마법에서 깨어나려면 무엇이든 괜찮다.

"그래. 크림을 듬뿍 넣어서."

앙투안은 크게 기지개를 켜면서 "크림을 듬뿍 넣어서"라고 웃으며 말했다……. 그렇게 욕심쟁이 같은 얼굴을 하면 내가 감동받는다는 걸 그는 알고 있었다. 하지만 안테나를 곧추세우고 경계심을 잃지 않으면 안 되었다. "날 잊지 말아요" 따위의 연민에 빠져들지는 말자고 생각했다.

신선한 크림을 부은 콜롬비아 커피를 쟁반에 받쳐 앙투안에게 줄 선물과 함께 가져갔다. 어젯밤 미안한 마음과 양심의 가책을 느끼며 선물들을 샀던 기억이 떠올랐다. 하루 전의 일이 너무도 멀게만 느껴졌다. 열두 시간 만에 이렇게 변할 수도 있는 걸까?

앙투안은 만년필을 꺼내더니 탄성을 지르며 좋아했고, '오 쏘바주' 향수를 뿌리고 악어 혁대를 허리에 두르며 신이 났다. 안심이 되었다. 내가 그를 위해서 그 모든 선물들을 샀다면, 그를 사랑하기 때문이 아니었을까.

이번엔 앙투안이 자리에서 일어나 내게 줄 선물을 가지러 갔다. 나는 약간은 상기되고 황홀한 기분으로 금박 끈을 풀었다. 선물 꾸러미를 열자 빨간색 캐시미어 스웨터, 긴 담배 파이프, 엘뤼아르 전집 그리고 야구 모자가 들어 있었다.

그는 내가 좋아하는 것들을 염두에 두었다가 이 물건들을 샀을 것이다. 앙투안은 며칠 동안 나를 생각하며 진열창 앞을 서성거렸을지도 모른다. 그리고 어제 오후 나를 기쁘게 해주려고 외출했겠지. 갑자기 마음이 아팠다. 내가 옳다고 여기는 길을 가려고 이 사랑을 희생시킨다는 생각이 들자 왈칵 눈물이 쏟아졌다. 기어이 나는 앙투안의 품에 안겨 그를 붙들고서 엉엉 흐느끼고 말았다. 눈물 콧물이 그의 옷에 얼룩지는 줄도 모르고.

앙투안은 아무 말도 하지 않고 내 머리를 어루만져주었다. 그러더니 장난기가 발동해서 내 뒤통수를 톡톡 치며 "야…… 머리통 진짜 밋밋하다" 하고 우스갯소리를 했다. 나는 마지막으로 감정적인 비겁함을 드러내고 있었다. 다시 마음을 추스르자고 마음먹었다. 울음을 그친 나는 코를 훌쩍이며 더 이상 흔들리지 않겠다고 결심했다.

"소피, 네가 어떤지 잘 봐……. 내 사랑 베이비, 우리 함께 있자……."

"아니야……. 난 떠나지 않을 거야……."

앙투안은 어떻게든 나를 설득하려고 했지만, 내 입에서는 계속 아니, 아니, 아니, 라는 말만 나왔다. 아니, 라는 그 말을 내 입으로 분명히 할 수 있기까지 정말로 많은 시간이 걸렸다. 그래서 도취된 사람처럼 자꾸 되풀이해 말하고 있는 걸까. 그럼에도 앙투안의 품에서 쉽게 빠져나올 수는 없었다. 그에게 키스를 하고는 그가 나를 애무하도록 내버려두었다.

우리는 침대에서 하루를 보냈다. 유일하게 남아 있는 비상 식량인 고등어를 요리해서 먹곤, 사랑의 고통이 어디서부터 시작되었는지를 분석해보았다. 인생이 꼬였다는 생각이 들었다. 어쩌면 그를 너무 일찍 만났는지도 모른다. 하지만 나는 앙투안을 언제까지나 사랑할 것이고, 절대로 잊지 못할 것이다.

우리는 옷을 갈아입고 저녁 식사를 하러 나갔다. 둘 다 사랑의 고통이 완전히 치유되지 않아 회복기 환자들처럼 휘청휘청 걸었다. 나는 일부러 옛날 얘기들을 꺼내었다. 앙투안은 구원받을 미래라는 말을 쓰면서 화해할 날이 올 거라고 했다. 아무튼 우리는 이별에 대해선 함구하기로 했다.

앙투안은 자신의 미래를 위해 가족들이 있는 뉴욕으로 갈 것이고, 나는 나 자신의 성숙을 위해 제네바에 머물 것이다. 하지만 우리는 여전히 사랑하고 있고, 어쩌면 머지않아 결혼할지도 모른다. 어쨌든 이 달콤한 거짓말이 허황된 것이 아니고 우리가 그 말을 어기지 않는다면, '끝'이라는 비통한 단어는 잠시 잊고 지낼 수 있을 것이다.

내 인생에 앙투안 말고 다른 남자는 없다. 앙투안 역시 또 다른 여자를 원치 않는다. 하지만 사랑하면서 서로 성장해갈 수 없다는 사실에 우리는 고통스러워하고 있다. 만일 타협점을 찾는다면 우리의 불안은 해소될지도 모른다. 내가 외치던 독립은 하찮아질 것이고, 그가 받은 상처도 아물겠지.

마지막 일주일을 우리는 서로를 탐닉하며 보냈다. 상대의 얼굴을 오래 바라보면서 앞으로는 함께 하지 못할 서로의 모습을 깊이 새겨두었다. 그러곤 내가 그려왔던 거짓된 허상과 행복들을 말끔히 지워버렸다. 내게 닥친 일과 근심에 더 이상 짓눌리고 싶지는 않았다.

나는 마음속으로 이렇게 정리했다.

'난 말이야, 인생을 조금씩 알아갈 때마다 내 마음속 작은 전극들이 이끄는 대로 따르겠어. 바다는 고요함을 품고 거칠게 요동치지. 나도 그렇게 인생을 기다리는 거야. 지금 나는 행복해. 내 생각이 틀리지 않다는 걸 확신하니까. 하지만 안전한 베란다로 다시는 돌아갈 수 없을까봐 겁이 나기도 해……. 인생은 힘겹고 복잡하지만, 그런 인생을 이해하기 위해서 내 삶을 어렵고 복잡하게 만들 거야. 비뚤어진 생각일까? 하지만 현실 속에 발을 들여놓을 나 자신의 일부를 찾아내려면, 내가 지닌 환상들을 결코 놓치지 않아야 해.

그게 바로 내 현실이야. 죽는 날까지 온갖 관습들을 허물면서 잡지나 교과서에 나오는 방식대로 행복해지고 싶진 않아. 이제껏 그렇게 살려고 애썼지만, 나는 행복하지 못했어. 사람들이 내게 가르친 대로 모든 걸 쏟아부었지만, 그 사랑은 오래 가지 않았어. 이런 생각이 들어. 나는 쏜살같이 달아나는 삶의 편린들 위에서 간신히 균형을 잡으며 살아온 것만 같아. 인생을 다시 이어가기 위해 잃어버린 부분들을 찾고 싶어. 나는 좀 더 멀리 가보려고 해. 과거의 내게 '안녕'이라고 말할 수 있을 때까지. 마침내 진짜 나를 깨닫게 될 거야.

에두아르도는 내 방황을 부추긴 장본인이나 다름없어. 그는 교묘하게 나를 끌어들여 짐작하지도 못한 세계를 처음으로 보여주었어. 그건 바로 나라는 세계야. 이제부터는 나 혼자 자유로움의 저 밑바닥까지 여행을 계속해가고 싶어. 아버지도 엄마도 나를 지켜주는 연인 없이도, 나 혼자 그 길을 갈 거야.'

나는 비행기에 오르는 앙투안을 배웅해주었다.

앙투안은 내게 자동차와 에메랄드 약혼반지를 남겼다. 그리고 탑 승구 앞에서 눈물을 가득 머금고 오래도록 입맞춤을 해주었다.

우리는 서로를 뜨겁고 열렬히 사랑했다. 이런 순간이 인생에서 다시 오지 않으리라는 걸 우리는 알고 있다. 이토록 눈먼 사랑을 어느 누구와 해볼까.

며칠이 지나서 아파트 관리인이 내게 소포를 갖다주었다. 새롭게 시작하는 내 인생에 박수를 보내는 라모나와 세티 1세의 선물이었다. 돌조각에는 문장 하나가 새겨져 있었다.

너 자신이 되어라.

역자 후기

　카트린 팡콜은 현대 여성들이 겪는 내면의 고통과 고뇌들, 또 그들이 갈망하는 부와 성공과 사랑에 대하여 아름답고 섬세한 필치로 그리는 작가이다. 1979년부터 현재까지 꾸준히 작품을 발표하면서 모두 열네 편의 감성적인 소설들을 썼고, 대중적으로도 독자들의 사랑을 듬뿍 받아왔다. 최근 2006년부터 2010년까지 발표한 소설 3부작(권당 칠팔백 쪽이 넘는 방대한 분량임에도)은 작년 상반기 통틀어 삼백만 부 이상이 팔리면서 팡콜은 마르크 레비, 기욤 뮈소, 안나 가발다 같은 쟁쟁한 작가들을 제치고 프랑스 최고의 베스트셀러 작가가 되었다. 그 책들은 영국, 미국, 스페인, 독일, 중국 등 전 세계 이십오 개국에 번역되기도 했다.

　지칠 줄 모르고 소설을 써내는 에너지도 그렇거니와 발표하는 작품들마다 대중의 지대한 사랑을 받는 이유는 어디에 있을까. 아마도 그 힘의 원천은 카트린 팡콜이 지닌 탁월하고도 밀도 있는 심리 묘사와 상상력, 그리고 견고하게 이야기를 지어낼 줄 아는 작가적 역량에서 찾아야 할 게다.

카트린 팡콜은 소설가이자 시나리오 작가이기 전에 《파리 마치》와 《코스모폴리탕》의 기자로서 일을 했다. 그때부터 본격적인 글쓰기를 익힌 셈인데, 기사를 스무 번이나 넘게 고쳐 쓰면서 말에도 음악적인 울림이 있다는 사실을 깨닫는다. 그녀가 조탁하는 유려하고도 리듬감 넘치는 문체는 기자였을 당시의 글쓰기 연마에서부터 비롯된 것이다. 팡콜은 작가가 된 이후에도 세상과 사람들에 대한 호기심을 멈추지 않고 《파리 마치》와의 공동 작업으로 레이건 전 미국 대통령, 자크 시라크 전 프랑스 대통령, 리오넬 조스팽 전 총리, 프랑스 가수 조니 알리데이, 무성영화 시대의 미국 여배우 루이즈 부룩스 같은 수많은 유명 인사들과 대담 기사를 쓰기도 했다.

그녀의 소설들 역시 철저한 기자 정신과 세상에 대한 관찰에서부터 시작된다. 소설 속의 사소한 만남과 우연한 부딪침이 단순히 허구처럼 여겨지지 않는 것도, 마치 이웃에 사는 누군가를 보고 있는 것처럼 인물들에게서 생생한 흡인력이 느껴지는 것도, 그녀가 일상에서 얻는 영감들을 소설이라는 그물망 속에 잘 뒤섞어 긴밀하고도 촘촘하게 투영하고 있기 때문이다. 그렇게 층층이 크림을 넣은 케이크처럼, 카트린 팡콜이 살을 붙이고 겹으로 쌓아올린 이야기 속 인물들은 독자들에게 상상력을 불어넣어 살아 숨 쉬는 생명력을 지닌다. 일단 그 속에 빨려들면 두툼한 책 한 권을 단숨에 읽어나갈 수밖에 없을 만큼.

『째깍째깍 사랑시계』는 카트린 팡콜이 1979년에 발표한 첫 소설이다. 어느 편집자가 그녀에게 소설을 써보라고 권유했을 때, "소설이라니! 내가! 말도 안 돼!"라고 의구심을 갖고 쓴 이 처녀작은 당시삼십만 부나 팔리면서 머리 위로 천국이 굴러 떨어지듯 그녀에게 예기치 않은 성공을 안겨주었다. 그건 어쩌면 운이라기보다는 소설가의 길로 들어설 수밖에 없는 그녀의 타고난 글재주 때문이었을 것이다. 익명으로 출판사에 원고를 넘기기 전, 로맹 가리가 이 작품을 읽고서 "아주 훌륭하다"라는 찬사를 보냈던 것만 보아도 알 수 있다.

비록 이 소설이 출간된 시기가 국내에서 발표되는 시기와 세월의격차가 있긴 하지만, 줄거리의 토대가 되는 연애관이나 결혼관은 오늘을 살아가는 여성들의 심리적 갈등과 혼란을 고스란히 드러내고있다. 또한 과감하고도 자유로운 성과 섹스를 묘사하였다는 점도 주목할 만하다. 이 소설은 주인공 소피가 사춘기에서 성인에 이르는통과의례를 거치면서 어떻게 육체적 사랑과 쾌락과 자아를 깨달아가는가를 보여주고 있다.

소설은 소피가 처녀성을 잃으면서, "첫 경험을 했다. 이제 나는 더이상 예전의 내가 아닐 것이다. 어른들의 세계로 겨우 한발 내디딘것에 불과할 테지만, 어린 시절 나를 끌어안고 토닥여주던 가족들의품은 떠난 것일지도 모른다"라는 문장으로 시작한다. 그리고 작가는주인공이 성인의 문턱으로 들어서면서 겪는 과도기적인 감정들을 섬세하고도 강렬하게 그려간다.

카트린 팡콜은 대부분의 여성들에게 자신감이 결여되어 있다고 말한다. 그들은 "난 다른 사람들처럼 생각하지 않아. 내 생각대로 이 것저것을 할 거야"라고 말하는 것이 힘들다. 그렇기 때문에 그들은 홀로 서지 못하고 자신을 억누르는 세상에 그대로 내맡기는 쪽을 택한다.

주인공 소피 역시 그런 면에서 수동적이며 사회적인 통념에서 자유롭지 못하다. 누군가의 딸, 누군가의 연인으로 살면서 행복 요리법대로 살아가는 방식에 길들여진 때문이다. 그래서 그녀는 잘생기고 좋은 조건을 가진 파트릭과 결혼을 약속한다. 사춘기부터 풋사랑을 나누며 외로움을 달래주던 파트릭을 통해 소피는 혼자인 삶보다는 타인에 의한 행복과 존재감을 더욱 원하게 된다. 하지만 그 사랑이 타산적이고 관습에 얽매어 있다는 사실을 깨닫곤 결국 그녀는 첫사랑과 헤어진다.

그러곤 또 다른 남자 앙투안을 만난다. 소피는 그와 이탈리아로 여행을 떠나면서 열렬한 사랑에 빠져든다. 그녀의 인생에 더 이상의 남자란 없다는 확신으로 로잔에서 함께 살 결심을 하고 마침내 앙투안과 약혼식까지 올린다. 앙투안은 소피에게 모든 걸 약속해주는 안전한 은신처이자 탄탄한 미래나 다름없었다. 하지만 그런 과정들에서 그녀는 줄곧 우유부단하고 순종적이며 성에 예속된 감정들을 드러낸다. 그녀는 존재하고 싶고 자기 자신이길 원하지만, 스스로의 정체성을 찾지 못한 채 자기모순과 이중성을 깨달을 뿐이다.

하지만 두 인물 라모나와 에두아르도를 통해 소피는 자기 굴레에서 서서히 벗어난다. 그녀의 욕망이 어디에서부터 비롯되었으며 그녀가 진짜 원하는 것이 무엇인지를 차츰 깨달아가면서, 자신의 개별성을 발견하고 스스로의 욕망을 완성시키려는 용기를 얻게 된다. 소피는 결국 외로움과 정면으로 부딪치면서 자기 삶을 살아갈 결심을 하고 앙투안을 떠나기로 한다. 그녀만이 구축할 수 있는 베란다로 기꺼이 숨어들길 원하면서.

이 소설은 이십대에 접어든 소피가 어떻게 여인이 되어가는지 여정을 보여주고 있다. 그리고 단계를 밟아가듯 감정의 소용돌이를 겪는 그녀의 내면은 섹스라는 매개를 통해 대담하게 묘사된다. 노골적인 성애 묘사는 적나라하지만 때론 아름답기도 하고 작가 특유의 유머가 넘치기도 한다.

첫 소설인 만큼 작가의 자전적인 내용들이 담겨 있다. 문학을 공부하고 로잔에서 프랑스어·라틴어 교사를 거친 후 우연한 만남으로 기자의 길로 들어선다든지, 드문드문 내비치는 소설을 구상하는 얘기라든지……. 한편으로 주변 인물들의 에피소드나 신화적인 내용들은 소설 읽는 재미를 더해줄 것이다. 엄마나 가브리엘 할머니 같은 인물들을 통해선 전후 세대를 살았던 여인들의 내밀한 삶도 엿볼 수가 있다.

처음으로 소개되는 카트린 팡콜의 소설을 번역하면서 약간의 부담감이 없지 않았다. 인물들에 생생한 감정을 불어넣으려 했던 작가의 의도가 얼마나 잘 드러났을지도 조금 의문이 남는다. 하지만 자신의 삶을 발견하기 전 고유한 경험을 해가는 소피를 통해 젊은 세대들의 가치관과 정체성을 다시 한 번 되짚어보게 만든 작품이었다. 독자들이 이 소설을 통해 상상의 여행을 떠나고 또 다른 세상을 발견하는 재미를 느꼈으면 좋겠다.

2011년 3월, 권명희